ammann

Ulrich Peltzer

Die Sünden der Faulheit

Roman

Ammann Verlag

Erste Auflage

ISBN 3-250-10067-6

Erster Tag und erste Nacht:

Der Straßenlärm wurde mittags unerträglich. Bernhard Lacan wälzte sich hin und her, dann war er wach. Durch die Rippen der Aluminiumjalousie über dem Bett stach das Licht einer fahlgelben Wintersonne in seine Augen.

Auf der anderen Straßenseite stand Siebert, der Lebensmittelhändler, fröstelnd vor den Kisten mit Obst und Gemüse und blies Atemschwaden in seine Hände. Mahmut, der Syrer, lehnte nebenan in der Türe seines Trödelladens. Lacan fluchte leise, als er ihn sah. Mahmut betrog ihn nicht nur bei der Abrechnung der Schallplatten, sondern am anderen Tag wußte auch stets Siebert Bescheid und lief mit dem Anschreibzettel quer über die Straße, wenn Lacan sich aus der Tür drückte. Ein orangefarbiger Müllwagen fuhr von Haus zu Haus, Müllmänner rollten die scheppernden Tonnen übers Pflaster.

Lacan ließ die Jalousie wieder herab und knipste die Lampe neben seinem Bett an. Er raufte sich die Haare und stieß zischend Luft heraus. Mit einer angerauchten Zigarette, die er im Aschenbecher gefunden hatte, streifte er ziellos durch das Dämmerlicht seiner beiden Zimmer. Auf einem Tisch stand eine Reiseschreibmaschine mit dem Manuskript seiner nächsten Sendung, und ein Teller eingetrockneter Bohnen. Lacan überflog den Text, schüttelte den Kopf und drückte die Kippe am Rand des Tellers aus.

Im Gang stolperte er über seine Jacke und seine Hose. In den Taschen der Blue jeans waren fünf Mark achtzig.

Lacan versuchte sich zu erinnern, wieviel Geld er mitgenommen hatte, um zu rekonstruieren, wie betrunken er gewesen war, aber es fiel ihm nicht mehr ein.

Die Wände der Küche waren von der Explosion einer Espressokanne gesprenkelt wie das Fell eines exotischen Tieres. Müde sank er auf einen Hocker und wartete auf das Kochen des Kaffeewassers.

Bernhard Lacan hatte lockige, kurze braune Haare, braune Augen; er war zweiunddreißig Jahre alt und arbeitete bei einer Berliner Radiostation, Abteilung Musikprogramm. Von dort stammten auch die Schallplatten, die er Mahmut in Kommission überließ.

Das Kabel des Telefons schlängelte sich um seine Füße und verschwand im Kühlschrank. Staunend holte er den Apparat, auf dessen Gehäuse mit rotem Filzstift Nummern notiert waren, aus der Kälte. Eine Dose marinierter Heringe stand verloren auf dem oberen Rost.

Plötzlich kam ihm eine erschreckende Idee. Er trat in den Flur und rief: »Renate?« Keine Antwort. »Renate, bist du da?« Zu seiner Erleichterung war er alleine. Hatte er gestern nicht mit einer Renate engumschlungen irgendwo auf einem Barhocker gesessen? Es war so anstrengend, sich zu erinnern.

In der Kleingeldschüssel auf dem Fensterbrett lagen fünf Mark. Mit dem Geld aus der Hose würde es reichen, den Opel einmal zu tanken. Zwanzig vor zwei, noch über eine Stunde Zeit, bis er zum Sender mußte. Lacan warf sich aufs Bett und lauschte den Straßengeräuschen an einem Winternachmittag, da klingelte es. Mit angehaltenem Atem schlich er in den Flur. Es klingelte zum zweitenmal, und eine Stimme, die er zu gut kannte, rief: »Mach auf! Ich weiß, daß du zu Hause bist, dein Auto steht unten falsch geparkt!«

»The postman never rings twice«, summte Lacan und öffnete die Türe.

»Was singst du da?« Sie drängte sich an ihm vorbei in die Wohnung. »Das Singen wird dir gleich vergehen.«

»Welch ein Lichtblick«, sagte er erleichtert. Mit Valeska, seiner geschiedenen Frau, würde er heute noch fertigwerden. Sie war etwa fünfunddreißig, und ihre Figur begann unaufhaltsam, die Form zu verlieren. Sie hatte kurzgeschnittene blonde Haare und trug ein weites modernes Kleid mit großen aufgenähten Taschen, im linken Ohr baumelte ein dreieckiger Plastikohrring, und in einem Strumpf war eine Laufmasche.

»Du hast da 'ne Laufmasche«, sagte Lacan.

Sie sah erstaunt an sich herunter, hob den Unterschenkel und strich über das lädierte Nylongewebe. Die erste Runde ging an Lacan.

»Wie geht's denn ...«

»Weißt du, der Wievielte heute ist?« unterbrach ihn Valeska. Sie hatte sich vor ihm aufgebaut, nicht bereit, auch nur einen Punkt noch abzugeben.

»Mittwoch vielleicht?« Lacan zog die Schultern hoch. Kein Gong in Sicht, und er wußte, was nun folgte.

»Seit sechs Wochen warte ich schon wieder auf deine gerichtsnotorischen Verpflichtungen«, sie machte eine kleine Pause, um das Wort gerichtsnotorisch auszukosten. »Soll deine Tochter nackt 'rumlaufen?«

Lacan schüttelte schuldbewußt den Kopf.

»Um genau zu sein: Du schuldest mir 1360 Mark!«

Das war ein halber Niederschlag, es ging nur noch darum, über die Runden zu kommen. Valeska wurde lauter und vorwurfsvoller.

»Alexandra braucht neue Klamotten. Außerdem hab' ich 'ne Mieterhöhung gekriegt.«

Ich auch, dachte Lacan.

»Also basta, Geld her. Ich laß mich nicht länger verarschen.«

Valeska ging in den Infight. Lacan versuchte, sich zu befreien und trat zwei, drei Schritte zurück. Hinhalten, dachte er.

»Hör mal Walli, ich will dich jetzt wirklich nicht abwimmeln...«

»Soweit kommt's noch!«

»... aber ich muß zum Sender...«

»Das ist mir völlig egal. Ich will nur das, was mir zusteht.«

Sie gab nicht nach. Lacan wies mit einer galant verunglückten Handbewegung in seine Wohnung. »Nimm dir, was du brauchst.«

Das war ein rechter Haken auf die Leber. Valeska rang nach Worten. Lacan blinzelte mit den Augen und überlegte, ob er mit ihr noch einmal ins Bett gehen sollte, aber der Gedanke war abwegig, so wie sie vor ihm stand, in ihrem weiten schwarzen Kleid. Sie hatte die Fäuste geballt in die Taschen gesteckt. Er mußte schnell etwas sagen, bevor sie wieder auf ihn losging.

»Paß auf, ich laß mir heute einen Vorschuß geben, den bringe ich dir morgen vorbei. In Ordnung?«

Sie senkte den Kopf und fuhr gedankenverloren mit einem Fuß über den Teppich.

»Ach Bernhard, das kenn' ich doch schon.« Der Angriffsschwung war weg. Er nahm sie bei den Schultern und versuchte, in ihre Augen zu sehen.

»In Ordnung, Walli? Du kriegst das Geld, spätestens morgen. In Ordnung, ja?«

Sie hob den Kopf und schaute ihn an. Sie zögerte. Lacan schüttelte sie vorsichtig.

»Los komm, Valeska. Ich versprech's dir.«

»Na gut. Zum letztenmal.« Sie lächelte. »Oder besser noch, ich komm' gleich mit zum Sender.«

Lacan verdrehte die Augen. »Aber Valeska, ich bitte dich!«

Sie nickte und löste sich aus seinem Griff.

»Gut, ich vertrau' dir, obwohl alles dagegen spricht.« Sie wollte gehen. »Überweist du das Geld oder bringst du es vorbei?«

»Ich überweis' es«, sagte Lacan hastig. Das gab ihm eine Woche Zeit. »Noch immer dieselbe Nummer?«

»Ja.« Valeska ging langsam zur Türe, die Arme vor der Brust verschränkt. Auf der Schwelle drehte sie sich um und warf einen Blick auf die Unordnung.

»Übrigens, richtig nett hast du es jetzt bei dir, hat dir das schon mal jemand gesagt?«

»Ich weiß, ich hab' mir bei der Einrichtung auch Mühe gegeben.«

»Das sieht man auf den ersten Blick. Ich warte auf mein Geld. Ciao.« Sie verschwand auf der Treppe. Punktsieg.

Bernhard Lacan steckte das Geld aus der Kleingeldschüssel ein, kämmte sich, zog einen schwarzen Pullover und seine Lederjacke an und ging auch.

Im Briefkasten war eine Ansichtskarte aus Neapel. Vengo ai primi di febbraio, Arturo. Soll er kommen, dachte Lacan und schob die Karte in den Kasten zurück. Er verließ das Haus durch den Hof, stieg über ein Mäuerchen auf ein Trümmergrundstück und fand sich auf einer Querstraße zur Kantstraße, auf die er von seinem Bett geblickt hatte. Er mußte Siebert aus dem Weg gehen, der am Hinterkopf ein drittes Auge besaß und ihn zur Rede gestellt hätte, den Zettel vor seinem dicken, roten Gesicht wedelnd: »So jeht det aba nich, Herr Lakann!«

Das diesige Grau eines Berliner Januarhimmels spannte sich über die Stadt. Vermummte Passanten eilten frierend aneinander vorbei. Auf den Bürgersteigen lag gefrorener Schnee, der an einigen Stellen vom Kot der Hunde dunkel gefärbt war. An den Ampeln bildeten sich kleine Abgasskulpturen, die beim Anfahren der Wagen schnell verflogen. Ein Liebespaar hatte sich einen langen Schal um die Hälse gewickelt und küßte sich alle Meter. Lacan drehte sich nach ihm um, er mußte sich nach allen Liebespaaren umdrehen.

Das Türschloß des Opels war eingefroren. Lacan hielt ein Einwegfeuerzeug an das Blech, und die Flamme schlang sich blau um den Griff, bis er sich die Finger verbrannte und es fallen ließ. Bevor er losfuhr, zündete er sich eine der Notzigaretten an, die im Handschuhfach lagen. Im Autoradio war ein Interview mit dem Wirtschaftsminister, der für das Frühjahr einen neuen Aufschwung prognostizierte. Nach ein paar hundert Metern bog Lacan in die Kantgaragen. Aus einem Verschlag hinter den Zapfsäulen trat der Tankwart in einem verölten blauen Overall. Es war gleichgültig, zu welcher Tagesoder Nachtzeit man hier vorfuhr, es war immer derselbe Hüne, der schwerfällig nach draußen kam. Alle nannten ihn Dschingis wegen seiner blonden Bartlocken, die rechts und links der Mundwinkel herunterhingen bis in den Hemdkragen. Dschingis strich über seinen Stoppelkopf.

»Kannste zahlen?«

»Für zehn Mark normal!«

Der Tankwart zögerte einen Augenblick. Lacan kramte in seiner Hosentasche und holte das Kleingeld heraus.

»Ick bin doch keen Spielautomat.«

»Komm, Geld ist Geld.«

»Mach ma die Kippe aus, is ne Tankstelle hier.«

Lacan legte die Zigarette in den Autoaschenbecher. Nachdem Dschingis die Zapfpistole eingehängt hatte, gab Lacan ihm die abgezählten Münzen und wollte wieder einsteigen, als der Hüne ihn festhielt und sich zu ihm herabbeugte.

»Eh Alter, det jeht uns allen mal so.« Bernhard lächelte.

»Und wennde ma wat fürs Auto brauchst, ick hab allet billich da.«

»Ich werd' dran denken, sicher.«

Auf der Straße schaltete Lacan den Scheibenwischer ein, nasser Schnee fiel. Im Radio waren immer noch Nachrichten. So schlecht hatte der Tag wirklich nicht angefangen.

Florence Blumenfeldt saß in einem blauen Kimono, auf dessen Rücken ein von Schilfgras bewachsenes Seeufer vor schneebedeckten Bergen gestickt war und den ihr Vater einmal von einer Reise nach Japan mitgebracht hatte, in ihrer Küche und trank eine Schale Milchkaffee.

Vor ihr auf dem Tisch standen die Reste des Frühstücks: Toast, Hüttenkäse und Konfitüre in zueinander passenden Edelmetallschalen. Die schwarzen Küchenschränke und die Anrichte waren an den Kanten mit Chromschienen verkleidet, in denen sich das Licht einer hellen, tief über den Tisch gezogenen Neonröhre spiegelte.

Florence Blumenfeldt war an diesem Morgen lange vor Bernhard Lacan aufgestanden, obwohl auch sie nicht genug geschlafen hatte.

Sie haßte es, wach im Bett zu liegen und über Dinge nachzudenken, über die nachzudenken sie sich verboten hatte. Meist setzte sie sich dann an ihren Schreibtisch, rauchte, las in einem der Bücher, die auf dem Tisch und zu ihren Füßen lagen, und machte Notizen auf blauen Karteikarten, die sie in einen Kasten ordnete. Später hatte sie mit angezogenen Beinen auf dem Sofa in ihrem Wohnzimmer gesessen und sich gegen jede Gewohnheit ein Glas Likör eingeschenkt, an dem sie von Zeit zu Zeit nippte.

Im Wohnzimmer brannte kein Licht, nur die Lampe des Schreibtisches warf einen schwachen Schein durch den Flur und zeichnete verschwimmende Schatten auf die Vorhänge. Draußen war es noch dunkel. Ein Auto nach dem anderen startete, doch Florence schien nichts zu hören. Sie hatte die Augen geschlossen und träumte und trank den süßen, klebrigen Likör. Eigentlich träumte sie nicht, sondern Erinnerungen an ihren Vater und das Haus in Hamburg, in dem sie ihre Kindheit verbracht hatte, fuhren ihr durch den Kopf. Als sie den Likör getrunken hatte, mußte sie der Versuchung widerstehen, noch ein Glas zu nehmen, zu angenehm war die Betäubung.

Im Bad hatte sie einige Zeit vor dem Spiegel gestanden und mit den Fingerspitzen die gleichmäßigen Linien ihres Gesichts nachgezogen, ihr langes dickes schwarzes Haar gekämmt und es mit einer Klammer aus Perlmutt hochgesteckt.

Nun saß Florence Blumenfeldt rauchend in der Küche, trank Milchkaffee und blätterte gelangweilt in einem großformatigen Buch, das sie auf ihre Schenkel und vor die Tischkante stützte, als es klingelte. Aus dem Lautsprecher neben der Türe schnarrte verzerrt:

»Lydia hier!«

Florence drückte auf und ging ins Bad, um Wasser in

die Wanne zu lassen. Als sie eine Emulsion mit der Hand verteilte, schlug die Türe zu, und eine helle Stimme rief: »Florence, wo steckst du?«

In der Diele pellte sich Lydia Wenzel aus einem weiten blauen Cape und prüfte im Spiegel ihre Haare. Florence trat aus dem Bad.

»Küßchen, meine Süße.« Lydia hielt Florence an den Händen und drehte sie ein wenig.

»Was ist das für ein schönes Teil! Weißt du, Maja hat so was Ähnliches«, sie schnalzte leise mit der Zunge. »Aber kein Vergleich. Außerdem isse zu dick für Seide.«

Wahrscheinlich wäre Lydia zu alt für Seide, der Kimono hätte aus ihr eine Puffmutter gemacht.

Sie gingen ins Wohnzimmer. Florence zog die Vorhänge zurück.

»Magst du einen Kaffee?«

»Ne, hast du Sherry oder sowas?«

»Auf dem Tisch dort. Bedien' dich. Warte, ich bringe dir ein Glas.«

Lydia Wenzel besaß eine Galerie in der Nähe des Kudamms, die sich vor Jahren auf die Wilden spezialisiert hatte und astronomische Umsätze erzielte, seitdem der Kunstmarkt ihre Protegés entdeckt hatte. Jetzt sammelte Lydia afrikanische Primitive und deutsche Kubisten ›für später‹. Ihr ehemaliger Mann, mit dem sie in den 60er Jahren Prol-art vertrieb, meditierte seit der Scheidung in einem Trappistenkloster.

»Ich nehme rasch ein Bad«, sagte Florence.

»Laß dir Zeit.«

»Ich habe dir die Sachen da hingestellt.« Florence deutete im Hinausgehen auf eine Mappe mit Zeichnungen, die an der Wand lehnte.

Während Florence in der Wanne lag, die Spitzen ihrer

Brüste streichelnd, sah sich Lydia auf dem Sofa die Blätter an.

»Die gefallen mir gut«, rief sie. »Glaubst du, du kannst Ölbilder auftreiben, die der in der Emigration gemalt hat?«

Florence seifte sich ein. »Ich denk' schon. Ich habe letztens eine Liste gemacht, also, das ließe sich mit etwas Mühe machen.«

»Im Osten muß noch 'ne ganze Menge auf irgendwelchen Speichern schimmeln, habe ich so gehört.«

»Kann sein, ich weiß nicht.«

Lydia schrieb etwas in einen kleinen Kalender, trank den Sherry, telefonierte.

»Ach übrigens, die Vernissage von Wenningstedt übermorgen, hilfst du mir wieder, Gäste und Kunden zu sortieren?« Sie zündete sich eine Menthol-Zigarette an. »Der nervt, das kannst du dir nicht vorstellen. Faselt nur dummes Zeug, und ich muß eine Tüte nach der andern mit ihm rauchen. Die Bilder hängen schon, aber nun will er sie wieder umhängen ... das Licht und was weiß ich. Der hat nach Zürich Geld gerochen.«

Sie lehnte sich im Sofa zurück und betrachtete die Bilder an der Wand gegenüber.

»Diese Trinkerserie gefällt mir prima, wo hängt denn der Rest?«

»Keine Ahnung.« Florence trat hinter sie. Sie trug einen schwarzen knielangen Rock, rote Strümpfe, einen schwarzen Pullover, den ein breiter Lackgürtel in der Taille schnürte. Ihre Haltung war zu störrisch, als daß jemals ein Modell aus ihr geworden wäre, auch wenn sie sich ein paar Mal aus Spaß hatte fotografieren lassen. Eine Strähne ihres Haares hatte sich gelöst und fiel in ihr Gesicht. Lydia wandte den Kopf und sah sie lächelnd an.

Das Telefon schellte. Florence hockte sich neben sie, und Lydia strich ihr durchs Haar.

»Hallo Onkel Pieter. Gut, ja, wie immer, mmh, an Freitag habe ich schon gedacht, ja, ich werde mit Mertens den Termin noch einmal vorbereiten. Ja, wir gehen die Kataloglisten durch... auch die beiden Heckels. Die Galerie?« Sie kniff Lydia ein Auge. »Weißt du, übermorgen ist die Vernissage von Wenningstedt, auch ein Schüler von... ja genau. Ich suche dir was aus, wenn es mir gefällt.«

Sie zündete sich eine Zigarette an, den Hörer mit der Schulter haltend. »Du kommst doch nächste Woche nach Berlin, Onkel Pieter... zu mir zum Essen? Nein, Mertens wird bestimmt nicht dasein, nein... bis dann... ciao.«

»Kauft er was?«

»Aber sicher!«

»Sag mal, der macht mit seinem Im- und Export ganz gute Geschäfte, was?«

»Ich denke schon«, wich Florence aus.

Niemand wußte so genau, wovon sie lebte, ihre Arbeit in der Galerie und das Buch, das sie schrieb, waren nur ein besserer Zeitvertreib. Lacan hatte sie mal erzählt, ihr Vater habe ihr nach seinem Tode etwas hinterlassen. Ihre Wohnung jedenfalls war nicht billig und die Bilder an den Wänden nicht von Karstadt.

Lydia packte ihre Sachen zusammen und gab Florence einen Kuß auf die Stirn. Als sie sich das blaue Cape überwarf, fragte sie ihre Freundin:

»Biste eigentlich noch mit dem Dings, dem Dingsda oder wie der heißt, zusammen?«

Florence nickte zögernd.

»Und? Alles in Ordnung?« Sie wurde vertraulich.

»Maja hat ihn neulich im ›Amazonas‹ gesehen, der war ziemlich blau, hat Unmengen Sekt getrunken.«

»Soso«, murmelte Florence und strich die Strähne hinters Ohr.

»Eigentlich sieht er ja ganz gut aus, naja«, Lydia sah auf die Uhr. »Ich muß zurück, sonst überlegt sich Wenningstedt schon wieder alles anders. Tschüß, meine Liebe, ich seh dich übermorgen.«

Florence schloß die Türe und blies lustlos hellen Rauch an die Decke.

Auf der Windschutzscheibe verband sich der nasse Schnee mit dem Straßendreck zu undurchsichtigen Schlieren. An einer Ampel kurbelte Lacan das Fenster herunter und wischte mit einem Papiertaschentuch ein Guckloch auf die Scheibe. Im Radio lief Kinderprogramm. Mit der Moderatorin war er essen gewesen, und wenn er ihr im Funkhaus begegnete, grüßte er sie immer noch freundlich.

Auf der anderen Straßenseite wedelte ein Junge mit den Armen und lotste ihn in eine Parklücke, die er freigehalten hatte. Lacan gab dem Jungen seine letzten achtzig Pfennig und lief mit hochgeschlagenem Jackenkragen zum Portal des Senders. In einem Traum war er aus der Drehtüre nicht herausgekommen und bis zum Erwachen im Kreis gerannt. Er sprang in den Paternoster, der ihn in den dritten Stock zu den Redaktionsräumen des Musikprogramms brachte. Das geschäftige Treiben in den Gängen, in denen sich ein hartnäckiger Sagrotangeruch hielt, war bedrückend. Lacan grüßte nachlässig links und rechts. Er hatte gehofft, in dem großen Büro keinen zu treffen, aber es war eine Art Party im Gange, überall standen Plastikbecher mit Sekt, und aus einem Kassettengerät lärmte Musik.

Lacan blieb einen Augenblick in der offenen Türe stehen. Auf einer Sessellehne saß Thomas Flegel, umgeben von einer Gruppe kichernder Zuhörer. Flegel betreute das Wunschkonzert für Senioren. Daß er an einem Musikverlag beteiligt war, in dem jede dritte Nummer seiner Sendung erschien, wußten nur Eingeweihte, aber wen interessierten schon solche Nebengeschäfte? Flegel war so alt wie Lacan, und über seinem Bauch spannte sich ein zu enges Lacoste-Hemd. Auf einem Schreibtisch saß ein angetrunkener Toningenieur und las im Playboy. Er hatte Schwierigkeiten, das Faltblatt in der Mitte des Heftes zusammenzulegen. Kopfschüttelnd riß er es heraus und knüllte es in seine Jackentasche.

Lacan trat hinzu, der Kreis öffnete sich, und er sah in Flegels verschwitztes rundes Gesicht. Flegel stand mit einem Becher Sekt auf, er legte einen Arm um Bernhards Schulter.

»Willste nen Schluck?« Lacan lehnte dankend ab, doch der Fachmann für volkstümliche Musik zog ihn an sich: »Lach doch mal, heute wird gefeiert.«

Jemand drückte ihm eine Flasche in die Hand, Lacan trank einen Schluck, um sich den Mund auszuspülen.

»Kennt ihr den? Da höhlt einer Neger aus und verkauft sie als Tauchanzüge.«

Alle kicherten in Erwartung der Pointe. Flegel fuhr fort, als sei er in einer Burenbar in Swakopmund.

»Also, der höhlt die aus. Hat die Produktion aber eingestellt. Der Schnorchel saß anner falschen Stelle!«

Die Kollegen grölten. »Oho, oho, laß das nur niemanden hören«, und der Toningenieur wiederholte mit zusammengekniffenen Augen: »Der Schnorchel, hihi, anner falschen Stelle!«

Lacan wand sich aus Flegels Arm.

»Ein toller Witz, Thomas, wirklich. Du solltest es mal als Alleinunterhalter versuchen.«

»Man lebt nur einmal.« Flegel hob seinen Becher. »Man muß die Feste feiern, wie sie fallen!«

Der Toningenieur fragte aus dem Hintergrund, ob es noch etwas zu trinken gebe, er verdurste. Jetzt erst sah Lacan Irene Rabbia an ihrem Schreibtisch in einem Aktenordner blättern.

»Geht das schon länger so?«

»Seit heute vormittag.«

»Na danke. Wie geht's dem Kleinen?«

»Wie immer.«

Sie sahen sich einige Sekunden in die Augen, bis Irene sagte: »Leschek will mal mit dir reden.«

»Arbeit?«

»Genau. Demnächst ist ein Rockabilly-Festival, und du sollst vorher was machen, Clubs abklappern und so.«

»O nein!«

»O doch!«

»Ist er da?«

»In seinem Büro.«

Lacan richtete sich auf. »Geld.«

»Eben.«

»Ich geh mal rüber.«

Leschek saß hinter einem mit Broschüren, Zeitungen und Papieren beladenen Tisch. An den Wänden hingen in Wechselrahmen zeitgenössische Radierungen, in einer Ecke lief ein Fernseher ohne Ton, aus versteckten Lautsprechern säuselte Musik. Leschek sah von seiner Arbeit auf. Lacan nahm auf dem Drehstuhl vor dem Tisch Platz und fuhr sich verlegen durch die Haare. Leschek lächelte ihn an.

»Bunter Abend wieder gestern, was?«

»Maske in Blau.«

»Du säufst zuviel, mein Lieber!«

»Was ich abends saufe, muß ich nicht tagsüber trinken.«

Lacan wies mit dem Kopf zum Nebenzimmer. »Wenn der Flegel trinkt, wird er unerträglich.«

»Wem sagst du das?«

»Du mußt aufpassen, der spekuliert auf deinen Stuhl!«

»Da kann er spekulieren, bis ihm die Eier abfallen!«

»Ich habe übrigens deine Sendung über Steve Reich gehört.«

»Und?« fragte Leschek neugierig.

»Gar nicht schlecht, obwohl mir die Musik nicht besonders gefällt.«

»Da muß man zuhören.«

»Kann ich nicht gut.«

»Ich weiß«, grinste Leschek. »Wer nicht hören will, muß fühlen.«

»Überschlag' dich nicht. Hast du was für mich zu tun?«

»Eine Sendung über Rockabilly in Berlin. In einem Monat ist in der Deutschlandhalle ein Rock'n'Roll-Festival, das von uns live übertragen wird. 'n Tag vorher eine halbe Stunde: 30 Jahre Rock'n'Roll in Berlin. Wär doch was für dich.«

»Wo du genau weißt, wie ich Pferdeschwänze und Petticoats liebe.«

»Komm, ich habe die Sendung extra für dich reserviert. Ist eine Arbeit von drei oder vier Tagen.«

»Va bene, sollst du haben. Ich freu' mich schon.«

»Na siehste.«

Leschek nestelte aus der Brusttasche seines Hemds eine

Packung schwarzen Tabak und begann, sich eine Zigarette zu drehen. Lacan wippte nervös mit einem Knie und sah zum Fernsehmonitor, auf dem ein alter schwarzweißer Spielfilm lief. Leschek zündete sich die Zigarette an. Lacan beugte sich über den Tisch und wies auf einen Tabakskrümel in Lescheks Bart.

»Bei deinem Gehalt könntest du langsam auf Aktive umsteigen.« Der Leiter der Musikredaktion ließ sich nicht reizen, sondern reichte Lacan den Tabak. Er trug einen unauffälligen beigefarbenen Anzug ohne Krawatte.

»Ich habe noch was für dich. Zwei Stunden Musik raussuchen fürs Nachtprogramm.«

»Jobs für die höher qualifizierten Mitarbeiter, wie?«

»Schnelles Geld, deshalb bist du doch hier.«

Lacan steckte die windschief gedrehte Zigarette in den Mund und nuschelte:

»Übrigens Geld. Mmh, kann ich 'nen Vorschuß haben?«

Abrupt sprang Leschek auf.

»Mensch, Bernhard!« Er blickte ihn zornig an, und Lacan hob abwehrend die Hände.

»Ist gut. War ja nur 'ne Frage.«

»Du weißt ganz genau, warum nicht!« Er schaltete das Fernsehgerät aus. »Hast du wieder gezockt?«

»Mit was denn?« Es hatte keinen Sinn, noch einmal zu fragen. Lacan stand auf.

»Ich geh' dann.«

»Könntest du bis zum Wochenende die Musik zusammenstellen?«

»Logo. Bis dann!«

Leschek war ein umgänglicher Mensch, solange man die Beiträge termingerecht ablieferte. Sein ausschließliches Interesse galt seiner Frau und den vier halbwüchsigen

Kindern, der einzig heilen Familie, die Lacan bisher kennengelernt hatte.

Im Büro der Redaktion stützte Lacan den Kopf in die Hände und dachte voll Widerwillen an BVG-Schaffner, die mit fettigen Haaren darauf sparten, einmal das Grab von Elvis zu besuchen. Niemand beachtete ihn, bis Irene Rabbia zu ihm kam.

»Sorgen?«

Er zuckte mit den Schultern. »Geht so.«

»Was machst du heute abend?« Sie setzte sich neben ihn auf die Schreibtischkante, nachdem sie einen Stapel Platten beiseite geschoben hatte.

»Ich habe eine Verabredung.«

»Wichtig?« fragte Irene.

»Welche Verabredungen sind schon wichtig? Ein alter Freund ist mal wieder in Berlin.«

»Leschek war ganz schön sauer auf dich.«

»Wegen des Geldes?«

»Weswegen sonst?«

Lacan legte eine Hand auf ihr Bein und lächelte. Vorspringende Jochbeine und ein weicher großer weiblicher Mund beherrschten die Züge seines Gesichts, und wenn es auch bei ungünstiger Beleuchtung verlebt aussah, fühlten sich nicht wenige Frauen von ihm angezogen. Mütterliche Instinkte kamen vielleicht hinzu und sicher seine scheinbare Gleichgültigkeit. Irene, die alleine mit ihrem Sohn lebte, legte ihre Hand auf seine.

»Ich würde dich gerne wieder treffen.« Sie drückte seine Hand. »Wenn es dein Terminkalender erlaubt.«

»Mein Kalender«, Lacan tippte an seine Stirn, »erlaubt alles.«

»Samstag?«

»Wenn ich bis dahin wieder flüssig bin.«

»Brauchst du Geld?«

»Kannst du mir zwanzig Mark leihen?«

Sie streckte den Oberkörper und holte zwei Scheine aus der Hosentasche. Einen gab sie Lacan.

»Ich werde ihn todsicher anlegen.«

Sie stand auf. »Tu, was du nicht lassen kannst.«

»Samstag?«

»Fühl' dich nur nicht verpflichtet.«

»Du bist blöd, Irene.«

»Ich weiß!«

»So war das doch nicht gemeint, denkst du denn ...«

»Unterschätz' mich nicht«, unterbrach ihn Irene, küßte ihn auf die Wange und ging in ihre Ecke zurück.

Die Stimmung unter den Kollegen näherte sich dem Höhepunkt. Der Toningenieur konnte Flegels Zoten nur noch mühsam folgen. Irene heftete Rechnungen in einen Ordner. Lacan beeilte sich, das Gebäude zu verlassen.

Das Licht der Peitschenmasten und die Scheinwerfer der Autos blendeten ihn für einen Augenblick. Es schneite nicht mehr. Er versuchte, Atemkringel in die Dunkelheit zu pusten. Es war kurz vor halb fünf, Montag, der ... Januar 198...

Die kleinen Seen und Wasserläufe im Rembrandtpark und der Kanal rings um den Erasmuspark waren längst wieder aufgetaut. Kurz vor Weihnachten hatte es gefroren, und die Kinder waren dort Schlittschuh gelaufen. Nach dem Jahreswechsel hatte das milde Klima des Golfstroms die Kinder wieder um dieses Vergnügen gebracht, zur Erleichterung ihrer Eltern und der Stadtverwaltung Amsterdams.

Vor dem Hintereingang des Hotels ›Middelburg‹ stritten grauschwarze Möwen kreischend um die Küchenabfälle. Die Größte hackte rabiat mit ihrem gebogenen Schnabel nach allen, die ihr zu nahe kamen.

Das ›Middelburg‹ war ein Hotel der oberen Mittelklasse; es lag in der Nähe des Leidseplein unauffällig in einer Seitenstraße. Links und rechts des Eingangs standen im Sommer zwei Lorbeerbäume, die nun jedoch ihren Platz in der kleinen Hotelhalle neben dem Lift hatten. Es war die Aufgabe der Pagen – in abgetönten grünen Uniformen –, sie zu pflegen, zu wässern, vergilbte Blätter abzupflücken und zu stauben. Alle drückten sich davor und mußten ständig vom Portier, der die Pflanzen vor seinem Dienstbeginn aus Pedanterie und Schikane kontrollierte, dazu angehalten werden, obwohl keiner der Pagen sagen konnte, warum ausgerechnet diese Arbeit so verhaßt war.

Auf dem Hof hatte die größte Möwe ihre Konkurrenten verjagt und hackte und zog an einem trockenen Stück Braten. Neidisch hüpfte der Rest des Schwarms um sie herum, doch nur zwei junge Vögel versuchten noch einmal, ihr den Fraß streitig zu machen, was der eine mit einer Fleischwunde im Flügel bezahlte.

Im Speisesaal des Hotels wurde das Frühstücksgeschirr abgeräumt, in der Wäschekammer sortierten die Zimmermädchen Laken, Kopfkissen und Handtücher, und in der Küche putzten die Köche das Gemüse.

Der Portier, er hieß Bloemendaal, ordnete Meldezettel und dachte an das in seiner Garage aufgebockte Segelboot, das er am Wochenende neu lackieren wollte. Aus den Augenwinkeln beobachtete er die Pagen, wie sie lustlos die Pflanzen abstaubten, und überlegte, wie er sie für den Rest des Vormittags beschäftigen könnte. Es war halb elf, als der Wecker seiner Digitaluhr piepte. Bloemendaal hatte ihn am Morgen programmiert, weil er persönlich den Gast auf Zimmer 36 wecken wollte. Er wählte auf dem Haustelefon die Nummer.

Wilhelm Mertens träumte, der Blitz habe in den Baum eingeschlagen, unter dem er vor dem Gewitter Schutz gesucht hatte. Er zuckte zusammen. Da schlug noch ein Blitz ein und noch einer. Mertens saß aufrecht im Bett und wußte im ersten Augenblick nicht, wo er war. Er drehte aufgeregt den Kopf, bis er verstand, daß das Telefon läutete.

»Mertens!«

»Herr Mertens, guten Tag. Es ist 10 Uhr 30. Sie wollten geweckt werden.«

»Jaja, danke.« Er konnte sich nicht erinnern, dem Nachtportier eine Nachricht hinterlassen zu haben.

»Wie spät ist es bitte?«

»Es ist exakt 10 Uhr 30. Hier spricht der Portier, Bloemendaal.«

Mertens fuhr durch seine zerzausten, schütteren blonden Haare. »Danke, Minheer Bloemendaal. Halb elf schon? Könnten sie mir einen doppelten Espresso aufs Zimmer bringen?«

»Selbstverständlich!«

»Und eine Packung Marlboro.« Instinktiv fiel ihm wieder ein, daß er gestern nacht, oder besser heute morgen, nach einer Zigarette gesucht hatte, die er vor dem Einschlafen rauchen wollte.

»Marlboro und Espresso, sofort, goedendag.« Bloemendaal spekulierte auf das Trinkgeld, das Mertens gab, wenn er im ›Middelburg‹ wohnte.

Der Mann in Zimmer 36 setzte sich auf die Bettkante und stützte den Kopf in die Hände. Er hatte Steenbergen noch etwas zu sagen. Er taperte ins Bad.

Bloemendaal rief Kees zu sich, einen hochaufgeschossenen, 16jährigen Jungen, der mit einer Gießkanne bei den Lorbeerbäumen stand.

»Einen doppelten Espresso und eine Marlboro auf 36. Und das hier, warte.« Er holte aus einer Schublade in der Rezeption zwei Alka-Seltzer und reichte sie Kees, der ihn sehr an seinen Sohn erinnerte. »Mit einem Glas Mineralwasser«, sagte Bloemendaal, der wußte, was das ›Middelburg‹ seinen Stammkunden schuldig war.

Wilhelm Mertens rasierte sich, als es klopfte und der Page in seiner grünen Livree mit einem Tablett eintrat. Kees stellte das Tablett auf einem Tisch ab und wartete. Er ließ seine Arme hängen, und jetzt sah man, daß die Jacke eine Nummer zu klein war. Mertens kam mit einem Handtuch um die Hüften aus dem Bad und drückte zwei Gulden in Kees' Hand, der sich mit einem Diener schlaksig bedankte.

Als Mertens das Alka-Seltzer sah, lobte er Bloemendaal still für dessen Weitsicht, obwohl er annehmen konnte, daß der Nachtportier auf einem Zettel vermerkt hatte, in welchem Zustand sich Zimmer 36 im Morgengrauen befand. Er zuckerte den Espresso, zündete eine Zigarette an und löste die Tabletten auf.

Gestern abend war Mertens mit dem Ungarn durch das Chinesenviertel am Nieuwmarkt gestreift, vorbei an rot beleuchteten Schaufenstern, in denen sich die Nutten ausstellten, von Bar zu Bar, bis sie dann in einem Saunaclub gelandet waren, in den ihn Belasc, der Sekretär Steenbergens, eingeführt hatte. Mertens besaß eine Clubkarte, ohne die man nicht hereingelassen wurde. Dr. Belösy, der Ungar, war schnell im Hintergrund verschwunden. Mertens hatte an der Bar des Clubs ordentlich getrunken und von dem Kokain, das ihm eine Barfrau auf

Kosten des Hauses auf einem Make-up-Spiegel angeboten hatte, war er nicht nüchterner geworden. Seine Erinnerung setzte an dem Punkt aus, als er sich an der Garderobe seinen Mantel geben ließ und auf die Straße trat. Er wußte nicht mehr, ob Dr. Belósy noch bei ihm war oder nicht, und ob er sofort ins Hotel gefahren war. Jedenfalls war er in seinem Hotelbett aufgewacht, und das sprach für sich.

Mertens rauchte die Zigarette zu Ende, nippte am Espresso und beendete seine Rasur. Dann zog er ein frisches weißes Hemd und einen schwarzen Anzug mit schmalen Revers an, trat vor den Spiegel und knotete eine weinrote Krawatte. Er sah wieder ganz passabel aus, fand er, auch wenn es noch einige Stunden dauern würde, bis die Spuren der Nacht aus seinem Gesicht verschwunden wären.

Er packte seine Sachen und ging, einen gefütterten Trenchcoat um die Schultern gelegt. Am Lift mußte er warten. Neben ihm standen rauchend zwei Amerikaner, die ihm gestern morgen während des Frühstücks aufgefallen waren, weil sie abwechselnd in einem Aktenordner lasen, den sie mit kurzen Kommentaren über den Tisch reichten. Jetzt trug ihn der Ältere unter dem Arm.

An der Rezeption begrüßte ihn Bloemendaal mit Handschlag. »Sie verlassen uns schon?«

»Die Arbeit wartet. Ist die Rechnung fertig?«

»Selbstverständlich.«

Während Wilhelm Mertens zahlte, bat er den Portier, ihm einen Platz in der Nachtmaschine nach Berlin zu reservieren und den Koffer aufzubewahren, er würde ihn im Laufe des Nachmittags abholen. Das Trinkgeld entsprach Bloemendaals Erwartungen; Mertens wußte noch aus anderen Zeiten, daß der Portier der wichtigste Verbündete in einem Hotel war.

Die Amerikaner saßen bei den Lorbeerbäumen, die der kleinste der Pagen Blatt für Blatt abstaubte. Als Mertens an ihnen vorbeiging, sah er in dem Aktenordner die Protokolle von Schachpartien, und ihm fiel ein, irgendwo auf einem Plakat in der Halle ›Chess championship – Dutch open‹ gelesen zu haben.

Kees, von Bloemendaal mit dieser bevorzugten Arbeit beauftragt, öffnete Mertens eine Hälfte der gläsernen Eingangstüre, auf der milchig ›Middelburg‹ eingeschliffen war.

Unter einem verwaschenen blauen Himmel zogen Wolkenfetzen, wuchsen zusammen und faserten wieder auseinander. Es war zu warm für Januar, und Mertens brauchte seinen Mantel nicht zu schließen.

Er bog von der Straße, in der das Hotel lag, in die Keizersgracht. Ein leichter Wind kräuselte die Oberfläche des schmutzig grünen Wassers. Zwischen die Kontore hatten die Kaufleute vor ein paar hundert Jahren ihre prächtigen Häuser gesetzt. Riesige Fenster in der ersten Etage und wuchtige schnörkellose Giebel, aus denen Galgen ragten, an denen man mit Flaschenzügen die Waren auf die Speicher gezogen hatte. Wilhelm Mertens liebte diese Grachten und ihre Häuser, obwohl er sich immer noch wunderte, daß es mit Rechtschaffenheit und Disziplin möglich sein sollte, solche Reichtümer anzuhäufen.

Er war Anfang Vierzig, nicht verheiratet und fühlte sich nur in großen Städten wohl. Er hatte den Ansatz eines Bauches, und in zehn Jahren würde er sich nicht mehr darum kümmern, denn seine Eitelkeit nahm langsam ab – je deutlicher ihm wurde, daß man für Geld alles bekam. Das war zwar eine Binsenweisheit, aber Mertens hatte sich früher in Stunden der Schwäche eingeredet, es gäbe Menschen, die eine Sache um ihrer selbst willen tun, ohne nützliche Idioten zu sein. Das war lange her. Am liebsten war ihm die Gesellschaft von Frauen; Männer, wie der Ungar gestern abend, ödeten ihn an.

Als er die Vijzelstraat überquerte, kam ihm ein Polizeiboot entgegen, dem einige Möwen folgten.

Steenbergen hatte Dr. Belösy durch die Vermittlung eines norddeutschen Großhändlers kennengelernt, der seine Geschäfte über Belgrad abwickelte. Er war für die Anbahnung des Kontakts äußerst dankbar gewesen, da seine alten Partner in Basel ihren Laden dichtgemacht und sich abgesetzt hatten.

Das Polizeiboot stoppte, und zwei Beamte stießen mit langen Stangen in das trübe Wasser. Mertens beobachtete sie von der Brücke. Vorgestern war der Türsteher einer Molukkendiskothek verschwunden, aber das wußten die Polizisten nicht. Anwohner hatten in der Nacht einen verdächtigen Aufschlag im Wasser gehört und Motorengeräusch. Wenn der Jutesack durchgefault wäre, würde die Leiche ans Ufer treiben. Da die Polizisten nichts fanden, tuckerte das Boot weiter.

In einem Stehausschank trank Mertens ein kleines Pils ohne Schaum. Auf einer Tafel hinter dem Tresen standen in sauberer Kreideschrift die Haschischpreise des Hausdealers. Der leichte Wind hatte sich gelegt. Vor einem Geschäftshaus in der Norderstraat blieb Mertens stehen. Neben dem Eingang hingen untereinander die Messingschilder der Firmen, im Souterrain war ein Buchantiquariat.

Steenbergens Office lag im zweiten Stockwerk. Eine Sekretärin saß vor einem tickernden Fernschreiber und wartete auf den Ausdruck, eine andere bediente die

Tastatur eines Bildschirms, auf dem Zahlen grün leuchteten. Mertens grüßte sie mit einem Kopfnicken und wies auf die dem Eingang gegenüberliegende Türe. Die Frau am Fernschreiber gab ihm mit einer Handbewegung zu verstehen, daß Steenbergen in seinem Büro sei.

»Du bist noch da?« Pieter van Steenbergen, Import-Export, Gerichtsstand Amsterdam, war sichtlich überrascht.

»Ich hab's heute morgen nicht mehr nach Schipohl geschafft.« Mertens schloß die Tür und grinste unzweideutig. »Ich fliege heute abend.«

Im Hintergrund stand Franz Belasc an einem Aktenschrank. Mertens setzte sich in einen Sessel an der Wand und schlug die Beine übereinander. Belasc, der aussah, als habe er den Molukker in die Gracht geschmissen, legte die Papiere zurück in die Lade und postierte sich neben Steenbergen. Mertens zündete sich eine Zigarette an.

»Du bist eine Allegorie des blühenden Lebens, mein lieber Franz«, der nicht recht verstand, was Mertens wollte.

»Laß das«, sagte Steenbergen barsch. »Ist noch was?«

»Interessierst du dich nicht dafür, was dein neuer Geschäftsfreund gestern so getrieben hat?«

»Interessiert mich nicht!« Steenbergen war irritiert, Mertens sollte nicht mehr in Amsterdam sein. »Was ist los?«

Mertens nahm den Trenchcoat von seinen Schultern und stützte die Ellbogen auf sein Knie.

»Was ich dich schon seit längerer Zeit fragen wollte«, er zog an der Zigarette. »Eigentlich seit einem halben Jahr... meinst du nicht, daß du Florence zu sehr vertraust?«

Steenbergen sah ihn entgeistert an, Franz Belasc rieb sich verständnislos das Kinn. Der Holländer lehnte sich in seinem Stuhl zurück.

»Wie kommst du darauf?«

»Florence scheint in der letzten Zeit einen, wie soll ich sagen, einen gewissen Widerwillen gegen mich zu entwickeln.«

»Des is ja auch kein Wunder«, nuschelte Belasc in seinem harten Wiener Tonfall.

Mertens schüttelte den Kopf wie ein Studienrat.

»Du bist dumm, Franz, darum geht's in diesem Fall nicht.«

»Wie darf ich das dann verstehen?« fragte Steenbergen.

Mertens erhob sich und klopfte die Zigarette in einem Aschenbecher auf dem Tisch ab.

»Sie ist merkwürdig neugierig.«

»Ahnt sie was?«

»Sie macht sich ihre Gedanken.«

»Soll sie sich doch ihre Gedanken machen!«

Mertens nahm wieder Platz. »Neulich zum Beispiel, fragt sie mich, ob ich ihre Mutter gekannt hätte.«

Steenbergens Augen zuckten. »Wie kommt sie darauf?«

»Weiß ich nicht.«

Steenbergen blickte aus dem Fenster. »Eigentlich kann ich's verstehen.«

»Naja, wie du den Alten über den Tisch gezogen hast, das ist kein Ruhmesblatt für dich.«

Mertens Stimme hatte jenen hinterhältigen Ton, den Florence verabscheute. Steenbergen war hellwach.

»Ich bitte dich, Mertens, das hatte mit ihrer Mutter nichts zu tun. Und unterschlag nicht ständig deine Rolle bei dem Geschäft!«

»Wollen wir's hoffen.« Mertens hatte Steenbergens letzten Satz überhört.

»Und wenn schon«, sagte Belasc langsam. Steenbergen und Mertens sahen ihn mit demgleichen Gesichtsausdruck an. Hätte er jetzt einen Anflug von Bedauern gezeigt, hätte Steenbergen ihn nicht angestellt.

»Wir werden ja sehen«, murmelte Steenbergen.

»Sowieso!« Mertens nahm seinen Mantel und stand auf.

Steenbergen kam um den Tisch und legte eine flache Hand auf seine Schulter.

»Weißt du, Wilhelm, ich fühle mich für sie verantwortlich.« Ihre Blicke trafen sich. Mertens drehte sich zur Türe.

»Ich wollte dich nur warnen!«

Es war etwas kühler geworden. Über dem Meer frischte der Wind auf. Vielleicht frören in diesem Winter doch noch einmal die Seen in den Parks zu.

Wilhelm Mertens ging zum Amstelfeld, wo ein paar Taxis warteten.

Verzweifelt versuchte der Junge, den Rand des Trümmerkellers zu erreichen. Jedesmal, wenn er dachte, es zu schaffen, rutschte er wieder ein Stück den feuchten Lehm hinunter. Tränen verschmierten sein Gesicht. Ängstlich krallte er sich an den Hang. Der große Hund hatte sich unten auf die Hinterläufe gestellt und knurrte und bellte wütend; Sabber lief über seine Lefzen. Der Junge nahm alle Kraft zusammen und versuchte es ein letztes Mal. Er fand oben ein Büschel Gras und wollte sich hochziehen. Seine strampelnden Beine brachen kleine Stücke Erde aus der Wand, die auf den Hund prasselten, der zurücksprang und um so lauter kläffte. Der Junge spürte, wie sich das Gras aus der Erde löste. Er drohte, nach unten zu fallen, als eine Hand seinen Arm packte und ihn hochzog. Schluchzend schmiß der Junge mit den kurzen braunen Locken einen Stein nach dem Hund, der aufheulte und sich trollte. Durch einen Tränenschleier sah er den anderen, hinter dem seine Bande wartete.

»Hör schon auf zu heulen, ist doch nichts passiert. Außerdem weiß doch jeder, daß die Bestie von Bergmann da unten ihren Auslauf hat.«

Der Junge wischte die Tränen aus seinem Gesicht.

»Ich wohne noch nicht so lange hier.«

Der andere war einen Kopf größer und kräftig. Unter dem Arm trug er eine Weidenrute, in die er mit seinem Taschenmesser Muster geschnitzt hatte.

»Der ist mit seiner Mutter über den Lebensmittelladen gezogen!« rief einer aus der Bande.

»Wo haste denn früher gewohnt?« fragte der Anführer.

»Im Schanzenviertel.«

»Und warum wohnste jetzt hier?«

Der Junge druckste, dann nahm er seinen Mut zusammen:

»Mein Vater ist gestorben, und jetzt...«

»Im Schanzenviertel verschwinden ne Menge Väter«, rief der Vorlaute und drängte zwischen den Jungen nach vorne. »Wahrscheinlich sitzt er.«

Die dünne Weidenrute pfiff durch die Luft und klatschte auf die Beine des Aufwieglers. Ohne nachzudenken hatte Roland Hartmann zugeschlagen. Seit jenem Tag waren er und Bernhard Lacan Freunde.

Das Café Oppenheimer lag im Erdgeschoß einer Gründerzeitvilla in der Kurfürstenstraße. Die Pächter hatten es im Stile eines alten Wiener Kaffeehauses eingerichtet. Unter großen Spiegelflächen reihten sich mit rotem Velours bezogene Sofas an den Wänden, ein Dutzend kleiner runder Marmortische verteilte sich in dem weiten, von Durchbrüchen gegliederten Raum. Aus Lautsprechern unter der Decke drang leise ›Music for airports‹ und minimalisierte die Gespräche. Das Publikum bestand in der Regel aus besseren Studenten, affektierten Kulturschaffenden und bärtigen Intellektuellen der zweiten Garnitur.

An der Theke im Eingangsraum lehnten zwei dunkel geschminkte junge Schauspielerinnen, die in einigen Experimentalvideos reüssiert hatten, und flirteten mit dem portugiesischen Barmann. Die Kellner und Kellnerinnen trugen schwarze Kleider und Anzüge, ein paar hatten Pomade im Haar.

Als Lacan den Saal betrat, lief ihm Raimund über den Weg. Sie verlangsamten ihre Schritte, und Raimund, der ein Tablett mit Geschirr balancierte, neigte seinen Kopf und raunte:

»Brauchst du was?«

Lacan lächelte fragend.

»Vielleicht 'n Paar Schuhe aus Italien? Was hast du denn für ne Größe?«

»43.«

»43 ist schlecht. In 42 hab ich noch was da. Schwarz, spitz, erstklassig verarbeitet, kein Engros-Mist.«

Lacan sah an sich herab. »Ich glaube, ich brauche im Augenblick keine Schuhe.«

»Leerkassetten?« Raimund ließ nicht locker. »TDK-Standard. Drei Mark das Stück, ab zehn gibts Rabatt!«

»Sieht nicht so gut aus bei mir, du weißt schon.«

Raimund wußte. Während er mit Schwung in die Küche bog, fragte er:

»Einen Remy?«

»Zwei!«

Roland Hartmann erwartete seinen Freund an einem der runden Marmortische, hinter einer Säule, auf der Plakate klebten.

Er war noch immer einen Kopf größer als Lacan. Auch wenn sich seit Jahren ein Doppelkinn abzeichnete, wirkte er wie jemand, mit dem man nicht leichtfertig Streit begann. Hartmann trug einen eleganten Anzug in einem Fischgrätenmuster. Schon vor fünfzehn Jahren, als er und Lacan loszogen, um zu kiffen und Mädchen aufzureißen, und auf ihren Reisen nach Spanien und in die Türkei, hatte er penibel auf sein Äußeres geachtet. Sein Haar lichtete sich über den Schläfen. Seine hellen Augen, um die sich Lachfalten wie Wellen legten, und seine tiefe Stimme, die von einem Ort im Innern der Erde zu kommen schien, ließen die Lethargie und den Sarkasmus nicht ahnen, die ihn häufig wie böse Tiere befielen.

Lacan setzte sich. Schmunzelnd musterte ihn Hartmann. Bernhard sah sich flüchtig um. Die Liste der Leute, die er in den letzten Wochen geleimt hatte, war lang genug, um ständig auf dem Sprung zu sein. Im Café Oppenheimer fühlte er sich eigentlich sicher, denn wer ihm gefährlich werden könnte, pflegte sich dort nicht aufzuhalten, obwohl der Mann am Nebentisch, dem eine dilettantische Tätowierung aus dem Hemd wuchs, ihn mit einem unangenehmen Silberblick fixierte.

Roland Hartmann beugte seinen schweren Oberkörper nach vorne.

»Na, Bernie, alles im Griff?«

»Was erwartest du denn?«

»Ich warte seit einiger Zeit auf einen Portwein, aber der Kellner«, er wies auf Raimund, der gerade einem einschlägig bekannten Konzertagenten gestenreich die Form der Schuhe beschrieb, »ist ein wenig zerfahren.«

»Das bleibt nicht aus, wenn man auf einen grünen Zweig kommen will.«

»Keine Frage.«

Raimund notierte eine Telefonnummer und verschwand hinter der Theke.

»Seit wann bist du in Berlin?«

»Seit drei Tagen.«

»Und?«

»Was und?« fragte Hartmann.

»Du machst Ferien?«

»Ab heute.« Hartmann löste den Knoten seiner Krawatte und lehnte sich wieder zurück. »Ich hatte das Angebot, in eine Firma einzusteigen, die den Bau einer Stadthauszeile in Kreuzberg plant. Vom Senat gefördert. Einer der Architekten war in München mein Tutor. Der hat sich an mich erinnert und mich angerufen. Wir haben mal eine Zeitlang zusammen gewohnt, weißt du noch? Diese Wohnung in der Ainmillerstraße mit den drei Kühlschränken, verschließbar. Der und ich waren die einzigen normalen Menschen damals.«

»Du ziehst also nach Berlin?«

Hartmann schüttelte den Kopf.

»Warum doch nicht?«

»Warum, warum. Es ging nicht zusammen, darum nicht.«

»Ich dachte, du wärst in München groß im Geschäft.«

»Riesengroß«, sagte Hartmann höhnisch.

Hinter der Theke wartete Raimund, bis der Portugiese sich wieder den Mädchen zuwandte und der Geschäftsführer der Stammkundschaft seine Aufwartung machte. Er kippte hastig zwei Cognac ein und schrieb zwei Bons aus, deren Durchschläge er in den Müllkasten warf. Die Originale legte er auf sein Tablett. Er kam, eine Hand auf dem Rücken, an den Tisch der Freunde und sagte schmierig:

»Auf besondere Empfehlung der Geschäftsleitung.«

Sie nahmen die Schwenker und grüßten in Richtung Oberkellner, der tatsächlich aus Österreich importiert war.

»Auf die Geschäftsleitung«, sagte Lacan.

»Und das geschätzte Personal«, ergänzte Hartmann.

»Bringst du uns noch zwei Bier?«

Raimund verbeugte sich und wiederholte affig die Bestellung.

»Bier?« fragte Lacan.

»Warum nicht? Ich habe Durst nach der Quatscherei der letzten Tage.«

Sie saßen sich schweigend gegenüber, keiner wollte beginnen. Hartmann sah sich um.

»Siehst du die bemalte Schluse dahinten? Sieht aus wie unsere Biologielehrerin.«

Lacan hatte in Biologie gut abgeschnitten, weil er der einzige gewesen war, der der Lehrerin in die Augen sehen konnte, ohne zu glucksen.

»Soll ich mal rübergehen?« fragte Hartmann.

Erstaunt hob die ältere Frau den Kopf, als der massige Mann an ihren Tisch trat. Lacan hielt sein Gesicht in den Händen und beobachtete die Szene durch die Finger. Die Frau schüttelte den Kopf, und Roland Hartmann verabschiedete sich mit einem ruckartigen Bückling, bei dem er die Hacken zusammenschlug.

»Die kütt us Kölle«, ahmte er sie nach.

»Kölsch ist fast so schlimm wie Lispeln«, sagte Lacan.

»Fast!« Hartmann trank einen großen Schluck Bier, das Raimund inzwischen gebracht hatte.

»Sollen wir essen gehen?« fragte er.

»Wenn's nicht so teuer wird, Limit 20 Mark.«

Hartmann sah Lacan amüsiert an.

»Ich lade dich ein.«

»Angenommen!«

Neben dem Eingang zum Saal wurde aus Holzkeilen eine Bühne zusammengeschoben. Heute abend fand im Café Oppenheimer das dritte Konzert aus der Reihe ›East meets West‹ statt; Gitarre, Sitar, Congas, Eintritt 25 Mark. Hartmann legte einen Schein auf den Tisch, Lacan trank sein Bier aus. Der portugiesische Barmann und die Schauspielerinnen waren sich nähergekommen. Er war mit den Bestellungen im Verzug, und die Kellner, die dafür Verständnis hatten, richteten sich ihre Tabletts selbst, die anderen zischelten böse ›Luis‹, doch Luis beruhigte sie, und die Mädchen kicherten. Raimund stritt mit dem Geschäftsführer.

Es war kalt draußen. Am Ende der Kurfürstenstraße drehte sich über den Häusern der blaue Neonstern auf dem Dach des Europacenters. Von der Apostelkirche schlug es sieben.

Einige hundert Meter weiter standen Prostituierte in zugigen Hausaufgängen. Das Straßengeschäft lief schlecht kurz nach Weihnachten, aber der Abend hatte ja gerade erst begonnen.

Die Potsdamer Straße bereitete sich auf die Nacht vor. Der türkische Gemüsehändler saß in seinem Laden neben dem öden Parkhaus und tippte die Tageseinnahmen in einen Taschenrechner. Seine Frau füllte hinter ihm die Regale auf. Der An- und Verkaufjuwelier ließ rasselnd ein Gitter vor das Schaufenster, verschloß und ging unter dem gußeisernen Gestänge der Hochbahn zu einem Imbiß, wo er jeden Abend ein Glas Raki trank. Die beiden Ärzte und die Krankenschwestern, die in der Ambulanz am Kleistpark zum Nachtdienst eingeteilt waren, saßen in ihrem Aufenthaltsraum und verfolgten die Fernsehnachrichten.

Schräg gegenüber lag ein Palais aus der Hohenzollernzeit. Über dem ausladenden Portal hingen die Fahnen der Besatzungsmächte, Rasenflächen und Blumenrabatten zogen sich bis zu dem Gitter, das den Kleistpark von der Potsdamer Straße trennte. Obwohl sich die Sowjetunion schon 1948 aus dem Alliierten Kontrollrat zurückgezogen hatte, war die rote Fahne mit Hammer und Sichel noch immer an ihrem Platz.

Als der schwarze Wolga Oberst Nikolai Koljatows das Gebäude passierte, erinnerte er sich, wie er als junger Leutnant an den letzten Sitzungen teilgenommen hatte. Oberst Koljatow war Ukrainer, Ende Fünfzig, im Osten der Stadt stationiert; zu seinem Dienst gehörten diese wöchentlichen Fahrten durch den Westteil Berlins, mit denen die Sowjetunion ihr Recht als Besatzungsmacht unterstrich. Genauso, wie die amerikanischen Jeeps auch heute noch regelmäßig ›Unter den Linden‹ auftauchten.

Koljatow saß neben Oleg, seinem Fahrer. Im Fond des Wagens stierte ein politischer Offizier durch die getönten Scheiben auf die Glitzerwelt. Als sie die Prostituierten erreichten, verlangsamte Oleg die Fahrt. Eine der Nutten erregte seit Monaten Koljatows Aufmerksamkeit. Im Sommer trug sie einen glänzenden Bodystocking und hochhackige Lackstiefel, nun im Winter hatte sie einen Fellmantel offen darübergeworfen. Koljatow hätte einiges dafür gegeben, einmal auszusteigen und mit ihr in dem dunklen Eingang zu verschwinden, über dem eine schäbige Neontafel ›Hotel Exzelsior‹ leuchtete. Der Gedanke war sinnlos. Er lehnte sich zurück und memorierte japanische Schriftzeichen.

Eins der Stundenhotels war vom Senat für Emigranten aus Ceylon angemietet worden. In ihren unpassenden Winterkleidern, die das Rote Kreuz gespendet hatte, standen sie in Grüppchen auf dem Bürgersteig und wußten nicht mehr, was sie in der Stadt wollten. Die gardinenlosen Fenster des grün gekachelten Hauses waren blind von Rauch und Körperdunst. Niemand hier konnte die Tamilen leiden, sie standen meist nur herum und froren.

Einer von ihnen verließ die Stehparty und lief durch den Verkehr auf die andere Straßenseite. Er hatte gestern und heute in einer Autowaschanlage gearbeitet und wollte die 60 Mark Sklavenlohn verfeiern. In holprigem Englisch sprach er die Frau in den Lackstiefeln an.

»Vapiß dir, Kanake«, sagte Ilona und drehte den Kopf.

Er versuchte es noch einmal, denn er wollte ja bezahlen.

»Vapiß dir!« schrie sie. Aus dem Casino ›Pik 7‹ nebenan kamen zwei Männer.

»Haste Schwierigkeiten?«

»Der Kanake jloobt, ick würde mit ihm auf' Zimmer jehn.«

Die beiden Schläger grinsten.

»Na los, Äffchen, ma wieder rüber inne Herde.«

Noch eine Erniedrigung konnte er heute nicht ertragen. Als er erwachte, sah er in das Gesicht eines Arztes in der Ambulanz am Kleistpark. Etwas abseits saß ein junger Polizist und las im Asylantrag, den sie aus seiner Hosentasche gefischt hatten. Auf der Potsdamer Straße hatte die Nacht begonnen.

Im Spielcasino ›Pik 7‹ zählte der Geschäftsführer in einem Hinterraum Wechselgeld, als es klopfte.

»Wer issn?«

»Eddie und Assi.«

»Rein!«

Sie traten vor seinen Tisch.

»Habt ihrn?«

»Also, weeßte, det is nich so einfach, wie du dir det vorstellst...«, versuchte Eddie eine Erklärung. Der Geschäftsführer bündelte einen Haufen Zehner und steckte ihn in die Tasche.

»Et wird langsam Zeit!«

»Klaro, klaro«, sagte Eddie, und Assi nickte. »Aber find mal jemanden in so 'ner großen Stadt.«

»Ick verlier die Jeduld.«

»Det kann sich nur noch um Tage, ach, wat sag ick, um Stunden handeln.«

»Meinswejen kann er ooch die Hälfte anzahlen.«

»Wir machen det schon, Chef, keine Bange.«

»Dafür zahl ick euch ja.«

Die beiden standen verlegen da. Der Mann hinter dem Tisch zählte wieder Geld.

»Wir jehn denn mal.«

»Wat sonst?«

Ilona war inzwischen mit einem Türken im Haus verschwunden, der Juwelier trank seinen dritten Raki, und der Gemüsehändler träumte von daheim. Es war Nacht.

Hartmanns Auto sprang nicht an. Wütend drückte er das Gaspedal durch. Lacans Augen wanderten bewundernd über das matt scheinende, hölzerne Furnier des Armaturenbretts; die Lederpolster des Jaguars allein waren teurer und bequemer als jedes Möbel seiner Wohnung. Sein Freund versuchte es wieder. Die Kontrollämpchen flakkerten auf und verlöschten.

»Komm, wir fahren mit deinem«, sagte Hartmann. Lacan nickte, und sie stiegen aus.

Bernhards Opel machte Geräusche wie ein heiserer Hund.

»Indianapolis?« fragte Hartmann.

»Indianapolis!«

Die Nacht war kalt und klar. Einige Zentimeter Neuschnee hätten die Tristesse des Berliner Winters vertrieben, aber es sah nicht nach Schnee aus.

»Du scheinst ja wirklich Geld zu haben«, sagte Lacan.

»Wegen des Jaguars?«

»Zum Beispiel.«

Hartmann gab keine Antwort. Schweigend fuhren sie über den Kurfürstendamm.

»Und du?« fragte Hartmann.

»Was und ich?«

»Na Geld!«

»Hörst du ja«, sagte Lacan, während er den dritten Gang suchte.

»Wohin fahren wir?«

»Keine Ahnung.«

»Warum nicht ins ›Calabria‹?«

»Mir recht, wenn du bezahlst.«

»Mach dir keine Sorgen, diesmal müssen wir kein Tischtuch anzünden.«

Lacan bog auf die Lewishamstraße. Der Tunnel unter

dem Kudamm war gesperrt. Am Morgen war ein Lastwagen in der vereisten Unterführung umgestürzt und ausgebrannt. Am Ausgang standen noch zwei Löschfahrzeuge mit rotierenden Blaulichtern, Feuerwehrleute rollten Schläuche zusammen.

Ein Kellner führte sie an einen kleinen Tisch hinter einem Paravent, der mit Drachen in dunklem Rot und Blau und Braun verziert war. Ein anderer Kellner brachte die Karte. Lacan runzelte die Stirn, als er die Preise las. Hartmann, dem das Wasser im Mund zusammenlief, bemerkte Lacans Zögern.

»Los, such' dir schon was aus, geht klar!«

»Vielleicht Saltimbocca?«

»Genau! Vielleicht Saltimbocca und für mich Scampis.«

Lacan war einverstanden.

»Und vorher Schinken mit Feigen und ein paar eingelegte Schnecken.«

Lacan konnte sich nicht erinnern, wann er zum letzten Mal richtig gegessen hatte.

»Und 'ne Flasche Orvieto Classico, was?« fragte Hartmann.

»Gerne!«

Das Lokal füllte sich. Die Kellner liefen umher und legten karierte Servietten auf die weißgedeckten Tische. Zwei ältere Schwule standen vor dem Buffet und entschieden sich für einen großen Karpfen, der auf einem Berg Eis aus der Vitrine glotzte. Am Tisch der Freunde drehte man die Gläser um und sortierte das Besteck. Lacan zündete sich eine Zigarette an, er bewunderte die gewandten Handgriffe des gedrungenen Italieners. Im Hintergrund vermischten sich Stimmen und leise Musik zu einem angenehmen Summen. Der Getränkekellner zeigte Hartmann das Etikett der Flasche.

Lacan spürte, wie ihm das erste Glas Wein in den Kopf schoß, als habe er eine Infusion bekommen. Der Kellner brachte den Schinken und die Schnecken. In den letzten Wochen hatte sich Lacan in der Hauptsache von Kebab ernährt, den er oft nachts in jenem Imbiß bestellte, in dem der Juwelier seinen Raki trank. Bei ihm hatte Lacan auch vor einiger Zeit seine goldene Kommunionuhr versetzt, vergeben und vergessen.

Sie redeten nicht viel. Als das Saltimbocca und die Scampis gebracht wurden, fragte Lacan:

»Wie geht's denn Petra?«

Hartmann sah auf, eigentlich hätte er mit der Frage rechnen müssen. Petra war das einzige Mädchen in ihrer Bande gewesen. Sie wollte auch noch ein Junge sein, als alle nur mit ihr rauften, um ihre Brüste zu berühren. Irgendwann später hatte Roland Hartmann sie geheiratet. Er wischte sich den Mund mit der rot-blauen Serviette und schüttete nach.

»Sie gibt jetzt Analphabetenkurse an der Volkshochschule in Haidhausen.« Er zuckte mit den Schultern. »Ne Stelle hat sie immer noch nicht. Hat sich auch nicht darum gekümmert. Wieso auch?«

»Wohnt ihr noch zusammen?«

»Noch ist gut.« Ungeduldig pulte Hartmann ein Scampi aus der Schale. »Seit zwei Jahren versuchen wir uns scheiden zu lassen. Können wir uns nicht leisten, in gegenseitigem Einverständnis.«

»Aber 'n Jaguar hast du noch.« Lacan tunkte ein Stück warmes Weißbrot in die Soße, die nach Gorgonzola und Salbei schmeckte. Hartmann bestellte Nachschub, er wedelte mit der leeren Flasche. Ein Kellner in einem schwarzen Spenzer entkorkte die neue Flasche und schenkte ein. Hartmann hob sein Glas und trank Lacan zu, eine Geste, die sie beide verabscheuten und darum immer wieder imitierten.

»Einen Jaguar habe ich noch. Auch noch. Wie 'ne Frau. Und du?«

»In jeder Beziehung Opel. Und du?«

»Was?«

»Wie finanzierst du den Jaguar?«

»Gar nicht. Deshalb fahre ich ihn ja noch. Noch. Ich finde, ›schon‹ beschreibt meinen Zustand besser. Mein letzter Auftraggeber sitzt nämlich schon in Spanien.«

Lacan lächelte schadenfroh.

»Anstatt das Honorar zu zahlen, hat der mich zu einem Warentermingeschäft überredet und 'ne schnelle Mark versprochen.« Hartmann schüttelte den Kopf. »In Bolivien wächst kein Weizen.«

»Da wächst was anderes«, feixte Lacan. Hartmann beugte sich vor.

»Hast du was da?«

Lacan machte ein Wovon-denn?-Gesicht und aß eine Tomate.

»Ich könnte vielleicht was besorgen.«

»Vergiß es, eigentlich bin ich blank.«

Hartmann warf die Serviette neben den Teller. Am Tisch der beiden Schwulen wurde der Karpfen tranchiert, dessen verkochte Augen trübe in den Höhlen lagen.

Luis kam mit den beiden betrunkenen Schauspielerinnen im Schlepptau ins Lokal und wurde von einem Mann, der hinter dem Tresen hervorschoß, mit Handschlag begrüßt und an einen guten Tisch gesetzt. Lacan fragte sich, warum er die Mädchen noch zum Essen einlud. Er wandte sich wieder zu seinem Freund.

»Ich dachte, du wärst bei Kasse?«

Hartmann winkte ab.

»Kein Luxus. Und wie sieht's bei dir aus?«

»Soll ich ehrlich sein?«

Hartmann kniff lachend die Augen zusammen.

»Wir kennen uns doch lange genug.«

Ein Kellner brachte auf einer Untertasse die gefaltete Rechnung.

»Also gut«, begann Lacan. »12000 bei Eddie...«

»Wer ist Eddie?«

»12000«, wiederholte Lacan. »Natürlich nicht bei dieser Kanalratte, sondern bei seinem Chef, Spielcasino, wenn du verstehst, was ich meine.«

»Ich verstehe«, sagte Hartmann. »Und sonst noch?«

»Nen Kleinkredit bei der Volksbank und die Alimente für Valeska und Alexandra.«

Die letzten Worte verschluckte Lacan, doch Hartmann hatte alles genau verstanden.

»Ach Valeska. Wie geht's der denn?«

»Das ist mir scheißegal«, sagte Lacan trotzig.

»Bernie, ich habe dich immer gewarnt.«

»Das hilft mir jetzt wenig.«

»Wer nicht hören will...«

»Ist gut. Das habe ich heute schon einmal gehört. Und außerdem das Übliche: Da einen Schein und da einen.«

Hartmann schob zwei Hunderter zwischen die Rechnung, die der Kellner mit den Fingerspitzen vom Tisch zog.

»Verdienst du nicht ganz gut?« fragte Hartmann. Lacan sah ihn mitleidig an.

»Ich werde gepfändet, was denkst du denn?«

Sie leerten ihre Gläser, Hartmann zurrte seine Krawatte fest.

»Multiplizier' deine Schulden mit zehn, dann weißt du, warum ich noch einen Jaguar fahre. Das ist alles eine Frage der Größenordnung.«

Bei Hartmann ist also nichts zu holen, dachte Lacan erleichtert. Es wäre ihm unangenehm gewesen, den alten Freund um Geld zu bitten. Hartmann blinzelte über den Tisch. Warum läßt der bloß das Zocken nicht? Und sucht sich stattdessen eine vermögende Frau? Er sieht doch gut aus und ist nicht dumm; aber schon in der Schule hatte Lacan es nicht verstanden, aus seiner Erscheinung Kapital zu schlagen.

»Trinken wir den Kaffee irgendwo anders?« fragte Hartmann.

»Wo?«

»Mir gleich. Zeig' mir die Stadt.«

»Du warst doch oft genug hier.«

»Also meinetwegen ins ›Amazonas‹.«

»Va bene.«

Sie standen auf. Die beiden Schauspielerinnen an Luis' Tisch waren sehr ausgelassen, und der Portugiese warf Lacan ein Auge. Paß auf, sonst hast du später keinen Spaß mehr, dachte Lacan, als sie durch den roten Windfang auf die Straße traten.

Die Mutter des Polizeimeisters Schulz hatte in ihrer Jugend für Harry Piel geschwärmt, keinen seiner Filme versäumte sie. Es war nur natürlich gewesen, daß sie ihren ersten Sohn nach ihm benannte. Harry war in Neukölln aufgewachsen, seit seiner Heirat vor zwanzig Jahren lebte er in einer jener Neubausiedlungen an der Peripherie. Harry Schulz hatte jede Ähnlichkeit mit dem Idol seiner Mutter verloren, sofern er sie einmal besessen haben sollte. Seine Haare waren fettig, und unter seiner graugrünen Uniform wölbte sich ein trauriger Chips-und-Bier-Bauch. Sein Revier, das er heute nacht in einem VW-Bus durchkreuzte, war das nördliche Schöneberg und Teile des Tiergartens. Er liebte den Nachtdienst, weil er dann nicht neben seiner Frau im Bett liegen mußte.

Der VW-Bus trendelte über die Potsdamer Straße, bog am Landwehrkanal links ab und fuhr langsam am Bendlerblock vorbei. Der massive dunkle Bau wirkte immer noch bedrohlich und menschenverachtend.

Harrys Kollege Gerd Franke, der neben ihm saß und sich aus demselben Grund zum Nachtdienst einteilen ließ, wischte mit einem Papiertaschentuch über die beschlagene Windschutzscheibe. Aus dem Funkgerät ziepten Gesprächsfetzen.

»Haste wat zu rauchen?« fragte Schulz, dem seine Frau verboten hatte, in der Wohnung zu rauchen. Franke, dessen Frau es nicht mehr wagte, ihm solche Vorschriften zu machen, nachdem er sie einmal verprügelt hatte, holte eine ungeöffnete Schachtel HB aus der Brusttasche seines Hemds. Vom ersten Zug wurde Schulz schwindlig, aber dann ging es. Schweigend fuhren sie durch das alte Diplomatenviertel. Beide hofften, daß heute nacht nichts passieren würde, keine Schlägerei und keine Betrunkenen, sie wollten einfach nur die Stunden bis zum Morgen ruhig hinter sich bringen. Die Nacht war mondlos, und es schneite nun doch ein wenig.

Auf der Straße vor dem ›Calabria‹ spürte Lacan den Wein. Im Laternenlicht sah er Hartmann an, der verändert schien. Er wirkte wie jemand, der noch weniger zu verlieren hatte als Lacan selbst, und das war schon nicht viel. Hartmann sah unentschlossen aus. Du wirst zu dick, dachte Lacan, als sie in den Opel stiegen. Er schob eine

Kassette in den Recorder, und Chrissie Hynde sang ein sentimentales Lied über Chio. Das Schneegestöber wurde dichter.

»Es schneit«, sagte Hartmann.

»Na und?«

»Vorhin hat es noch nicht geschneit.«

»Liest du Handke?« fragte Lacan.

»Leck mich«, raunzte Hartmann.

»Dann ist ja gut.«

Vor dem ›Amazonas‹ parkte Lacan seinen Wagen auf dem Bürgersteig. Eine Schneedecke legte sich über die Stadt. Weiß und rein, dachte Lacan, jeder Hauseingang hätte als Kulisse für ein Krippenspiel dienen können, ein kristallen schimmernder Teppich.

Auf ihr Schellen öffnete eine Frau in Lederuniform die Türe und musterte sie flüchtig.

»Rein mit euch«, sagte sie und zog schnell die Türe hinter ihnen zu; einzelne Schneeflocken schmolzen auf den Fliesen des Lokals.

Das Licht im ›Amazonas‹ war grell. An der Wand rechts vom Eingang standen weißgedeckte Tische, links war die lange Bar, dazwischen eine große Fläche, die sich erst langsam mit Gästen füllte. Unter der Decke verlief rundum eine Galerie. Die Treppe nach oben war eine Falle für alle, die zuviel getrunken oder gesnifft hatten. Nachdem Lacan einmal mitten im Raum abgestürzt war, hatte er das ›Amazonas‹ eine Zeitlang gemieden, nun war wohl Gras über die Sache gewachsen.

Sie stiegen auf die Galerie und suchten sich einen Tisch, von dem aus sie das Lokal gut überblicken konnten. Es war kurz nach halb zwölf.

Die meisten Gäste unten tranken Bier, oben wurden

Cocktails und Sekt bevorzugt. Hinter dem großen Raum, in den man von der Straße trat, lag abgedunkelt die Tanzfläche, in deren Mitte sich die Kegel zweier blauer Scheinwerfer kreuzten. Einige Schemen zuckten im Rhythmus der Trommelmusik: laute harte mechanische Schläge. Ein Kellner mit kurzen wasserstoffblond gefärbten Haaren nahm ihre Bestellung entgegen, Tequila-Sunrise und Gin-Fizz, kein Kaffee. Sie lehnten sich auf die Metallbrüstung und sahen nach unten. Spiegel hingen schräg an den Wänden unterhalb der Galerie, daß kein Winkel des Raums unbeobachtet blieb. Drei Männer ganz in Schwarz, mit ausrasierten Schläfen, standen lässig beieinander und wippten mit den Oberkörpern. Zwei hatten Lidschatten aus Asche, der dritte trug einen breiten Gürtel aus viereckigen Stahlplatten, die einen langen Umhang zusammenhielten.

Der Kellner brachte die mit Limonenscheiben und Papierschirmen drapierten Gläser und kassierte gleich.

»Na denn«, sagte Hartmann und hob sein Glas. Lacan nestelte den Papierschirm aus seinem Tequila und trank einen Schluck; Grenadine marmorierte rot die gelbe Flüssigkeit.

»Auf was?«

»Auf den Erfolg!« Hartmann hatte den Gin in einem Zug geleert.

»Wo?« Lacan drehte das kühle lange Glas in seinen Händen. Hartmann zögerte. Hoffentlich kommt jetzt kein Geständnis, dachte Lacan, doch Hartmann schüttelte den Kopf und rief nach dem Kellner.

Plötzlich war Aufruhr am Eingang. Der Holzschirm vor der Garderobe brach unter dem Gewicht kämpfender Körper zusammen. Ein Barmann schob sich hektisch durch die Gäste zur Türe, und die Frau in der Lederuniform trat jemandem mit der Spitze ihres Stöckelschuhs in die Seite. Der unerwünschte Gast schrie auf und taumelte benommen zwischen die Kleiderständer. Als er zu sich kam, lag er schon auf der Straße. Die Musik spielte weiter.

»So kann's gehen«, sagte Lacan. Der Wasserstoffblonde hatte bereits die nächste Lage gebracht. Sie tranken, und Lacan fühlte den Rausch in seinem Körper hochsteigen.

»Was machen wir noch?« fragte er.

Hartmann löste die Krawatte, auf seiner Stirn standen kleine Schweißperlen.

Eine Frau beugte sich von hinten über Lacan und küßte ihn. Ihre schwarzen Haare waren wirr toupiert, und ihr großer Mund wirkte durch den violetten Lippenstift wie ein gefährlicher Saugnapf. Sie rutschte um den Stuhl, um sich auf Lacans Beine zu stützen. Ihr Lederwams war tief dekolletiert, und Hartmann sah von der Seite die Spitzen ihrer feisten Brüste. Er schwitzte noch mehr. Lacan hatte grinsend einen Arm um ihren Hals gelegt.

»Come stai, bellissimo?« fragte sie.

»Bene, sempre bene, bellezza«, gab er das Kompliment zurück. Sie drängte sich näher an ihn.

»Che fai stasera? Sei solo?«

»Ich habe eine Verabredung«, sagte Lacan und gab ihr einen Kuß. Sie öffnete die Lippen und versuchte, ihre Zunge in seinen Mund zu schieben. Als er den Kopf zurückzog, war sie erstaunt, wie man ein so einfaches Angebot ausschlagen konnte. Sie starrte mit kleinen Drogenaugen über den Tisch auf Hartmann.

»Laß gut sein, wir müssen was besprechen.«

»Kann er nicht alleine entscheiden?« fuhr sie Lacan an.

»Nein, nein, morgen vielleicht«, sagte Hartmann.

»Vaffanculo!« fluchte die Italienerin und stand auf. Auf

der Treppe drehte sie sich noch einmal um und rief verächtlich: »Finocchi!«

Lacan hob gelangweilt die Augenbrauen. Die Musik und das Stimmengewirr wurden immer lauter. Hartmann zog seine Krawatte ab und steckte sie in die Anzugtasche. Schweiß lief über seine Wangen. Die Ventilatoren an der Decke verteilten den Rauch und den Lärm gleichmäßig im Lokal. Die drei jungen Männer von unten waren auf der Toilette, um aus einer mitgebrachten Flasche Schnaps zu trinken und Captagon zu schlucken. Hartmann war betrunken. Mit einer eckigen Bewegung winkte er Lacan nah an sein Gesicht.

»Gehn wir innen Puff?«

»Was willst du da? Da siehst du sowieso nur die Bräute, die auch hier rumhängen.«

Hartmann glotzte.

»Oder denkst du, die Herrschaften finanzieren ihre Exzesse am Fließband bei Siemens?«

Hartmann kniff die Lippen zusammen und zischte:

»Ich will lieber saufen.«

»Wir sind doch dabei.« Lacan fühlte sich niedergeschlagen. »Wir sollten das besser in der Domino-Bar hinter uns bringen.«

Hartmann nickte erleichtert. Vorsichtig stieg er die Treppe herunter, eine Hand fest am Geländer.

Im ›Amazonas‹ stauten sich jetzt die Gäste, die Musik war ohrenbetäubend. Als sie zum Ausgang drängten, sah Lacan Irene Rabbia an eine Säule gelehnt. Sie trug ein blaues Cocktail-Kleid, dessen Kragen mit blitzenden Pailletten besetzt war. Ihre Haare waren geölt und streng zurückgekämmt. Er bereute, ihr heute mittag einen Korb gegeben zu haben. Neben Irene stand ein Mann in Lacans Alter mit schlaflosen melancholischen Augen und unterhielt sich mit ihr. Sie hatte Bernhard nicht gesehen. Er schob sich weiter. Hartmann hielt die Augen geschlossen, er wollte schnell an die frische Luft. Die Frau in der Lederuniform balancierte neben der Tür auf einem Bein und massierte die Zehen des Fußes, mit dem sie getreten hatte.

Auf der Straße war dichtes Schneetreiben. Es war kurz nach zwei, und Lacan hoffte, daß dieser Tag, der doch nicht schlecht angefangen hatte, kein böses Ende nehme.

Florence Blumenfeldt war in einer mäßig besuchten Spätvorstellung gewesen. Nach dem Kino sprach sie ein Mann an, der schräg hinter ihr gesessen hatte. Schroff hatte sie ihn zurückgewiesen und, als er nicht lockerließ, laut beschimpft. Seit einer Stunde lief sie ziellos durch die Innenstadt. Ihre Haare waren naß vom Schnee. Sie fürchtete sich, zu Hause im Bett zu liegen und nicht schlafen zu können. Sie sehnte sich nach Lacan, auch wenn sie sich gestand, daß sie ihn nur brauchte, um sich abzulenken. An einer Bushaltestelle bat sie eine Frau um Feuer. Wolkenberge türmten sich plötzlich vor den Sternen. Der Rauch der Zigarette und der Schwaden ihres Atems zerstoben in der kalten Luft. Weinend schlenderte sie den Tauentzien entlang, hinter ihr eine Fußspur im frischen Schnee.

Der Wagen der beiden Polizisten parkte auf der Genthinerstraße vor einem Möbelhaus und schneite langsam zu. Ein Stück weiter auf der anderen Straßenseite verteilten sich am Bordstein Fixerinnen, die auf die letzten Freier warteten, um sich mit einem Druck traumlosen Schlaf zu kaufen.

Schulz und sein Kollege lauschten rauchend dem knisternden Polizeifunk. Schulz dachte an seine Frau. Wenn er mehr Mut besessen hätte, hätte er sie schon vor zwei Jahren aus einem Fenster geschmissen. Während des nächtlichen Dienstes malte er sich immer wieder aus, wie er sie loswerden könnte, doch vor jedem Einfall schreckte er zurück.

Franke neben ihm beobachtete die Mädchen. Ab und zu trank er einen Schluck Bier. Einmal machte er den Scheibenwischer an.

Die Stadt versank im Schnee. Bernhard Lacan lenkte seinen Opel vorsichtig über die glatten Straßen. Hartmanns Kopf lag auf dem Hemdkragen. Lacan sah ihn an.

»He, Hartmann, was ist los? Ich denke, wir wollten noch was trinken?«

Sein Freund zuckte zusammen.

»Ich habe nachgedacht!«

»Soso, du denkst nach!«

»Über dies und das.«

Bitte keine Geständnisse, dachte Lacan wieder, ich weiß Bescheid. Vor der Domino-Bar stützte sich Hartmann einen Augenblick auf das Autodach und senkte den Kopf. Dann lief er hinter Lacan über die Fahrbahn und schlitterte ausgelassen die letzten Meter bis zum Eingang. Na also, dachte Lacan, es geht doch.

Die Domino-Bar öffnete erst um ein Uhr nachts. Sie bestand aus einem winzigen Raum, den ein langer Tresen zu zwei Dritteln ausfüllte. Der schmale Gang zwischen der Bar und der mit einem Spiegel verkleideten Wand machte es unmöglich, mit einem Hocker umzukippen, was für die meisten Gäste von Vorteil war. Hinter dem Barraum führte ein Gang zu den Toiletten und zum

Zigarettenautomaten. Unter der Decke hingen zwei Bahnen gewellte Balkonverkleidung aus hellem Plexiglas.

Lacan und Hartmann lehnten an der Theke, über die sich die Kellnerin beugte.

»Was wollter denn?«

»Zwei große Grappa!«

Lacan zündete sich eine Zigarette an und blies mit dem Rauch das Streichholz aus.

»Sag mal, Hartmann, hast du eigentlich noch deine ganzen Bilder?«

Hartmann drehte wackelnd den Kopf.

»Du hast doch die Wände voll gehabt mit Wunderlichs und Jansens!«

Hartmann war für einen Moment ganz ruhig und konzentriert. Er goß den fauligen Schnaps in sich hinein. »Alles verkauft!«

Lacan roch an dem Likörglas.

»Die Kunst geht nach dem Geld«, sagte Hartmann. »Wenn du verstehst, was ich meine.«

»Eins der wenigen Dinge, die mir glasklar sind«, nuschelte Lacan.

»Ich sammle schon lange nicht mehr.« Das Weiße in Hartmanns Augen war rot geädert, die Pupillen ertranken in Alkohol. Er wurde lauter. »Im Tresor, da liegt die Kunst!«

Lacan nickte verständnislos.

»Und wenn ich sammeln würde: Nur noch Oelzes, Oel...«, er verschluckte die letzten Silben. Lacan bestellte zwei Anschlußgrappa. Er spürte, wie seine Zunge schwerer wurde.

»Oelzmann? Wer is 'n das? 'n Moderner?«

Hartmann hatte einen arroganten Zug um den Mund.

»'n Klassiker sozusagen. Sone Art, sone Art Surrealist. Der hat die meisten seiner Bilder wieder zerrissen oder für Schnaps verkauft.«

»Mir verkauft niemand was für Schnaps«, sagte Lacan. »Aber sag mal, was gibts denn da noch zu sammeln?«

»Eben nichts mehr!«

Ungeschickt drückte Lacan die halbgerauchte Zigarette aus, so daß der Stummel im Aschenbecher weiterqualmte.

»Und das sammelst du?« Er stutzte und lachte. »Oder etwa die Schnipsel, halt mal.«

»Quatsch«, sagte Hartmann, dem die Artikulation einzelner Laute schon hörbar schwerfiel. »Jetzt hörma zu: Der Oelze, nich, der ist gar keine große Nummer, aber es gibt nur ganz wenige erhaltene Bilder von dem und dem... und dem...«, er schlug sich mit der flachen Hand vor die Stirn, »... und dementsprechend sind die Preise.«

»Wertvoll also«, sagte Lacan, der noch nicht recht verstand, auf was Hartmann hinauswollte.

»Ich könnt mir glatt 'n paar Spinner vorstellen, die sich die linke Hand abschneiden lassen, um an son Teil ranzukommen.«

»Anke, bring ma noch was zu trinken!« rief Lacan.

»Verstehste jetzt«, sagte Hartmann. »Son Oelze is unheimlich viel wert.«

»Wieviel?«

»Na unter Brüdern, so, na so 100 Mille.«

Die Kellnerin füllte aus einer dickbauchigen Flasche den mattgelben Trester in ihre Gläser.

»Wollt ihr was rauchen?« fragte sie.

»Aus dem Alter sind wir raus«, sagte Hartmann.

»Oh Entschuldigung die Herren«, lachte Anke und ging. Lacan versuchte, den Faden zu finden.

»Sag mal, Roland, wo halten sich denn die Oelzes so in der Regel auf?«

Hartmann senkte die Stimme. »Kaufen kannste die nicht, das macht sie noch teurer. 105 Mille das Bild. Aber inner... inner Akademie hängen zur Zeit zwei rum, 'n Kleiner und 'n Großer.«

»Salute Hartmann!«

»Salute Lacan! Kannste mir noch folgen?«

»Aber hallo, ich bin doch nicht besoffen.«

Beide kicherten, Hartmann fing sich als erster.

»Paß auf. Den Großen kann man schlecht transportieren, aber der Kleine gefällt mir sowieso besser. Viel besser. Son ganz kleiner Oelze.«

Er hielt die Hände auseinander, um Lacan das Format zu demonstrieren.

»Und gestern«, Hartmann befeuchtete mit der Zunge, auf der schon kleine Stacheln wuchsen, seine Lippen, »und gestern war ich auf der Ausstellung. So.«

Der Chef der Kinderbande sah Lacan verächtlich an. Bernhard verstand nichts und hielt sich an seinem Grappa fest.

»Is überhaupt nicht gesichert, überhaupt nicht.«

Lacan wurde heiß. Er wußte nicht mehr, was er von Hartmann halten sollte, von Hartmann, dem glücklichen Tölpel, der immer auf die Füße fiel.

»Hartmann, Hartmann, wasn los mit dir?« stammelte Lacan.

»Jetzt... jetzt trinkn werma zwei Kaffee«, sagte Hartmann.

»Meinswegen. Und zwei Grappa, den Göttertrunk!«

Es war fast vier Uhr, und es würde noch lange nicht aufhören zu schneien. Hartmann lehnte sich an Lacans Schulter.

»Sama, Bernie, erinnerst du dich noch an unsere Tabernakelgeschichte, damals inner Herz-Jesu-Kirche?«

Beide lachten schallend.

Oberst Nikolai Koljatow stand an seinem Fenster und sah den Schneeflocken nach, die in der Dunkelheit verschwanden. Oft dachte er an solchen Abenden an die Ukraine und an die unbeschwerten Spiele der Kindheit, die ein jähes Ende fanden, als er dreizehn war. Die Deutschen hatten seine Stadt niedergebrannt, und er war mit der Mutter und der Großmutter und den Geschwistern nach Osten geflohen. Noch vor seinem 16. Geburtstag war er Partisan geworden. Sein ganzes Leben wäre anders verlaufen – so, wie er es sich jetzt erträumte –, wenn dieser 12. Oktober 1941 nicht gewesen wäre. Koljatow ging zu seinem Schrank und öffnete eine neue Flasche Wodka. Er stellte die Flasche auf seinen Nachttisch und warf sich aufs Bett. Der Schnee fiel eintönig. In seinem Kopf verschwammen die Gedanken. Ilona, die Hure von der Potsdamer Straße, saß plötzlich auf einem der deutschen Panzer, die in breiter Front über die kahle Ebene verbrannter Weizenfelder rasselten, und irgendwo dazwischen rannte der Pressesprecher der amerikanischen Garnison und schrie in ein Megaphon, daß die Sowjets selbst zusehen müßten, wie man parallel funktionierende Rechnerspeicher erfindet.

Koljatow hätte es gerne einmal mit Ilona gemacht, nur einmal, obwohl das nichts ändern würde. An seinem Kummer nicht und auch nicht am Zustand der Welt. Er löschte das Licht. Ein, zwei Gläser noch, und er würde schlafen können.

Die Ärzte und die Krankenschwestern in der Ambulanz am Kleistpark hatten bis vier Uhr morgens drei Platzwunden und eine Stichwunde in einer linken Schulter versorgt. Sie saßen im Aufenthaltsraum und sahen sich Videos an; sie waren schon zu müde, um der verworrenen Handlung zu folgen.

Kurz nach vier klingelte es am Eingang. Zwei Polizisten, die durchsichtige Plastikhandschuhe trugen, hielten in ihrer Mitte einen Stadtstreicher, der kaum mehr stehen konnte. Der schmutzige Kragen seines Hemdes war mit getrocknetem Blut besudelt, und sein Kopf baumelte auf seiner Brust. Es sah aus, als wollten zwei Zirkusarbeiter eine Puppe zu ihrem Auftritt in die Manege schleifen. Franke und Schulz hatten den Mann auf einem Parkplatz aus einer Schneewehe gezogen und zur Ambulanz gebracht. Während sich die Ärzte und Schwestern um die blaugefrorenen Beine des Alten kümmerten, setzten die beiden einen Bericht auf.

Als sie wieder in ihrem VW-Bus saßen, zündete sich Franke eine HB an. Dann reichte er Schulz die Packung.

»Furchtbar, wa?«

»Was is furchtbar?« fragte Schulz und warf seine Mütze auf die Ablage.

»Der Alte eben.«

»Is doch jeder selber schuld«, sagte Schulz mitleidlos.

»Du weißt ja Bescheid«, sagte Franke.

»Wo fährst du hin?« fragte Schulz, der nicht mehr über den Vorfall reden wollte.

»Zum Kanal zurück.«

»Und dann?«

»Abwarten, was passiert.«

»Mach doch, was du willst«, murmelte Schulz. Auch wenn er sich dagegen wehrte, mußte er wieder an seine

Frau denken. Es fiel ihm einfach nicht mehr ein, warum er sie damals geheiratet hatte. Ist doch alles egal, dachte er schließlich. Er kniff die Augen zusammen, und das Licht der Neonreklamen: ›Hotel Exzelsior‹, ›Tagesspiegel‹, ›Galerie Schumann‹ brach sich bunt in den nassen Scheiben des Polizeiwagens.

Bernhard Lacan und Roland Hartmann stolperten aus der Domino-Bar. Lacan richtete sich auf und atmete tief durch. Sein Kreislauf war außer Rand und Band. Seine Beine, seine Arme und sein Rumpf machten, was sie wollten: Hinfallen, Wiederaufstehen, Seiltanzen auf der Bordsteinkante. Hartmann hatte die Arme in die Hüften gestemmt und pendelte rückwärts hin und her.

»Wo ist das Auto?«

»Da in der Parklücke!« schrie Lacan.

Hartmann preßte seine Hände vor die Schläfen.

»Rallye Monte Carlo!«

»Sonderprüfung: Schnee in den Seealpen!« Lacans Stimme überschlug sich. Hartmann verstand seine eigenen Worte nicht mehr. Der unruhige Motor des alten Opels rüttelte sie auf.

»Wohin?«

»Straight ahead!« grölte Hartmann.

Lacan versuchte, sich an den Mittelstreifen zu orientieren, sofern man sie unter dem Neuschnee erkennen konnte.

»Musica, musica«, gurgelte Roland und versuchte vergeblich, eine Kassette in den Recorder zu schieben. Er kurbelte das Fenster herunter und streckte den Kopf in den Fahrtwind.

»Ich fühle mich wie neugeboren«, sagte er dann.

Lacan war auf einer psychedelischen Achterbahn; alles

bewegte sich zu schnell oder zu langsam, manchmal blieb ein Bild einfach stehen, und er mußte die Augenlider zusammenpressen, um den Anschluß an die Geschwindigkeit nicht zu verlieren.

Plötzlich schrie Hartmann: »Brems, man, bremsen!«

Lacan drückte das Pedal bis zum Anschlag, rutschend kam der Wagen zum Stand, halb zur Fahrtrichtung verdreht.

»Zurück!«

Lacan zögerte.

»Zurück, verstehste nicht?«

Lacan hatte Schwierigkeiten, den Kopf zu drehen und nach hinten zu sehen. Berlin schien von einem schweren Erdbeben heimgesucht zu werden. Ein Taxi hupte laut, als es in einem weiten Bogen überholte.

»Halt!« Hartmann riß die Türe auf. Er fiel hin, rappelte sich hoch und lief zu einem Haus.

»Mach das Schiebedach auf!« rief er vom ersten Stock eines Gerüsts nach unten. Lacan starrte in den Himmel. Blinzelnd erkannte er große schwere Wolken.

»Eh, du Sack, mach das Schiebedach auf!«

»Das ist doch nicht dein Ernst!«

Richtig, dachte Hartmann, kletterte ein Stück höher und rief Lacan zu:

»Mit einer dieser Steckleitern kommen wir nicht hin, wir brauchen mindestens zwei!«

Er zog eine Leiter aus ihrer Fassung und warf sie hinunter, wo sie in einem Sandhaufen steckenblieb und langsam zur Seite kippte.

»Steh nicht blöd rum, pack sie ins Auto!«

Schwindlig schob Lacan die Aluminiumleiter durchs Schiebedach. Kaum hatte er sie verstaut, kam auch schon die zweite. Hartmann hangelte sich wieder auf die Erde.

»Steig ein und gib Stoff«, sagte er und hielt die weit aus dem Dach ragenden Leitern fest.

Lacan fuhr los. Die kalte Luft hatte ihn erfrischt. Mit einiger Konzentration konnte er die Spur halten. Sie fuhren über die Straße des 17. Juni, die breit den Tiergarten teilte. Vorsichtig lenkte Lacan den Wagen durch den Kreisverkehr zu Füßen der vergoldeten Siegessäule, die von großen Scheinwerfern angestrahlt wurde. Dann hielt er an. Er holte einen Flachmann aus dem Handschuhfach, trank einen Schluck und reichte Hartmann die Flasche.

»Das ist Diebstahl«, sagte Lacan.

Hartmann setzte die Flasche ab.

»Wenn schon, dann grober Unfug, und jetzt fahr weiter.«

»Wohin denn?«

Hartmann runzelte die Stirn.

»Zur Akademie, du Arsch, was haben wir denn besprochen?«

»Das ist doch nicht wahr!« Auch wenn Lacan im Rausch leichtsinnig war und bisweilen skrupellos, konnte er nicht glauben, was sein Freund da plante.

»Das ist doch nicht wirklich dein Ernst, Roland?«

»Seh ich wie'n Pausenclown aus oder was?«

Durch das Schiebedach rieselten Schneeflocken auf ihre Haare. Hartmann zündete sich eine Zigarette an.

»Los, Mensch, ich friere.«

Lacan trank noch einen Schluck Cognac. Hartmann plusterte sich auf:

»D' Menschhaid hod es auf alln Gebied'n zu Höchstleisdungn g'brocht, nur nicht auf däm Gebied dr Grimi-nalidät!«

Lacan lachte. Hartmann war sich seiner Sache völlig sicher. Bernhard war wieder ein Junge und spielte bei einem Streich mit. Sie hatten einige üble Streiche zusammen begangen. Einmal hatten sie in den Briefkasten von Bergmann gepinkelt, danach hatte Bergmann seinen Briefkasten einen Meter höher gehängt. Diese Szene – Bergmann mit dem Briefkasten auf einer Leiter, der hechelnde Hund neben ihm – fiel Lacan wieder ein. Mit Roland Hartmann war immer alles gutgegangen.

»Fährst du jetzt endlich, oder meditieren wir noch ne Minute?« fragte Hartmann.

Auf dem Hanseatenweg parkte Lacan am Hinterausgang der Akademie der Künste. Sie steckten die Leitern ineinander und lehnten die wacklige Konstruktion an die Rückwand des Gebäudes. Hartmann stieg als erster hoch, gleich hinter ihm Lacan, der sich am liebsten an den Rockschößen seines Freundes festgehalten hätte. Es gab kein Zurück mehr.

Die Scheibe klirrte laut, als Hartmann mit dem Kreuzschlüssel zuschlug, den er unter seinem Sitz in Lacans Auto gefunden hatte. Schnell drückte er mit dem Werkzeug die Splitter beiseite, die noch im Fensterrahmen hingen. Eine Alarmanlage bellte los. Ungelenk kletterten sie durch die Öffnung. Hartmann kannte sich in der Akademie genau aus. Er riß den Oelze von der Wand. Das Signal einer zweiten Alarmanlage schnarrte wie ein elektrisch verstärkter Wecker.

»Stell das Scheißding doch mal aus!« schrie Lacan.

»Zeig mir mal den Schalter!«

Sie hasteten zum Fenster zurück. Lacan dachte, man müßte den Lärm in ganz Berlin hören. Er bestieg die Leiter, und mehr rutschend als kletternd kam er nach unten.

»Fang das Bild auf!« rief Hartmann.

Als Lacan zum Auto lief, glaubte er, seine Beine

versagten ihm jeden Augenblick den Dienst. Er zitterte am ganzen Körper. Irgend jemand in den Häusern ringsum mußte doch aufgewacht sein. Als er das Bild auf die Rückbank legte, übertönte ein Schrei die Alarmanlage. Entsetzt drehte Lacan sich um. Am Fuß der Leiter lag Hartmann auf dem Kopfsteinpflaster des Parkplatzes; wie ein zusammengefalteter Sack lag er da und stöhnte. Lacan rannte zu seinem Freund. Ein dünner Blutfaden rann aus Nase und Mund.

»Alles in Ordnung?«

Hartmann nickte schmerzverzerrt und schloß die Augen. Lacan schleifte ihn zum Auto.

Auf der Straße des 17. Juni kurbelte er das Schiebedach zu und drehte sich nach hinten. Hartmann hatte eine Hand auf seine Stirn gelegt. Als Lacan um eine Ecke bog, stöhnte er.

»Reiß dich am Riemen, Mensch!«

Lacan langte auf die Konsole, wo der Flachmann lag.

»Willste auch?«

Hartmann gab ein Geräusch von sich, das sich für Lacan wie Nein anhörte.

»Dann eben nicht.«

»Vorsichtig, tut so weh«, röchelte Hartmann von hinten, doch Lacan hatte ihn nicht verstanden. Ihm war schlecht und schwindlig, er wollte nur noch nach Hause. Von weitem heulten Sirenen durch die Schneedämmerung.

Die große Stadt erwachte. Die ersten U-Bahnen waren überfüllt. Arbeiter fuhren zu AEG und Siemens, Putzfrauen zu den Großraumbüros am Fehrbelliner Platz. In der Linie 1 vom Schlesischen Tor zum Zoo saßen, zwischen andere müde Fahrgäste geklemmt, zwei schwarzverschleierte Frauen und lasen im Koran. Auf der Potsdamer Straße wurden die letzten Abrechnungen gemacht.

Eddie und Assidertürke kurvten in einem Ford Granada durch Schöneberg. Sie hatten ihren Mann nicht gefunden. An einem Imbiß holte Assi Currywürste und Pommes frites.

Assidertürke war gar kein Türke. Er hieß eigentlich Oswald, aber man kannte ihn unter jenem Namen, seit er mal für eine Türkengang gearbeitet hatte. Er war Mitte Dreißig und hatte die Statur eines Rummelplatzboxers. Assidertürke war ein gutmütiger Mensch, solange ihm nicht jemand das Gegenteil befahl; mit Eduard Greffrath bildete er ein gutes Gespann.

»Solln wir et stecken für heute nacht?« fragte Assi.

»Ick fahr noch jrade bei Kutti vorbei, vielleicht hat er ihn jesehn.«

»Jloob ick nich, det er sich da noch hintraut«, sagte Assi und spießte ein Stück Wurst auf. Assi kannte den vier Jahre jüngeren Eddie noch aus einem Kinderheim. Eddie war hager, verschlagen und feige. Man nahm ihn nicht ernst, wenn er alleine auftrat, vor seiner Hinterlist mußte man aber auf der Hut sein. Eddie zupfte nervös an seinem dünnen Oberlippenbart und sah auf die Uhr. Es war nach fünf.

»Lassen wir et bleiben und krallen uns den Penner morjen, wa«, sagte Assi, der noch ein Bier trinken und flippern wollte. Er hielt den Lokalrekord im ›Bierparadies‹, einer Spelunke am Landwehrkanal, in der zweitklassige Zuhälter und ihre Frauen frühstückten.

»Na jut«, sagte Eddie. »Aba morjen is er fällich.«

Assidertürke nickte umständlich und sagte:

»Fahr mir an meine Kneipe vorbei.«

Als er ausgestiegen war, steckte sich Eduard Greffrath eine Zigarette in sein gelbes Gesicht und machte das Autoradio an: Nachrichten und der Wetterbericht. Wütend drehte Eddie am Sendersuchlauf. Er hatte Lust auf Soul, um sich noch mal in Stimmung zu bringen, aber selbst im AFN war Hillbilly. Eddie fluchte. Die Götter des Rundfunks waren nicht auf seiner Seite. Er fuhr in sein Einzimmer-Appartement und zog sich die Bettdecke über den Kopf.

Als der Einsatzbefehl über Funk kam, schaltete Schulz Martinshorn und Blaulicht an, und Franke raste los.

»So eine Scheiße«, sagte Schulz und knöpfte seine Uniform zu.

»Scheiße hin oder her, flüster mir lieber den kürzesten Weg zur Akademie«, sagte Franke.

»Entlastungsstraße hoch, anner Philharmonie links, Hofjägerallee rechts, um den großen Stern ins Hansaviertel und die zweite rechts.«

Franke sah Schulz bewundernd an. Sie jagten durch den verschneiten Tiergarten. Franke hatte den Ehrgeiz, als erster am Tatort zu sein.

»Wahrscheinlich is'n Vogel vor 'ne Scheibe geflogen«, sagte Schulz.

»Klar! Nach 'ner längeren Weihnachtsfeier hatte der die Orientierung verloren.«

Schulz war beleidigt. Leck mich, dachte er und starrte nach draußen.

Auf dem Parkplatz der Akademie der Künste stand schon ein grün-weißer Bus mit offenen Türen. Hinter dem Gebäude flackerte eine Taschenlampe.

»Da muß die Kripo ran«, sagte ein Kollege zu Franke und Schulz.

»Was is'n los?« fragte Franke.

»Sauberer Einbruch.«

»Ich verständige mal die Zentrale«, sagte Schulz und ging zurück. Die Blaulichter der Polizeiwagen beleuchteten in schneller Folge den Tatort.

Wahrscheinlich hatte Lacan eine jener Sirenen gehört. Hätte man ihn angehalten und aufgefordert auszusteigen, hätte er gesagt:

»Tut mir leid, ich kann nur noch sitzen.«

Verzweifelt versuchte er, die Fahrbahn und die anderen Wagen zu erkennen. In der Nähe seiner Wohnung stellte er den Opel in die erstbeste Parklücke und wischte über seine verschwitzte Stirn. Er drehte sich zu Hartmann um.

»Los, Roland, aufwachen, wir sind da.«

Hartmann rührte sich nicht. Er schien eingeschlafen zu sein.

»He, Hartmann, wir gehen jetzt ins Bett. Los, oder glaubst du, ich schlepp' dich nach oben?«

Keine Reaktion.

»Meinetwegen schlaf doch im Auto.« Er zögerte einen Moment. »Das wird aber kühl, das sag ich dir.«

Hartmann grunzte merkwürdig und zog sich den Mantel zu.

»Naja, erfrieren wirst du schon nicht«, murmelte Lacan, als er mit dem Bild ausstieg.

Er taumelte an den Hauswänden entlang und erinnerte sich schon an nichts mehr. Mühsam schloß er die Wohnung auf. Er ließ das Bild einfach fallen, schmiß sich aufs Bett und schlief sofort ein.

Warum mußte ein Tag, der nicht schlecht angefangen hatte, so enden?

Zweiter Tag und zweite Nacht:

»Beim nächsten Ton des Zeitzeichens ist es 10 Uhr, 16 Minuten und 50 Sekunden«, quäkte die Stimme der Ansagerin. Verschlafen legte Wilhelm Mertens den Hörer auf die Gabel zurück und überlegte, welches Gesicht zu dieser Stimme gehörte. Wahrscheinlich eines, das ihn an seine Mutter erinnerte, die ihm morgens manchmal einen nassen Waschlappen durchs Gesicht gerieben hatte.

Er war immer ein schlechter Schüler gewesen, eher faul als dumm oder unbegabt. Nachdem er durchs Abitur gefallen war, hatte er eine Lehre als Großhandelskaufmann begonnen. Er machte sich selbständig, als er begriff, daß man kein Geld verdient, solange man die Bilanzen anderer in eine alte Rechenmaschine tippt.

Bei einer Tasse Kaffee studierte er seinen Terminkalender. Seine Küche beherbergte nur das Allernotwendigste. Mehr als drei Personen hätte er nie bewirten können, aber mehr als drei Gäste waren auch nie da. Die Stahlrohrstühle um den flachen weißen Tisch hatte er nur gekauft, weil Florence sich weigerte, auf einem Hocker zu frühstücken.

Im Radio auf der Anrichte lief ein politisches Magazin. Ein Wissenschaftler warnte vor dem Kollaps des Weltwährungssystems, im US-Senat wurde wieder um ein Embargo gestritten. Musik am Vormittag.

Wilhelm Mertens zog sich an und bestellte ein Taxi.

Ein grau verhangener Himmel drückte auf die Stadt. Die Streuwagen der Stadtreinigung zuckelten durch die Straßen, Schotter knirschte unter den Reifen. Mahmut, der Trödler, stieg aus einem verbeulten Chevrolet-Combi, der mit Werbung für sein Geschäft beklebt war, und schleppte ein Bündel Mäntel über den Gehweg. Als gläubiger Moslem war er nach Berlin gekommen, aber bald schon hatte er seine Religion, sein Studium und seine Zukunft als Wasserbauingenieur in Syrien hinter sich gelassen und auf dem Flohmarkt gearbeitet, bis er dann den Laden eröffnete.

Er blickte über die Straße hoch zu Lacans Wohnung. Lacan hatte ihm neue Platten versprochen.

Durch die Rippen der Jalousie wurde ein Gittermuster in den Raum projiziert. Lacan lag mit ausgestreckten Armen quer auf dem Bett. In dem Doppelfenster war eine dicke Fliege eingesperrt – weiß Gott, woher sie kam – und flog immer wieder brummend vor die Scheiben. Lacan hatte die Augen geschlossen, obwohl er wach war. Als er ein Lid kurz hob, schossen Blitze auf die Netzhaut. Die Fliege stürzte zum siebten Male ab. Vorsichtig drehte er sich um und richtete sich auf.

Mahmut sortierte die Mäntel, und der Gemüsehändler nebenan stand hinter der Theke und malte sich aus, was er am Abend kochen würde. Seine Frau litt an Muskelschwund und lag in einem Pflegeheim, wo er sie sonntags auf eine Stunde besuchte. Sieberts Leidenschaften waren Kochen und Zinnfiguren und daß die Kunden, die anschreiben ließen, am Monatsende bezahlten.

Wolkenbänke stapelten sich am Himmel, von Norden wanderte eine Schneefront über die Mark Brandenburg. Die ›Stimme der DDR‹ meldete Verkehrsbehinderungen bei Potsdam, aber wer hörte schon die ›Stimme der DDR‹?

Lacan preßte eine Hand vor die Stirn. Ich muß aus dieser Stadt weg, dachte er, obwohl er sich noch nicht eingestehen wollte, daß der Kampf zugunsten Berlins enden könnte.

Im Frühjahr und Sommer war Berlin die schönste Stadt der Welt, mit tausend blühenden Bäumen in den Straßen, den Cafés, dem Lindenduft in der Nase. Im Winter dagegen war es außergewöhnlich schwer, nicht durchzudrehen.

Lacan fühlte sich, als habe er mit alten Zeitungen bedeckt im Rinnstein gelegen, Nadeln stießen von innen gegen seine Stirn.

Die Neonröhre im Flur brauchte zwei Pings, bis das Edelgas in ihr leuchtete. Er sah an sich hinunter, die Ränder seiner Hose waren mit Lehm und Erde verkrustet, und auf den schwarz-weißen Plastikfliesen lag ein kleines Bild in einem schnörkellosen Holzrahmen.

Er ging ins Bad und steckte den Kopf unter den Wasserhahn. Er vermied es, in den Spiegel zu sehen. Das Bild lag immer noch im Flur. Ein kalter Schauer lief über Lacans Rücken. Behutsam hob er es auf. Es waren ›Die Gehörnten‹ des einsamen Malers Richard Oelze.

Oberst Nikolai Koljatow rückte die roten Schulterstücke seiner Uniform zurecht. Er war Zeit seines Lebens Soldat gewesen, und die Schulterstücke waren immer größer geworden, jetzt saß er in Berlin, wohin er eigentlich nie wollte.

Oleg kam um 10 Uhr 30. Während der Fahrt blätterte Koljatow in seinen Papieren. Er wurde in der Botschaft ›Unter den Linden‹ erwartet.

Der Transport des Materials über Österreich und Jugoslawien hatte sich bewährt, Koljatow würde dem Botschaftsrat vorschlagen, auch die Konstruktionspläne nicht mehr in Berlin zu übergeben. Jeder belauerte jeden hier.

Kahle Birken standen links und rechts der Straße. Sie überholten eine MZ, auf der ein Paar engumschlungen ins Glück fuhr. Der Schal des Mädchens flatterte in der Luft. Als Oleg am Palast der Republik zu schnell in die Karl-Liebknecht-Straße bog, mußte er heftig bremsen, weil er einen Fußgänger übersehen hatte.

Der junge Mann trug schulterlanges, in der Mitte gescheiteltes Haar und einen Parka der US-Armee. In seiner Umhängetasche war ein halbes Gramm Heroin, das ihm sein Cousin im Westen besorgt hatte. Er ging zu einem Abbruchhaus am Prenzlauer Berg, in dem er – von den Behörden geduldet – mit ein paar Bekannten hauste. Seine Freundin hatte in einer Apotheke Einwegspritzen gestohlen, der Cousin bei seinem letzten Besuch alles noch einmal erklärt: wie man in einem Löffel den Stoff und die Ascorbinsäure erwärmt und die Spritze aufzieht.

Der junge Mann fror. Er beschleunigte seine Schritte. Vor einem Wachhäuschen stand ein Volkspolizist und stampfte mit den Füßen. Penner, dachte er, als er den Langhaarigen sah.

Richard Oelze hatte ›Die Gehörnten‹ 1952 gemalt. Er lebte irgendwo in Norddeutschland in einem kleinen, ungeheizten Gartenhaus und malte und malte. Oft zerriß er seine Bilder oder er verbrannte sie. Zwei seiner Arbeiten hingen schon seit den dreißiger Jahren im Museum of Modern Art, aber man hatte ihn während des Krieges einfach vergessen, den Emigranten, der durch die Auflösung Europas trieb.

Von all dem wußte Lacan nichts. Er saß in seiner Küche und wendete das Bild hin und her. Oben am Rahmen hing noch ein Stück Draht der Alarmanlage. Das Bild war nicht groß, mit zwei Händen konnte man es fast bedekken.

Vor einem dunklen grünen Hintergrund waren auf einem Wüstenstreifen um eine Tempelsäule herum Fabeltiere versammelt: ein Eselskopf mit fliehenden Auswüchsen, ein struppiger Hund mit nur einem Auge, oben ein Habicht im Profil. Alles schien versteinert, von einem Götterfluch der Bewegung beraubt, eine Schädelstätte, mit äußerster Präzision gemalt.

Lacan stützte den Oelze auf die Knie und legte seinen brummenden Kopf auf den Rahmen. Das Telefon schellte, doch Lacan rührte sich nicht vom Fleck. Es bestand gar kein Zweifel, daß er in seinem Schoß ein Bild hielt, das an eine Wand der Akademie der Künste gehörte, und daß er es wohl abgenommen hatte in der vergangenen Nacht. Oder war es Hartmann gewesen? Er erinnerte sich an ihre Sauftour, daran ja, alles andere verschwand in dickem Nebel. Er legte das Bild beiseite und suchte sein Notizbuch, um Hartmann anzurufen, doch da stand nur dessen Münchner Adresse.

Aus dem Nebel tauchte die Akademie, und er sah sich und Roland durch einen großen dunklen Raum stolpern. Verzweifelt blätterte er in dem kleinen Heft. »Wo wohnst du bloß in Berlin?« Bei einer Freundin, in einer Pension, wo hatten sie sich in der Nacht getrennt? Es fiel ihm nicht mehr ein. Er verfluchte Hartmann, den Alkohol, die ganze Welt, aber so kam man nicht weiter. Lacan duschte und zog sich an. Noch einmal suchte er nach einem Anhaltspunkt, nach einer Adresse, wo Hartmann zu erreichen wäre, aber es war zwecklos. Langsam wurde er nervös. Wenn sie das Bild tatsächlich geklaut hatten, mußte es doch Zeugen geben; es gab immer Zeugen, die etwas beobachteten. Er zündete seine erste Zigarette an und war wieder zu einem klaren Gedanken fähig: Wenn ihn irgend jemand gesehen hätte, wäre die Polizei längst erschienen.

Er mußte Hartmann finden. Und ein geeignetes Versteck für das Bild. Sein Kühlschrank war leer. Lacan legte den Oelze auf den oberen Rost neben die Heringe und breitete eine Einkaufstüte darüber. Wer vermutet schon einen echten Surrealisten in einem Zanussi Baujahr '71? Lacan verließ das Haus wie gewohnt über den Hof. Es war nur wenig über Null Grad, Rußteilchen schwebten in der Luft.

Die Schlagzeilen der Zeitungen meldeten das, was sie jeden Tag melden. Ein Verrückter hatte schon 36 Schaufenster eingeschlagen, und auf der Titelseite der BZ war das große Foto eines fünfzehnjährigen Türken, der ein Kind aus dem Landwehrkanal gerettet hatte. Zum Dank erhielt er eine Lehrstelle als Schlosser und die Verdienstmedaille des Landes Berlin. Der regierende Bürgermeister beschwor in einer Ansprache das Miteinander von Deutschen und Ausländern.

Es war Dienstag, und am Abend lief ›Dallas‹ im Fernsehen, der Krieg zwischen dem Iran und dem Irak ging weiter, und in den Büros der Finanzmakler flimmerten auf Bildschirmen die Börsenkurse. Nasser Schnee fiel, und es gab keine Katastrophen in Europa.

Franz Belasc hatte sich vorgenommen, wieder jeden Tag zu trainieren. Damals in Wien war er ein vielversprechender Mittelgewichtler gewesen. Ihm stand ein Titelkampf zu, als er gegen seine Bewährungsauflage verstieß und ein Jahr ins Gefängnis mußte. Nach seiner Entlassung gab es für ihn nur drei Möglichkeiten: sich wieder hochboxen, kriminell werden, oder das Angebot Pieter van Steenbergens akzeptieren. So wurde Franz Belasc der Sekretär eines Amsterdamer Kaufmanns.

Er rückte den weißen Seidenschal zurecht und steckte die Hände in die Taschen des eleganten Mantels, den Steenbergen ihm im Herbst geschenkt hatte. Der Seewind fuhr durch seine kurzen Haare. Am Morgen hatte er eine Viertelstunde auf seinem Heimtrainer gerudert, er würde das Pensum steigern müssen, um richtig in Form zu kommen.

Vor dem Haus in der Norderstraat spielten zwei junge Hunde. Ihre Besitzerinnen unterhielten sich ein wenig abseits, eine von ihnen bat Belasc um Feuer. Er winkte unwirsch ab und rannte die Treppen hoch. Ein aufgeregter Anruf Steenbergens hatte ihn sofort ins Büro bestellt.

Frau Reemtsma, die Sekretärin, blätterte in einem Flugplan. Steenbergen stand am Fenster und wischte sich mit einem Taschentuch den Schweiß von der Stirn.

»Wir fliegen in zwei Stunden, Franz. Fahr nach Hause und pack ein paar Sachen ein.«

Belasc sah Steenbergen fragend an.

»Ich erkläre dir alles später, wir müssen uns jetzt beeilen!« Mit einer ungeduldigen Handbewegung setzte Steenbergen seinen Sekretär in Trab. Franz Belasc lief auf die Straße und winkte einem Taxi.

Bernhard Lacan suchte sein Auto. Unruhig lief er um die Häuserblocks, die Hände in die Taschen der Lederjacke gesteckt. Ihn fröstelte. Wenigstens ließen in der kalten Luft seine Kopfschmerzen nach.

Das rechte Vorderrad des Opels stand auf dem Bordstein. Auf den Scheiben blühten Eisblumen. Lacan stieg über einen Schneehaufen, den der Hauswart am Morgen zusammengeschabt hatte, und trat auf die Fahrbahn. Im linken Kotflügel war eine Delle. Erschreckt fuhr er um, alle Leute auf der Straße starrten ihn in diesem Augenblick an und schüttelten den Kopf. Zu spät, Leugnen half nicht mehr, da war der Beweis. Zögernd strich er über den abgesplitterten Lack. Daß Lacan auf dem Hanseatenweg die Kurve nicht gekriegt hatte und gegen die Parkplatzbegrenzung gefahren war, wie sollte er das noch wissen? Den Wert seines Wagens schmälerte der Schaden nicht wesentlich, das war ein Trost, immerhin.

Die Passanten hasteten an ihm vorbei, Mützen und Hüte über die Ohren gezogen. Zwei Jungen kamen ihm auf ihren Rädern entgegen. Sie hatten ihre Hockeyschläger zwischen Gepäckträger und Lenkstange geklemmt und klingelten einen schnüffelnden Hund von der Fahrbahn. Lacan wärmte den Schlüssel an der Feuerzeugflamme und zog die Nase hoch.

Dann sah er Hartmanns Hand auf der Ablage. O Gott, Hartmann, du hast doch nicht im Auto geschlafen? Natürlich, Roland Hartmann schlief immer noch auf der Rückbank. Bernhard Lacan bekam den Schlüssel nicht ins Loch. Er klopfte an die Scheibe, aber Hartmann schlief den Schlaf des Gerechten.

Endlich schnappte die Tür auf. Lacan lehnte sich über den Fahrersitz und schüttelte seinen Freund. Der Arm rutschte starr nach unten. Ein getrockneter Blutfaden lief in Hartmanns Hemdkragen. Roland Hartmann schlief mitten in Charlottenburg mit halbgeöffneten Augen, er war tot.

Lacan hatte noch nie einen Toten gesehen. Verzweifelt riß er an Hartmanns Revers. Die Leiche war schon steif. »Hartmann, das kannst du doch nicht machen«, stöhnte Lacan. »Los, Mensch, wach auf!«

Der Kopf des Toten wackelte mechanisch auf und ab.

Hilflose Tränen stiegen in Lacans Augen. Er preßte sein Gesicht auf den Oberarm über der Lehne des Sitzes, seine Hand hielt noch den klammen Stoff des Mantels. Langsam rutschte Lacan nach unten, bis seine Füße aus dem Auto hingen. Als eine Frau mit Einkaufstüten ins Innere gaffte, richtete er sich auf und zeigte auf Roland.

»Dem ist nicht gut.«

»Det passiert öfter bei dem Wetter«, nickte die Frau und ging ihrer Wege.

Lacan saß versunken hinter dem Lenkrad. Ich muß die Feuerwehr rufen, dachte er, einen Rettungswagen. Scheiße, ich hab einen Toten im Auto. Die Polizei? Und er stellte sich den Menschenauflauf vor: all die Berliner Berufsrentner und Alkoholikerhausfrauen, die Tage und Wochen hinter ihren Fenstern auf diese Sensation gewartet hatten. Er fuhr los.

Polizei kam überhaupt nicht in Frage. Was sollte er ihr auch sagen? Den kenn ich nicht? Der hat im Gulli gesteckt? Er schaltete das Gebläse des Opels auf Hochtouren. Ihm fiel die Geschichte des Lehrlings ein, dem eines Nachts die Uhr seines Vaters in einen Gulli gefallen war und der beim Versuch, sie herauszuholen, in der Röhre steckenblieb und erstickte.

Lacan war nicht zum Lachen zumute. Hartmann mußte sich das Genick oder den Schädel gebrochen haben, oder war er innerlich verblutet? Und er hatte ihn in der Nacht nicht ins Krankenhaus gebracht! Vor einer Ampel rutschte die Leiche halb vom Sitz.

Der Nordwestwind trieb dicke Schneewolken über die Stadt. Einige Wagen hatten schon das Licht eingeschaltet, obwohl erst kurz nach Mittag war. Am Ernst-Reuter-Platz bog Lacan auf die Straße des 17. Juni. Links und rechts reihten sich die gesichtslosen Fassaden der Technischen Universität, vor deren Hauptgebäude aus der Gründerzeit man ein langgestrecktes Hochhaus gesetzt hatte, an dessen Enden zur Verzierung einige alte Sandsteinquader klebten.

Hinter der Siegessäule parkte Lacan auf dem Mittelstreifen und holte eine Decke und ein paar vergilbte Zeitungen aus dem Kofferraum. Als er Hartmann schüttelte – vielleicht hoffte er noch einmal, es sei nur ein böser Traum –, rutschte auch der Oberkörper des Toten hinter die Vordersitze. Lacan durchsuchte seine Taschen: Personalausweis, Führerschein, Schecks, Handschuhe und fast 500 Mark bar. So viel Geld hatte Lacan seit Wochen nicht mehr in der Hand gehabt. Er steckte die Scheine ein, den Rest deponierte er im Handschuhfach. Bevor er die Leiche zudeckte, warf er einen Blick in die Gegend. Nirgendwo Spaziergänger und keine Straßennutte weit und breit, nur der Verkehr rauschte gleichmäßig.

Hartmann, was bist du doch für'n Arschloch, dachte Lacan ratlos. Ein Insektenschwarm surrte in seinem Darm, und er spürte das dringende Bedürfnis, eine Toilette aufzusuchen.

Florence Blumenfeldt war auf dem Weg zur Akademie der Künste, als sie an ihm vorbeifuhr, aber sie achtete nicht auf die Wagen, die in den Parkbuchten und auf dem Mittelstreifen standen. Seit dem Anruf am Morgen hatte sie eine Zigarette nach der anderen geraucht. Ihr Magen und ihre Lungen schmerzten bei jedem Zug. Auf dem Hanseatenweg prüfte sie im Rückspiegel ihr Make-up.

»Ja, bitte!«

Florence trat in das Vorzimmer. Ein junger Mann mit

geschorenen Haaren sah von der Arbeit auf und grinste sie schwul an.

»Mein Name ist Blumenfeldt.«

»Dr. Kleinschmid erwartet sie schon«, sülzte er und ging zu einer Türe neben den Fenstern, hinter denen sich trübe der Tiergarten streckte.

»Frau Blumenfeldt, Herr Doktor.«

Im Büro des Akademiedirektors saßen drei Männer um eine Glasplatte, die auf einem Marmorblock ruhte, Kaffeetassen und Aschenbecher darauf. Die drei erhoben sich. Dr. Kleinschmid, ein agiler Mann Mitte Fünfzig, kam ihr entgegen und deutete einen Handkuß an.

»Darf ich bekanntmachen? Herr Maier-Brüninghaus vom Norddeutschen Lloyd, Kommissar Westhov.«

Kleinschmid bot Florence einen Barcelona-chair an.

»Liebe Frau Blumenfeldt, wir sind noch ganz fassungslos. Gegen Morgen ist es passiert. Die Alarmanlagen, alles hat funktioniert, aber die Kerle waren schon über alle Berge, als Nachtwächter und Polizei eintrafen.«

»Was ist denn alles gestohlen worden?«

»Tja, das ist uns auch noch ein Rätsel, aber es fehlt nur der kleine Oelze.«

Florence zog die Augenbrauen hoch.

»Wollen sie damit sagen, daß die Diebe...«

»Genau!« unterbrach sie Kleinschmid und strich mit Zeigefinger und Daumen über seinen Schnauzbart. »Ganz genau! Und ich kann mir nicht erklären, warum ausgerechnet der. Es hingen ja auch noch andere schöne Sachen rum.«

Maier-Brüninghaus mischte sich ein:

»Wenn sie gestatten, aber das Bild war hoch versichert, eines der teuersten Exponate, das wissen sie ja selbst.«

»Schön und gut«, sagte Kleinschmid, »aber was wollen

die Täter mit dem Bild machen? Doch sicher nicht auf dem Kunstmarkt anbieten.«

»Von privat an privat. Die Manie einiger Sammler kennt keine Grenzen.«

»Ein Verrückter?« Kleinschmid schien der Gedanke abwegig.

Der junge Mann brachte eine neue Thermoskanne Kaffee und leerte die Aschenbecher.

»Darf ich sie an den Diebstahl des Spitzwegbildes aus der Nationalgalerie erinnern«, sagte Florence. »Damals hat es ein Psychopath nach einigen Stunden zurückgebracht.«

»Aber der Mann ist damals nicht bei Nacht und Nebel über eine Leiter eingestiegen. Da steckt doch, wie man so sagt, erhebliche kriminelle Energie dahinter.«

Maier-Brüninghaus fummelte ungeschickt am Gummipfropfen der Thermoskanne.

»Na ja, ich weiß nicht, ob man hier unbedingt von krimineller Energie sprechen kann«, sagte der Kommissar. »Professionell sieht das Ganze nicht aus. Um Klartext zu reden: das waren Dilettanten, die hatten nicht mal 'n Glasschneider dabei. Und die Leitern haben sie in der Nacht von einer Baustelle in Moabit geklaut.«

»Gibt es denn irgendwelche Spuren?«

»Das Übliche!« Westhov lehnte sich hinter seinen Bauch zurück. Auf seinen Wangen verliefen kleine Adern wie die Landkarte eines unentdeckten Flußsystems.

»Reifenspuren, ein paar Fußabdrücke, Stoffetzen am Fensterrahmen.« Die merkwürdige Schleifspur verschwieg er.

»Das ist nicht sehr ergiebig«, murmelte Florence. Sie biß auf ihre Unterlippe.

Plop, Maier-Brüninghaus hatte mit einem Ruck den

Stöpsel aus der Kanne gebracht und bot den Kaffee an. Florence winkte ab.

»Wir müssen Geduld haben«, sagte er. »Vielleicht melden sich die Diebe.«

»Oder es war tatsächlich nur ein Verrückter.«

Florence stand auf, und Westhov blätterte in einem blauen Notizblock.

»Wir müßten uns mal mit dem Eigentümer in Verbindung setzen.«

»Ist schon geschehen!« warf Kleinschmid eilig ein, und Maier-Brüninghaus ergänzte:

»Ich habe gleich ein Telex geschickt, wahrscheinlich trifft er noch heute in Berlin ein.«

»Ich würde gerne mal mit ihm sprechen«, sagte Westhov und faltete behaglich seine Hände im Schoß.

Als Florence in Begleitung von Dr. Kleinschmid das Büro verließ, wurde sie unfreiwillig Zeugin eines unverschämten Blickficks zwischen dem Akademiedirektor und dem jungen Mann, der mit verschränkten Armen an einem Bücherregal lehnte.

Schlecht gelaunt trat Florence auf die Straße und schnippte die eben erst angerauchte Zigarette in eine Pfütze, in der sie zischend untertauchte.

Vor der Börse lief Wilhelm Mertens einer rothaarigen Frau in die Arme, die einen störrischen Pudel an der Leine führte. Er hatte sie zu spät gesehen, um ihr noch ausweichen zu können.

Rita trug ein knallenges Tweedkostüm, gepunktete Strümpfe und rote Pumps, die weder zur Jahreszeit noch zum Farbton ihrer Haare paßten. Sie sah ihn abschätzend an.

»Na, Wilhelm, Geschäfte?«

»Man tut, was man kann.«

»Richtig!«

»Zum Beispiel das Geld zusammenbringen, das wir so verfressen!«

»Ist ja schon ne Zeitlang her«, sagte Rita.

»Übertreib' nicht, vor zwei oder drei Wochen waren wir im ›Phoenix‹.«

»Wir haben uns nach dem Essen an der Bar getroffen.«

Mertens schnitt eine Grimasse. Ritas Begleiter und sein Gast, eine Schreibkraft seines Anwalts, die während des ganzen Abends den Mund nicht aufgemacht hatte, waren auf der Toilette gewesen, als sie sich verdrückten.

»Hast du dich nicht amüsiert?«

»So gut wie lange nicht!«

Der Pudel tänzelte frierend um ihre Beine. Mertens sah flüchtig auf die Uhr.

»Also wann?« fragte Rita.

»Morgen abend, zu dieser Vernissage.«

»Holst du mich ab?«

»Sicher.« Mertens schlug den Mantelkragen hoch. Rita hauchte einen Kuß auf seine Wange und stöckelte davon, der Pudel wedelte mit seinem Stummelschwanz und riß an der Leine.

Warum nicht? dachte Mertens, als er in Richtung Gedächtniskirche schlenderte. Genaugenommen war Rita seine letzte Frau gewesen, denn bei der Phonotypistin, die es drei Tage später endlich wissen wollte, war er zu betrunken gewesen.

Auf dem Europacenter drehte sich träge der riesige Mercedesstern. Wenn er nachts blau über die Stadt strahlte, waren alle Zweifel ausgeräumt, wem die Welt gehört.

Der weite Platz vor dem Bahnhof Zoo wurde durch die

verrottete Bahnhofshalle, das Gelände des Zoologischen Gartens und ein Hochhaus auf Stelzen gerahmt. Zur Stadt hin war er offen. An der Ecke vor dem Kiosk fuhr Mertens kalter Wind durchs Gesicht. Hier war es immer kalt und windig. Die ältere Frau hinter den Zeitungsstapeln, deren Hände in kuppenlosen Wollhandschuhen steckten, rief ihm hinterher: »Ihr Wechselgeld, mein Herr, hallo«, doch Mertens hörte nicht, und sie legte die 40 Pfennige in einen aufgeklappten Eierkarton. Im Gehen überflog Mertens die Schlagzeilen. In einer Überschrift die Fetzen eines Ministerzitats: Den Gürtel enger schnallen, darunter war ein Foto des aufgeblähten Ministerkörpers. Mertens fiel ein alter Werbeslogan ein: Darauf einen Dujardin.

Um die Gedächtniskirche waren die Buden der Straßenhändler und Losverkäufer aufgebaut, in der Kunsthalle gegenüber stand das Kaiserpanorama. Mertens überquerte die Budapester Straße und suchte sich ein Taxi.

Leschek saß in seinem Büro und hatte den Kopf auf den Tisch gelegt, er war erschöpft. In der Nacht hatte er mit seiner Frau über das Angebot der Verleger aus Stuttgart geredet. Er sollte das Musikprogramm eines Privatkanals für Baden-Württemberg planen – mit der Aussicht auf einen Chefredakteursessel. Man hatte ihm freie Hand versprochen.

Leschek wollte fort aus Berlin. Vor einigen Tagen hatte seine Frau im Zimmer des ältesten Sohnes, er war vierzehn, ein Klümpchen Haschisch entdeckt. Stuttgart oder ein Haus auf dem Land waren nicht das vorindustrielle Paradies, aber Berlin war die Intensivstation eines Krankenhauses, das schon lange zum Abriß freigegeben war. Seine Frau ginge lieber heute als morgen.

Vor Lescheks geschlossenen Augen passierten die Menschen Revue, die er in Berlin zurücklassen müßte. Verzichten konnte er auf alle, vermissen würde er Lacan, Lacan und Irene Rabbia. Lacan war der einzige, um den sich Leschek neben seiner Familie sorgte. Leschek wußte, wie leichtsinnig er war, und vielleicht war es Lacans Weigerung, Verantwortung zu übernehmen, die ihn rührte. Er selbst hatte stets klare Entscheidungen getroffen, Bernhard ließ sich treiben.

Leschek stand auf und schaltete das Fernsehgerät ab. Lacan war unzuverlässig. Trotzdem würde er ihn fragen, ob er mitkommen wolle, aber er wußte, daß Lacan ablehnen würde. Lacan hatte ganz andere Sorgen.

Der Tote war gut zugedeckt. Wer jetzt von außen in den Wagen sah, hätte gedacht, ein Bündel Kleider oder Werkzeug läge hinter den Vordersitzen. Lacan fuhr im Schatten der stillgelegten Hochbahngleise nach Schöneberg. Am U-Bahnhof Nollendorfplatz lehnten Fixerinnen an Autos und warteten auf Nachmittagskunden. Der Winterfeldtmarkt befand sich in Auflösung, die meisten Stände waren schon abgebaut, und Müllmänner in orangefarbigen Overalls schoben mit großen Rechen die Abfälle zusammen. Einige Stadtstreicher wühlten in den Haufen nach Eßbarem. Am Turm der Mathiaskirche brannten bereits die roten Positionslichter, an denen sich die Polizeihubschrauber orientierten.

Elektrisiert folgte Eddies Blick dem Opel Lacans, der im Schrittempo einen Parkplatz suchte. Als Lacan mit zitternden Knien das Café Europa betrat, lief Eddie über die Fahrbahn und näherte sich vorsichtig dem Eingang. Eigentlich hatte er einer der Fixerinnen, die bei seinem Chef in der Schuld stand, ein paar Mark abknöpfen wollen, aber so kam es besser.

Das Café Europa war ein kahler rechteckiger Raum mit Mosaikfußboden, einige Gartenstühle standen um gußeiserne Tische. An der Stirnwand war eine bunt beleuchtete Musicbox.

Lacan bestellte bei der Kellnerin mit turmhoch gestecktem Haar Bier und Cognac. Zusammengesunken saß er vor der großen beschlagenen Fensterscheibe. Was sollte er mit Hartmann anfangen, der kalt und verkrümmt und mit nassen Zeitungen bedeckt in seinem Wagen lag? Lacan hatte über alle Coups – vom Banküberfall bis zum Heiratsschwindel – schon nachgedacht, aber noch nie darüber, wie man eine Leiche beseitigt. Er starrte ins Leere, wo sich plötzlich eine Leinwand aufspannte, auf die Bilder aus ihrer Kindheit geworfen wurden.

Das Mädchen hinter der Bar kontrollierte in einem Verschlag, der als Küche diente, ihre Frisur. Um ihren Hals trug sie ein schweres Kupferkreuz, auf das ein Totenkopf geschweißt war. Aus der Musicbox schallte die Stimme Lou Reeds und brach sich an den kahlen Wänden.

Als Lacan einen Schluck Bier trank, verkrampfte sich sein Magen und eine bittere Übelkeit stieg durch seine Speiseröhre. Im selben Augenblick klopfte es von draußen an die Scheibe. Lacan drehte würgend den Kopf, da stand Eddie, seines Triumphes sicher. In seinem dünnen Oberlippenbart hatten sich Schneeflocken verfangen, seine fettigen Haare verdeckten nur unvollkommen den Ansatz zur Glatze.

Der Druck im Magen trieb Lacan aufs Clo, was Eddie als Fluchtversuch auslegte. Die Türe der Kabine, in der Lacan sich über das Becken beugte, pendelte noch, als Eddie auch schon hinter ihm stand. Aus Lacans Kehle stießen gurgelnde Laute, ein Speichelfaden hing aus seinem verzerrten Mund. Eddie lehnte sich so lässig wie möglich in den Holzrahmen.

»Äähh, mir wärs lieba, wennste endlich 'n Schotter ausspucken würdest.«

Lacan hatte kein Ohr für ihn, sondern würgte mit hochrotem Kopf.

»Meinetwegen kannste ooch Dukaten scheißen, aber Hauptsache is, et kommt ma wat rüba!«

Lacan atmete stoßweise, die Krämpfe ließen nach. Er richtete sich auf und drehte sich um. Eddie trippelte zwei, drei Schritte zurück. Für den Bruchteil einer Sekunde trafen sich ihre Blicke. Lacan fuhr mit dem Handrücken über seine Stirn, Eddie stemmte seine Fäuste in die Hüften.

»Ick such dir schon seit zwei Wochen, ick valier die Jeduld.«

Lacan riß ein Stück Toilettenpapier ab und wischte sich über den Mund. Noch unsicher auf den Beinen näherte er sich Eddie und legte ihm die flache Hand auf die Brust.

»Was ist los, was willst du?«

Eddie schob die Hand nach unten und sah ihn zornig an. Dann wechselte seine Miene, er fletschte die Zähne.

»Na, wat will ick wohl? Mit dir Halma spieln?«

»Ich wüßte nicht, daß du Geld von mir bekommst«, sagte Lacan ruhig und drängte sich an Eddie vorbei. Eddie versuchte, ihn an der Schulter festzuhalten, doch Lacan stieß ihm hart vor die Brust, und Greffrath fiel krachend vor die Preßspanwand des Clos, dann rutschten ihm auf dem Kachelboden die Füße weg.

Die Kellnerin steckte ihren Kopf aus dem Küchenverschlag, als Lacan von der Toilette kam. Aus der geöffneten Spülmaschine stieg Wasserdampf kreiselnd neben ihr hoch.

»Ich komm' gleich wieder«, sagte Lacan und ging nach draußen. Eddie war aufgestanden und klopfte Dreck von seiner Hose. Mechanisch strich er sich die Haare glatt.

Eddie war nicht nur feige, sondern auch rachitisch dürr. Er hatte gelernt, Erniedrigungen zu ertragen bis zum jüngsten Tag, doch er vergaß keine.

»Wo isser?« fragte Eddie.

Die Kellnerin wies auf die Straße, wo Lacan die Faust ballte und den Mittelfinger zu jener obszönen amerikanischen Geste hervorspringen ließ. Dann drehte er sich eilig um und lief zu seinem Opel. Eddie stand hinter der großen Scheibe und verzog hämisch den Mund.

»Det krißte wieder, Lacan, det schwör ick dir!«

Der Pilot des Flugzeugs aus Amsterdam drosselte zum letztenmal die Triebwerke. In der Mitte der Kabine leuchtete das ›Fasten Your Seatbelt‹-Zeichen, die Stimme einer Stewardeß kündigte die Landung an. Die Maschine neigte sich in einer langen Schleife und stieß durch die niedrig hängende Wolkendecke. Deutlich sah man das geometrische Muster einer Trabantenstadt am südlichen Rand der Piste. Ruckend verlor das Flugzeug an Höhe.

Franz Belasc hatte die Augen geschlossen und lutschte eines der Bonbons, die die Stewardeß vor wenigen Minuten den Reisenden angeboten hatte. Als das Flugzeug auf der nassen Rollbahn aufsetzte, spuckte Belasc das Fruchtbonbon in den Aschenbecher in seiner Armlehne, und Steenbergen blickte ihn mißbilligend an. Die Höhenruder klappten nach oben. Am Ausgang lächelte die Stewardeß Belasc kurz zu, bevor er im Neongang zur Paßkontrolle verschwand. Die Passagiere drängelten vor dem Schalter des Zollbeamten, der ihre Ausweise nur flüchtig durchblätterte. Belasc stand ein Stück hinter

Steenbergen, zwischen seinen Beinen den Handkoffer des Holländers, dessen silbergraue Haare eine Idee zu lang waren.

Steenbergen war Ende Fünfzig und hatte wechselhafte Jahre hinter sich. Nach den Monaten im Reformstrafvollzug hatte er beschlossen, seine Geschäfte in Zukunft alleine zu machen; David Blumenfeldt wußte bis zum Schluß nicht, wer der Drahtzieher seines Falls gewesen war. Nur vor Mertens mußte Steenbergen sich in acht nehmen, aber Mertens war unentbehrlich.

Steenbergen bezweifelte, ob Belasc jemals soviel Format besitzen würde, um dessen Stelle einzunehmen, obwohl er große Fortschritte gemacht hatte, seit dem Abend in einer Bar in Wien, in der er Steenbergen nach seiner Entlassung vorgestellt worden war. Als Steenbergen ihn schon kurze Zeit später zu einer Reise nach Bali einlud, hatte Belasc geglaubt, der Holländer sei schwul, doch Steenbergen hatte ein genaues Auge für die Fähigkeiten anderer Menschen. Belasc war selbst überrascht gewesen, wie leicht ihm das Lernen bei dem Privatlehrer fiel, den Steenbergen gemietet hatte.

Steenbergen reichte seinen Paß durch den Schlitz in der Panzerglasscheibe, hinter der ein einfältiger Beamter in grüner Uniform saß. Belasc mußte auf einer Ablage den Handkoffer öffnen. Die Zöllner lasen verständnislos in den Unterlagen und winkten ihn weiter. Steenbergen wartete hinter der Sperre.

Vor dem nächsten Schalter lagerten türkische Familien inmitten verschnürter Kartons und berstender Koffer. Kleine Mädchen in knielangen Kleidern, die Haare schon unter bunten Kopftüchern versteckt, spielten in dem Durcheinander Fangen. Drei Männer hockten am Rand und legten Karten auf den Boden.

Der Senat zahlte Rückzugsprämien, um Berlin wieder ganz deutsch zu machen.

Steenbergen beobachtete erstaunt die vielen fremden Gesichter. Eine der Frauen trug einen Tschador, der sie von Kopf bis Fuß schwarz verhüllte.

»Als Moslem kannst dir vier von denen halt'n«, sagte Belasc.

»Wo oft schon eine zuviel ist.«

»Im Orient ist es vielleicht anders.«

»Wahrscheinlich!«

Steenbergen knöpfte seinen schweren Lamahaarmantel zu und sah sich um.

»Niemand da?«

»Wußte ja keiner, daß wir kommen.«

»Das hätten sie sich denken können!«

»Eigentlich ja.« Belasc kramte in der Tasche seines blauen Zweireihers nach Kleingeld und ging zu einer Telefonmuschel aus Plexiglas.

Ein junger Polizist mit einer Maschinenpistole auf dem Rücken schlenderte am Lager der Türken entlang. Steenbergen zog aus seinem Mantel ein goldenes Zigarettenetui, in dessen Deckel arabische Schriftzeichen graviert waren. Der Rauch der flachen starken Zigarette preßte sich aus seiner Nase und seinem Mund. Von weither kam eine Ansage in Englisch, Deutsch und Französisch, und auf der Anzeigetafel über seinem Kopf rasselten die Buchstaben durcheinander. Belasc kam zurück.

»Nicht da!«

»Beide?«

»Einmal Anrufbeantworter, und bei ihr hab ich hundertmal klingeln lassen.«

»Am besten, wir fahren erstmal in die Wohnung«, sagte Steenbergen.

Belasc hob den Handkoffer und ging voraus durch eine Schiebetür, die sich automatisch öffnete. Ein Taxifahrer sprang aus seinem Wagen und nahm dem ehemaligen Boxer die Tasche ab.

Der junge langhaarige Mann und seine Freundin dämmerten im Heroinrausch. In dem kahlen Zimmer fraß sich der Schimmelpilz die Wände hoch. Aus einem Kassettenrecorder auf dem Holzboden drang leise Fixermusik von Pink Floyd. Sie waren mit seinem Parka zugedeckt. Ein Betonarbeiter der Brigade ›Ernst Thälmann‹, die nebenan einen zehngeschossigen Fertigbau hochzog, fand sie, als er das Abbruchhaus auf der Suche nach Sperrmüll durchstreifte.

Oberst Koljatow verließ die Botschaft ›Unter den Linden‹, sein Fahrer öffnete ihm die Türe des Wagens. Auf der Stralauer Straße überholte sie mit Blaulicht ein graugrüner Bus der Volkspolizei, in dem der Langhaarige und seine Freundin apathisch kauerten. Die Nachmittagswolken spiegelten sich in den großen bronzefarbigen Scheiben des Palastes der Republik. Der Oberst zündete eine Papirossa an. Am Ende der Woche würde ein Kurier der anderen Seite die Schaltpläne und Konstruktionszeichnungen übergeben, danach würde man weitersehen.

Oleg summte einen russischen Schlager. Der Botschaftsrat hatte Koljatow zu einer Cocktail-Party eingeladen, die zu Ehren eines untergeordneten Ministers gegeben wurde. Diesmal mußte er hingehen. In einem Jahr konnte er um seine Entlassung aus dem aktiven Dienst nachsuchen. Er hoffte auf eine ruhige Stelle in der Verwaltung, um endlich tun und lassen zu können, was er wollte; ein Buch aus dem Japanischen übersetzen zum Beispiel.

Der Wagen rauschte wieder durch die Birkenallee. Im

Osten dunkelte es hinter einer grauen Wolkenwand, und Oleg schaltete die Scheinwerfer ein.

Die Schrankwand hielt stilistisch die Waage zwischen Britzer Barock und ostelbischem Gutsherrenmöbel. In das massive Oberteil war eine Vitrine gearbeitet, die Raum bot für allerlei Krempel, vom Fotoalbum bis zum nie benutzten Mokkaservice. Das Ganze ruhte auf spiralig gedrechselten Füßen.

Jedesmal, wenn Harry Schulz sie ansah, beschloß er, sie eines Tages mit seiner Black & Decker kleinzusägen. Er lag auf drei Elementen der Sitzecke und erholte sich von den Strapazen der Nacht. Seine Frau arbeitete nachmittags an der Kasse eines Supermarkts, die Kinder spielten auf der Straße. Er mußte erst Freitagmorgen wieder zum Dienst, und das hieß: drei lange Tage zu Hause.

Er hatte ein Bier getrunken, und im Wasserkasten der Toilette war eine Flasche Korn versteckt. Da er nur sehr wenig trank, spülte meist schon ein Schluck den Ärger weg.

Er ging zum Fenster, schob den Store beiseite und rauchte die letzte von Frankes Zigaretten. Im Innenhof des Neubaublocks kreischten Kinder. Einige flüchtige Bilder der vergangenen Nacht tauchten auf. Der hilflose alte Mann in der Schneewehe, die Hektik in der Ambulanz am Kleistpark, der Einbruch in der Akademie.

Auf welche Ideen manche Leute kommen? dachte Schulz. Er war noch nie in der Akademie der Künste gewesen, warum auch? Er hätte genausogut in Paderborn leben können, und er wäre sofort nach Paderborn gezogen, wenn ihn das von seiner Frau befreit hätte, obwohl er nicht sagen konnte, was ihm an ihr nicht mehr gefiel. Er wußte, es war auch seine Schuld.

Auf der Häuserfront gegenüber lag diagonal ein unbeweglicher Schatten. Schulz schmiß die Kippe nach unten und schloß das Fenster. Auf dem Videorecorder lagen ein paar Kassetten. Er machte es sich in der Sitzecke bequem. Noch drei Tage bis Freitag.

Das abgenutzte Gummi der Wischer verteilte Schnee und Dreck in schmutzigen Schichten auf der Windschutzscheibe. Lacan fühlte sich besser, die Übelkeit war verschwunden. Die Frage war: Wohin mit dem Toten, zumal, wenn man keine Erfahrung in diesem Geschäft hat. Im Grunewald vergraben oder mit einem Stein um den Hals in die Havel? Die Mafia betonierte ihre Opfer ein, so stand es hin und wieder auf der letzten Seite unter ›Vermischtes‹. Gewissensbisse, daß Hartmanns Tod die Folge ihrer nächtlichen Exkursion war, verdrängte er nonchalant. Vor Jahren hatte einer in Duisburg seine Opfer zerstückelt und in der Tiefkühltruhe eingefroren. Lacan sah nach hinten zu Hartmann und bekam eine Gänsehaut. Auf dem Parkplatz eines Supermarkts, wo er eine Tüte Milch gekauft hatte, schlich Lacan um zwei Müllcontainer, die mit zermatschtem Obst, gebrochenen Kisten und Plastiktüten gefüllt waren. An einem der Behälter lehnte eine Schaufel, mit der die Verkäuferinnen Platz für neuen Abfall schufen. Er trank die Milch aus, zerdrückte die Papptüte und warf sie in den Container. Kopfschüttelnd ging er zu seinem Auto zurück.

Im Januar dunkelte es immer noch zwischen drei und vier am Nachmittag. Wenn man spät erwachte, verloren sich die Tage in wenigen Stunden schummriger Helligkeit. Die Ausfallstraßen füllten sich, die Frühschichten waren beendet, und die ersten Büros entließen ihre Angestellten.

Lacan fuhr ziellos durch die Stadt. An einer Tankstelle bezahlte er mit Hartmanns Geld. Der kann ja nichts mehr damit anfangen, beruhigte er sich, als er das Wechselgeld nahm. Vielleicht sollte er Florence zum Essen einladen. Bis heute wußte er nicht, was sie an ihm fand, oder ob er sie liebte. Zu unterschiedlich verliefen ihre Leben. Er wollte sie sehen, sofort, aber sie war niemand, dem man Beichten ablegt, und darauf wäre die Begegnung hinausgelaufen. Er verscheuchte ihr lästiges Bild. Die Zeitungen, mit denen Hartmann zugedeckt war, raschelten leise, als er um eine Ecke bog.

Schluß jetzt, Hartmann, du kommst weg!

Lacan hatte sich dem Café Oppenheimer genähert, in dem sie sich gestern abend getroffen hatten. Irgendwo mußte noch Hartmanns Jaguar stehen.

Plötzlich wußte Lacan, was zu tun war. Er würde die Leiche in der teuren Blechkiste begraben. Und ihm fiel auch ein passender Friedhof ein. Danach würde er zu Florence fahren, sicher.

In einer Einkaufsstraße montierten frierende Arbeiter die Glühbirnen der Weihnachtsbeleuchtung aus den kahlen Bäumen. Menschen mit Einkaufstüten stießen gegeneinander. Der ölige Gestank von Curry-Wurst zog aus einer Imbißbude in Florence' Wagen. Der Sänger der Talking Heads vibrierte aus den in die Türen des Lancias eingelassenen Boxen.

Eine Ampel wechselte die Farbe, und alle rutschten vorwärts. Die Scheinwerfer der Autos schienen die Schneeflocken anzusaugen, das Blaulicht eines Notarztes rotierte stumm auf der Gegenfahrbahn. Man konnte sich nicht vorstellen, daß es je wieder Sommer würde.

Florence riß die Folie von einer neuen Packung Zigaretten. Ihr Hals brannte. Same as it ever was, same as it ever was, same as it ever was, der Refrain des Liedes hörte nicht auf. Bernhard hatte ihr die Platte geschenkt. Mit ihm war sie auch zu dem Konzert gegangen, in dessen Pause sie auf der Herrentoilette von Lacans Spiegel zum erstenmal Koka geschnupft hatte.

Sie bewunderte jene Leichtigkeit Lacans, aber sie wußte nicht, daß er einem Artisten glich, der langsam die Balance verlor, während das Publikum staunend den Atem anhielt.

Drei Mädchen hüpften Gummitwist. Als Florence an ihnen vorbei in den Hausflur ging, hielten sie ein und sahen ihr nach.

»Kennt ihr die?« fragte die Kleinste.

»Noch nie jesehn!«

»Ick glaube, det is' die Freundin von Wilhelm.«

»Seit wann hat der ne Freundin?«

»Seit wann hat der bloß eene?« lachte das kleine Mädchen mit dem Pferdeschwanz.

»Wilhelm hat keene Feste!«

»Du bis' ja eifersüchtig!«

»Auf wen?«

»Auf wen wohl?«

»Auf die etwa?« fragte die Größte schnippisch. Sie war die Tochter der Hauswartsfrau, die sie auf die Straße schickte, wenn sie Besuch empfing. Die Mädchen spielten weiter. Zwei hielten den Gummi in ihren Kniekehlen, und das dritte sprang hoch für eine komplizierte Figur.

Florence ging durch den Hof des Hauses. Er war groß genug für ein paar Bäume und Blumenbeete und ähnelte in nichts der Enge und Lichtlosigkeit der Hinterhöfe im Wedding und in Kreuzberg, die weniger Hof als Schacht waren. Im Treppenhaus hingen Kunstdrucke, die Wände waren lindgrün getüncht, das Minutenlicht klickte leise.

Wilhelm Mertens hob abwehrend die Hände, als er Florence im Türrahmen gegenüberstand.

»Ich war es wirklich nicht, das mußt du mir glauben.«

»Das habe ich auch gar nicht gesagt.«

»Aber gedacht. Wahrscheinlich denkst du, ich hätte . . .«

»Dürfte ich vielleicht reinkommen?« fragte Florence gereizt.

»Florence, ich bitte dich«, sagte Mertens und trat zurück. Am Ende des Flurs war ein sechseckiges Zimmer. Florence setzte sich auf die Kante eines Podestes, das den Raum teilte. Pastellfarbene Sitzkissen lagen darauf und ein Stapel Bücher. Sie schlug die Beine übereinander und zündete eine Zigarette an, Mertens stand mit Unschuldsmiene vor ihr. Auf einem Glastisch lagen Papiere neben einem Heimcomputer, dessen Gehäuse das Licht einer Stehlampe reflektierte.

»Ich war im Bett«, sagte Mertens.

»Aber Wilhelm«, Florence suchte den gleichen sarkastischen Ton zu finden, »ich weiß doch, daß du nachts im Bett liegst.«

»Na also. Außerdem war Amsterdam kein Zuckerschlecken!«

»Ach?«

»Der Ungar war anstrengend.«

»Sicher hast du dich und die Stadt von der besten Seite gezeigt.«

»Von der roten und der gelben.«

Florence lächelte über Mertens Offenheit.

»Und heute morgen . . .«, er wollte eine Geschichte erzählen, doch sie unterbrach ihn.

»... hast du die Liebe deines Lebens gefunden!«

Wilhelm sah sie überrascht an. Dann reichte er ihr einen Aschenbecher.

»Die Liebe meines Lebens bist doch du.«

»Wilhelm, das ist zuviel.«

Dunkle Strähnen kräuselten sich neben ihren Wangenknochen.

»Soll ich ehrlich sein?«

»Bitte!«

»Ich habe an verschiedenen Schulhöfen kleinen Mädchen aufgelauert.«

»Ist es schon soweit?«

»Ich kann es nicht mehr verleugnen. Was möchtest du trinken?«

Florence schloß die Augen und hob die Schultern. Sie zog tief an ihrer Zigarette und zerdrückte sie nachlässig in der Kristallschale.

»Wie wär's mit einem gespritzten Martini?«

»Einen einfachen, wenn du hast.«

»Sicher.« Mertens nahm die Flasche von einer Etagere auf Rädern und verschwand in der Küche. Florence blickte sich um. Seit ihrem letzten Besuch hatte sich nichts verändert. Die Wohnung war eingerichtet, als habe sich der Besitzer noch während des Einzugs entschlossen, nur kurze Zeit zu bleiben. Obwohl die wenigen Bilder und Möbel von Geschmack zeugten, war alles nur vorläufig, man konnte jederzeit gehen. Mertens kam mit zwei länglichen Gläsern zurück. In Florence' Glas schwamm eine grüne Olive. Sie nippte. Der dunkelrote Lippenstift zeichnete am Rand die Form ihres Mundes nach.

»Hast du Steenbergen angerufen?« fragte Florence freundlich.

Mertens sperrte die Augen auf.

»Jetzt mach' aber mal 'nen Punkt! Was habe ich damit zu tun?«

Florence schwieg.

»Habe ich ihn etwa überredet, das Bild da hinzuhängen?« Mertens kam auf Touren. »Außerdem solltest du wissen, wie ich zu deiner Manie stehe, die Kunsthistorikerin rauszukehren.«

Die schöne Frau erbleichte.

»Und da mal 'ne Kritik schreiben und da mal im Katalog erwähnt werden und zu guter Letzt ein Interview fürs Feuilleton.« Er setzte sich ein Stück entfernt auf das Podest. »Ich habe dich mehr als einmal gefragt: »Was soll das?«

Mertens stützte den Kopf in die Hände.

»Das Bild ist jedenfalls weg«, sagte Florence leise.

»Ja, das Bild ist weg, und ausgerechnet nur dieses eine. Der kleine Oelze aus dem Leipziger Archiv. Und jetzt stell' dir mal vor, irgendein bescheuerter Schnüffler käme auf die Idee zu fragen, wie kommt das Bild zu Steenbergen?«

»Weiß ja keiner, woher es stammt«, entgegnete Florence weinerlich.

»Weiß keiner, fragt wahrscheinlich auch keiner, aber stell' dir nur vor ...«

Mertens verlor den Faden. Hastig leerte er sein Glas. In Florence regte sich Trotz.

»Die Versicherung weiß es auch nicht. Hab dich nicht so!«

Mertens ging auf und ab. Ihm fiel nichts mehr ein. Florence suchte nach einer Zigarette. Mertens trat neben sie und gab ihr Feuer. Dann hockte er sich wieder auf das Podest und stierte auf den flachen Tisch mit seinem Computer. Florence sah ihn aus den Augenwinkeln an.

»Also: Was sollen wir machen?«

Mertens blickte zur Decke.

»Wir müssen Steenbergen informieren.«

»Du mußt Steenbergen informieren. Ich rufe bei dem Sack nicht an«, und, als sei es noch nicht genug, ahmte er Florence' Stimme nach: »Onkel Pieter, weißt du schon, was passiert ist? Es ist ja so furchtbar, ich bin untröstlich.«

Er holte Luft, und sie klatschte in die Hände.

»Du solltest es mal als Damenimitator versuchen!«

Mertens grinste sie an, sein Zorn war verraucht. Er ging zu dem Getränkewagen und schenkte sich einen Cognac ein. Florence winkte ab.

»Was machen wir nun?«

»Den Alten anrufen, was sonst?«

»Worauf ich die ganze Zeit hinauswollte!«

»Meinst du, der ist schon da?«

»Wahrscheinlich. Ein geklautes Bild trifft den mehr als drei geplatzte Geschäfte.«

»Bilder sind auch Geschäfte.«

»Wo ist das Telefon?« fragte Florence. Mertens holte den Apparat aus dem Schlafzimmer und setzte sich neben sie. Florence zögerte, und Mertens wedelte auffordernd mit der Hand. Sie wählte.

»Hallo, Franz, ihr seid schon da?«

Dann hörte sie Belasc zu, unterbrochen von Mmhhs und Jaas.

»Könnte ich dann mal Onkel Pieter sprechen?«

Während sie auf die Verbindung wartete, rutschte Mertens näher. Sie zuckte, als er versuchte, sie auf den Hals zu küssen. Er hatte eine Hand auf ihr Knie gelegt und strich mit den Fingerspitzen über das knisternde schwarze Nylon bis zum Rocksaum.

»Ja gut, Franz, ich warte.«

Mertens schob langsam den Rock hoch. Florence faßte seinen Arm und drückte ihn nach unten. Mertens ließ sich nicht abwehren. Er rückte noch näher und versuchte es wieder, diesmal an ihrem Ausschnitt. Sie neigte den Kopf und beobachtete die Wanderung seiner Finger. Sie umfaßten ihre Brust, und Florence preßte sie fest auf ihren Körper. Endlich war Steenbergen am anderen Ende.

»Onkel Pieter, ich ...«, Florence klang unsicher, ein wenig schuldbewußt.

»Ja, ich weiß, ja ...«, Steenbergen schien einen Vortrag zu halten. Mertens hatte seinen Kopf an ihren gelegt, um das Gespräch mitzuhören. Sein Mund pirschte sich an ihr freies Ohr. Als sie den Kopf nicht wegzog, biß er sie zärtlich. Mit zusammengezogenen Brauen folgte sie der Tirade des Holländers.

»Wieso nicht? ... Gut, heute abend.«

Sie legte auf. Dann sah sie Mertens an, und sie küßten sich.

Es war dunkel. Eddie kurvte auf der Suche nach Assi durch Schöneberg. Oft fand er ihn gegen fünf in einem Imbiß, wo er den Geldspielautomaten fütterte, Nescafé ohne Milch und Zucker trank und die BZ las. Heute war er nicht dagewesen. Assidertürke war zuverlässig. Wenn er mit Eddie, dem einzigen Menschen, dem er traute, verabredet war, konnte man sich eigentlich darauf verlassen.

Als Eddie langsam die Potsdamer Straße hochfuhr, sah er ihn aus einem Haus kommen. Auf dem verschneiten Gehsteig schlug Assi den Kragen seiner billigen Nappalederjacke hoch. Eddie bremste und hupte zweimal.

»Naja«, sagte Assi und schüttelte die klamme Feuchtigkeit einer schlecht geheizten Wohnung aus seinem Körper. »Ick war noch bei Ilona, wa?«

Eddie riß seinen Kopf nach rechts, eine Zigarette wäre ihm aus dem Mund gefallen.

»Wo warste?«

»Dir kann ick et ja sagen. Ilona ihr' Lude is in Hamburg. Und heute morgen war se noch im Bierparadies. Isse ja sonst nie. Und alleene wollten wir beide nicht in't Bette jehn.«

»Wenn ihr Bimbo det erfährt, haste janz schlechte Karten«, sagte Eddie tonlos.

»Warum soll er det erfahren? Wir war'n sowieso die letzten Gäste da.«

Assi fühlte sich glänzend. Auch wenn Ilona ziemlich betrunken gewesen war, er, Assidertürke, hatte bei ihr geschlafen.

Ilona saß vor einem ovalen Schminkspiegel und probierte verschiedene Lidschatten. Seit ihrem 16. Geburtstag war sie auf der Straße. Jetzt war sie 26, und ihr Leben hätte kaum zwischen zwei Buchdeckel gepaßt.

Die Nacht mit Assi vergaß sie am besten ganz schnell. Hauptsache war, niemand hatte sie zusammen gesehen. Ihr Zuhälter war jähzornig und eifersüchtig. Warum sie ihn liebte, wußte sie selbst nicht, aber irgendwen brauchte schließlich jeder.

Ilona entschied sich für Lila. Lila Lidschatten, rosa Hose, rosa Pullover. ›Just another night on the street‹, sang Mick Jagger im Radio.

Ilona war nur an Geld interessiert, und es überstieg ihre Vorstellungskraft, daß es in Beziehungen zwischen Menschen auch ein anderes Regulativ geben könne. Bei Geld hört die Freundschaft auf, die Liebe sowieso. Das war ihre Existenzgrundlage, und sie lebte nicht schlecht damit, besonders wenn Gerd mal nett zu ihr war.

Lila und Rosa heute, vielleicht belebte diese Kombination das Geschäft, man würde sehen.

»Heute packen wir ihn«, sagte Eddie.

»Denk ick ooch, heute is er fällig«, nickte Assi. »Wir sollten mal bei ihm vorbeifahr'n.«

»Später, Assi, später.«

»Und wat mach'n wir vorher?«

»Kutti hat mir jesagt, det der Schwede heute bei ihm is.«

»Der Schwede?« Assi wurde hellhörig. Der Schwede hatte noch eine private Rechnung bei ihm offen. Assi lehnte sich rüber. »Ick habe jedacht, der hätte allet abjedrückt.«

»Du mußt nich denken«, sagte Eddie, was Assi aber nicht begriff. »Der Chef kricht noch drei Mille von dem. Nich vom Zocken. Irgend ne Geschichte mit nem Schlitten.«

»Hat der det Jeld?«

»Werden wir seh'n.«

»Bei Kutti? Ick dachte, die wär'n sich nich jrün.«

»Du denkst wirklich zuviel, Assi!«

»Wat soll det heißen?«

»Nichts. Vergiß es.«

»Du bis doch nicht mies jelaunt?« fragte Assi und sah Eddie an.

Eddie war sauer. Ausgerechnet der tolpatschige Oswald – Assidertürke – hatte mit Ilona geschlafen. Und Ilona war nicht die erste gewesen, die ihn mitgenommen hatte. Assi war weder gesprächig noch charmant, und Ilona nicht irgendwer; sie war so ordinär wie gutgebaut. Eddie hatte seit Wochen nur Fahrkarten geschossen, bei wem er es auch versucht hatte.

Assi spürte, daß Eddie gereizt war. Ihm lag nichts daran, seinen Freund aufzuziehen.

»Wat iss'n los?«

Eddie antwortete nicht, sondern spähte in die Dunkelheit, ein Zigarettenrest glimmte vor seinem Bärtchen. Det kann ja jemütlich werden, dachte Assi. Eine Zeitlang fuhren sie schweigend durch den dichten Berufsverkehr.

»Sollen wir mal in't Steigenberger, n'bißchen Münze spielen?« nuschelte Eddie.

»Jute Idee, fahr zu, wir haben noch massich Zeit.«

Als sie in der Spielhalle des großen neuen Hotels nebeneinander standen und Münzen in einen Original-Las-Vegas-Automaten steckten, besserte sich Eddies Stimmung. Assi hielt mit seinen Händen die Fenster zu, hinter denen die Walzen mit Äpfeln, Birnen, Sternen und Jokern rotierten. Eddie zog an einem wuchtigen Hebel links an der Maschine, mit dem man das Spiel in Gang setzte. Als sie zum erstenmal gewonnen hatten und einige Zwei-Mark-Stücke unten in das Plastikfach schepperten, sagte Eddie leise:

»Heute isser fällig, und wenn wir durch janz Berlin gurken müssen.«

Assi nickte unmerklich und grabbelte den Gewinn aus dem Behälter.

»Ick hab mit dem ooch noch wat zu klären!«

»Du?« Eddie riß am Hebel, und Assi stellte sich mit seinem Rücken vor den Apparat.

»Jenau!«

Eddie tippte vor Assis Brust.

»Wat hast du denn mit dem zu klären?«

»Janz privat.« Assi wandte sich um und beobachtete die Fenster: Joker-Stern-Banane. Er warf Geld ein, Eddie zog.

»Und wat janz privat?«

»Na, weeßte doch. Die Sache mit der Uhr. Dafür muß er gleich bezahl'n.«

»Mensch, Assi, ick red jetzt nich vom Schweden.«

»Aber icke!«

Der schwere Teppichboden dämpfte die Stimmen der Spieler. Unter der Decke hing ein nebliger Nikotinbaldachin, im Sommer wie im Winter.

Das Café Oppenheimer lag hellerleuchtet hinter dem kleinen Vorgarten, der es von der Straße trennte. Das Licht aus den großen Fenstern warf den Schatten des schmiedeeisernen Gitters auf den Bürgersteig. Schemenhaft erkannte man Bewegungen hinter den beschlagenen Scheiben.

Auf der anderen Straßenseite stand Lacan und versuchte, sich zu erinnern, welche Richtung sie am Abend zuvor eingeschlagen hatten. Der Qualm seiner Zigarette vernebelte langsam das Auto. Hinten lag Hartmann. Der Verkehr stockte plötzlich. Auf der nächsten Kreuzung tanzten untergehakt zwei Männer und verbeugten sich im Scheinwerferlicht der hupenden und blinkenden Wagen. Links und rechts trugen sie ihre Aktentaschen. Ein Hut fiel herunter und eierte im Halbkreis in den Rinnstein. Die Männer torkelten ihm gebückt hinterher und landeten auf der nassen Straße. Der Stau löste sich auf, aus einem der vorbeirollenden Wagen rief ihnen jemand etwas Aufmunterndes zu. Mühsam erhoben sie sich und verschwanden in einer Seitenstraße.

Jetzt wußte Lacan es wieder: Der Jaguar parkte in der Sackgasse, in die die Männer geschwenkt waren.

Der Jaguar sprang tatsächlich an. Lacan gab Gas und nahm die Kupplung zurück. Wahrscheinlich wollte Hartmann gestern nicht fahren, warum auch immer – die Luxuslimousine setzte sich in Bewegung. Seine Fee schien alles zu einem guten Ende zu führen.

Lacan schaltete das Radio ein: Rock und Pop für Teens und Twens. Der Moderator bemühte sich um einen jugendlichen Ton. Arbeitsbrigaden nach Nicaragua und zwischendurch Depeche Mode und Spandau Ballet.

Die Baulücken wurden augenfällig, je näher er dem Tiergarten kam. In seinen südlichen Ausläufern hatte sich das Botschaftenviertel befunden, als Berlin noch Hauptstadt war. Einsam stand das Hotel ›Esplanade‹ in Trümmerfeldern. Ein Flügel der riesigen ehemaligen italienischen Botschaft wurde noch als Konsulat genutzt. Die Fenster waren zugemauert. Zwischen den Fugen der Auffahrt wucherten Gras und Unkraut. Ein wenig weiter lag die ehemalige japanische Botschaft, genauso groß und quadratisch und verlassen. Alle Eingänge waren mit dicken Brettern vernagelt. Über dem Hauptportal hing noch das verblichene ovale Emailleschild mit dem Emblem des Kaiserreiches. Laternen tauchten die alten Häuser in gespenstische Schatten von kahlen Bäumen, Brandmauern, Gestrüpp und Bauschutt.

Neben der japanischen Botschaft verlor sich ein schmaler Weg im unbebauten Gelände; ein paar windschiefe Schuppen, in denen im Sommer die Penner wohnten, vergammelten in der Winterkälte.

Lacan parkte den Jaguar vor den Schuppen. Ein Freier, der mit einer Nutte ein ruhiges Plätzchen suchte, hätte gedacht, ein anderes Paar vergnügte sich in dem Wagen. Es würde nicht länger als eine Stunde dauern. Als Lacan zur Straße zurücklief, suchte er in der Dunkelheit nach verdächtigen Bewegungen. In den Baumkronen fing sich der Wind und summte durch die Nacht. Wolken zogen eilig, da und dort flackerte ein Stern. Lacans Herz schlug zum Hals. Er duckte den Kopf in den Kragen der Lederjacke und überlegte, wie er am schnellsten zum Café Oppenheimer zurückkäme. Vor der Philharmonie war eine Bushaltestelle.

»Na, Kleener, so alleene?« rief ihm eine Frau zu, die an einen Baum lehnte. Sie ging ein paar Schritte neben ihm her und faßte ihn beim Arm.

»Ick hab 'n nettet Zimmer inner Eisenacher.«

»Hab' schon 'ne Verabredung«, sagte Lacan flüchtig und beschleunigte. Die Nutte blieb stehen und verzog den Mund.

»Fick dir doch selber, du Arsch!«

Nach kurzer Zeit sah man das geschwungene Dach der Philharmonie. Starke Scheinwerfer strahlten von unten über die Fassade und verloren ihr milchiges Licht im schwarzblauen Himmel. Menschen strömten von den Parkplätzen zum Eingang, und auf dem Busbahnhof kreisten gelbe Doppeldecker. Frauen rafften ihre langen Kleider und stöckelten, von ihren Begleitern gestützt, um Pfützen und Schneehaufen.

Lacan mischte sich unter die Menge, die ihn saugend aufnahm. Irgendwann stand er im Foyer. Er zündete eine Zigarette an und gelangte durch eine Drehtüre wieder nach draußen. Er lief zu den Bussen. Der dritte fuhr zum Nollendorfplatz. Der Busfahrer sah ihn kaum an, als er einen Fahrschein löste. Zwei Männer in Arbeitsanzügen stiegen noch zu, setzten sich in die erste Reihe, und der Bus fuhr schaukelnd los.

Vor der flachen gläsernen Front der neuen Nationalgalerie hing ein großes Transparent: Minimal-Retrospektive.

Auf den Marmorquadern der Brüstung saßen frierend zwei Tamilen und blickten zum Kanal. Einer hatte einen Verband um seine Stirn. Seine Oberlippe war stark geschwollen, aber das konnte Lacan nicht sehen. Auf ihrer Insel war der Bürgerkrieg richtig in Schwung gekommen. Die Pappschachtel eines Sechserpacks wehte über die Stufen.

Am Woolworthkaufhaus auf der Potsdamer Straße verließ Lacan den Bus. Vor dem U-Bahneingang warteten Polizisten in Kampfanzügen, Walkie-Talkies ziepten. Von der Demonstration war nichts zu sehen und zu hören. Er lief über die Kurfürstenstraße zu seinem Opel. Bis jetzt war alles gutgegangen, er mußte nur noch die Leiche umladen. Lacan dachte an Florence und gleichzeitig an ein frisches Bier, außerdem hatte er Hunger. Am liebsten wäre er ins Café Oppenheimer gegangen und hätte etwas gegessen, Rindfleischsalat oder Filetspitzen auf Toast. Dann fiel ihm Leschek ein und der Job, den er ihm zugeschanzt hatte und den er dringend brauchte, um seine letzte Miete zu zahlen. Einzelne Schneeflocken tanzten unschlüssig in der Luft. Lacan versuchte sie mit offenem Mund zu fangen. In Sizilien oder Nordafrika müßte man sein, in einem Haus, auf dessen blau gekachelte Veranda die Mittagssonne brennt, mit reichlich Scheinen unter dem Kissen und schwerem Portwein im Glas.

In seinem Wagen tastete er nach Hartmann: unnatürliche Kälte. Das Rauschen in Lacans Ohren wurde stärker. Er preßte seine Handflächen vor die Schläfen, und jemand flüsterte ihm zu: Dreh nicht durch und beeil dich!

Im Diplomatenviertel steigerte sich das Schneetreiben. Die Nutte von vorhin war verschwunden. Lacan lenkte seinen Wagen in jenen verschwiegenen Weg, in dem er den Jaguar abgestellt hatte. Die Scheinwerfer tasteten über mannshohe Schutthaufen. Er hielt neben Hartmanns Limousine, so daß die hinteren Türen der Wagen eine Gasse bildeten.

Die Leiche war steif wie ein Waschbrett, Arme und Beine klemmten zwischen Vorder- und Rücksitzen. Lacan zog und zerrte mit aller Gewalt an Hartmanns Mantel. Als die Leiche sich mit einem Ruck löste, rutschte Lacan auf die Straße. Hartmanns Arme ragten bewegungslos über die Rückbank nach draußen, seine Haare waren gefroren und standen spitz vom Schädel ab. Lacan erhob sich und atmete schwer. Am Ende des Weges blitzten Lichter durch die Nacht.

Nach einigen Minuten war die widerliche Arbeit getan, der Tote lag im Jaguar. Lacan bog sein Kreuz durch und wischte sich über die Stirn. In seinem eigenen Wagen war Hartmann gut aufgehoben. Was hätte er auch machen sollen?

In der Innenstadt fragte sich Lacan, wie lange es wohl dauern würde, bis man die Leiche fände. Ein Jaguar zwischen den Ruinen im Tiergarten war schon ziemlich ungewöhnlich. Der Fliegenschwarm in seinem Magen startete einen Abendausflug. Und wenn er das Auto woanders parken würde? Unauffällig zugeschneit, am besten in einem Wohnviertel. Der Gedanke, noch einmal zurückzufahren, machte ihn verrückt. Früher oder später käme doch alles ans Tageslicht. Früher oder später, aber eben besser später.

Eine Stunde später: Der Jaguar stand jetzt in einer kleinen Straße in Friedenau, gleichweit von einem Mercedes und einem Ford Capri entfernt. In dieser Gegend wohnten Angestellte, Lehrer und kleine Geschäftsleute, einer von ihnen hatte Besuch aus München.

Silbrig glänzende Aluminiumrohre hingen unter der Decke des langgestreckten Raumes. Sie saugten die heiße Luft aus den Lampenhäusern der Maschinen. Der Boden vibrierte leicht. Vom Glas der Sichtblenden reflektierte der Film auf Wände und Boden. Leere Spulen lehnten vor den Verstärkerkästen.

Im Hintergrund war ein schwach beleuchteter Tisch. Eine Frau zwischen dreißig und vierzig saß in schwarzen Lederhosen auf einem Barhocker, vor ihr stand eine Apothekerwaage, auf der sie die Droge abwog. Mit einem Löffel holte sie das Pulver aus einer durchsichtigen Plastiktüte und rieselte es vorsichtig auf kleine Papierquadrate auf der Wägefläche. Der alte Filmvorführer hockte in der Ecke und las Zeitung. Er bekam 100 Mark für die Abende, an denen sie in seinem Raum ihre Kunden empfing.

»Was brauchst du?« fragte sie Jan, der auf einem Drehstuhl neben ihr saß. Er richtete sich ein wenig auf und linste auf die Waage. Sie lachte heiser und zog hinter einem Packen verschnürter Illustrierten eine Spiegelscherbe hervor, auf der das Kokain schon kleingehackt war. Sie schob es mit der Klinge eines Teppichmessers zurecht und reichte Jan einen abgeschnittenen dicken Strohhalm. Er beugte sich vor und zog die Linie ins rechte Nasenloch. Nach einigen Augenblicken öffnete er den Mund wie ein nach Sauerstoff japsender Fisch und biß dann die Zähne zusammen. Wenn er schluckte, war es, als sei ein Fremdkörper in seinen vereisten Rachen geraten.

»Zwei Gramm!«

Sie wog ab und füllte die Briefchen, Jan suchte die

Scheine aus seiner Jacke. Ohne nachzuzählen knüllte sie das Geld in ihre Hosentasche.

Der Filmvorführer nuckelte an seinem Bier. Die Frau zündete einen vorbereiteten Joint an. Sie inhalierte rasselnd und hielt ihn dem Vorführer unter die Nase. Er sah kurz auf und nahm das Stick. Jan runzelte die Augenbrauen und sah die Frau an, die lächelnd die Schultern hob.

»Wie geht's denn so?«

»Geht so. Könnte besser sein.«

Jan wickelte einen Schal um seinen Hals und stand auf.

»Bis dann!«

»Jan, Mensch, laß dich mal wieder sehen.«

»Mit Sicherheit!«

Auf der Eisentreppe zum Hof kam ihm eine Frau entgegen, die er flüchtig kannte.

Keitel wartete im Auto. Sein Gesicht war verlebt wie das jenes amerikanischen Schauspielers. Unter seinen Augen gruben sich zwei tiefe Falten in die bleiche Haut. Keitel war 35, und seine Zukunft lag bereits hinter ihm. Jan, ein paar Jahre jünger und stets wie aus dem Ei gepellt, glaubte noch, die Welt erwarte ihn, kleine Geschäfte und große Träume.

»Hast du?« fragte Keitel.

Jan öffnete die rechte Faust mit den Briefchen. Er zerhackte die Kristalle auf einer Kassettenhülle. Keitel hielt ein Nasenloch zu und schnupfte das Pulver durch einen gerollten Geldschein. Jan wischte mit dem kleinen Finger über die Kassette und leckte ihn ab.

»Wohin?« fragte Keitel.

»Berkels«, sagte Jan. Es hielt sich hartnäckig das Gerücht, er sei beinahe Millionär geworden, obwohl niemand von den genauen Umständen wußte. Seine Bonität erschöpfte sich in der Reinigung seiner Anzüge. Tadellos. Wer nahm denn überhaupt noch etwas ernst? Eddie vielleicht? Wovon träumte er?

Kuttis Bierbar war ein heruntergekommenes Lokal, in dessen Hinterzimmer gezockt wurde. Eddie und Assidertürke hatten dort tatsächlich den Schweden angetroffen, einen dürren Menschen mit flachsblondem Haar. Assi erwischte ihn am Auge, bevor der Schwede wußte, was vorging. Er kippte mit dem Stuhl nach hinten, zog die Decke vom Tisch und lag da inmitten von Scherben und Bier. Die anderen Gäste sprangen auf und brachten sich in Sicherheit. Kutti, der Wirt, stand regungslos hinter der Theke.

Eddie durchsuchte die Taschen des wimmernden Mannes, über dessen Hände, die er schützend vor den Kopf hielt, Blut tropfte. Er kniete sich neben den Blonden.

»Hör mal jut zu: Et nächste Mal bringste det Jeld selber vorbei. Weißt ja, wo. Vastanden?«

Als der Schwede mit verzerrtem Gesicht nickte, trat Assi ihm mit Wucht in den Rücken.

»Und det war für neulich!«

Sie verschwanden, so schnell sie gekommen waren. Die anderen Gäste halfen dem Schweden hoch, und Kutti legte einen feuchten Lappen auf die Platzwunde. Dann fegte er die Scherben zusammen.

Oberst Nikolai Koljatow hatte seine Ausgehuniform angezogen und wartete auf seinen Fahrer. Vor ihm auf dem Tisch lag links eine japanische Grammatik und rechts eine Einführung in digitale Landwirtschaftsplanung; in der Mitte stand ein aufgeklapptes, mit Schaumstoff ausgelegtes Kästchen, in dem er zwei sternförmige Medaillen an roten Bändern aufbewahrte. Eine war ihm kurz nach dem Krieg verliehen worden, die andere, als er aus Kuba zurückkehrte. Die Orden baumelten auf seiner Brust unter einer Reihe kleiner bunter Fähnchen, deren Bedeutung nur Offiziere entziffern konnten.

Je länger er wartete, desto weniger Lust verspürte er, auf den Empfang zu gehen. Heute abend sollte ihm der Ingenieur aus Ungarn vorgestellt werden, der den Transport auf der neuen Route vorbereitet hatte. Als Koljatow die Flasche Wodka aufschraubte, hörte er die schweren Schritte Olegs auf dem Gang.

Hinter Florence' geschlossenen Vorhängen schimmerte Licht. Auf dem Weg zu ihrer Wohnung waren Lacan Zweifel gekommen, ob es richtig sei, sie zu besuchen. Er hatte noch nie unangemeldet vor ihrer Türe gestanden, das war eine unausgesprochene Vereinbarung zwischen ihnen. Er verstaute sein Auto in einer Parklücke und zündete eine Zigarette an. »Wenn Liebe zur Liaison wird, degeneriert sie zu einer verhängnisvollen Kette von Lüge und Niedertracht...«, dieser Satz eines französischen Philosophen fiel ihm ein, und er dachte angestrengt nach, wo er ihn gehört haben könnte. Wahrscheinlich hatte er ihn in der Auslage einer Buchhandlung gelesen. Er wußte selbst nicht, ob er Florence liebte, aber vielleicht konnte er sich einfach an das Gefühl nicht mehr erinnern.

An den Innenseiten der Scheiben gefror Kondenswasser. Lacan kratzte ein Loch und spähte hoch. Florence war zu Hause. Das Bedürfnis, sie zu sehen, verselbständigte sich. Mechanisch stieg er aus und rutschte über den Schnee. An der Laterne vor dem Haus hing ein Abfallkorb der Stadtreinigung. Lacan stopfte Hartmanns Handschuhe in die geneigte Öffnung und stieß mit dem

Fuß die schwere Türe auf. Er stützte sich auf das Geländer und lauschte. Langsam zog er sich Stufe um Stufe hoch. Im ersten Stock röhrte ein Fernsehgerät, eine alte Frau verlor in ihrer dunklen Gruft den Verstand. Bevor der Gedanke, ob er richtig handle, wieder die Oberhand gewinnen konnte, gab er sich einen Ruck und nahm zwei und drei Stufen auf einmal. Atemlos drückte er die Klingel.

Jemand drehte von innen am Schloß und öffnete die Türe. Das Flurlicht sprang aus, und Florence' Silhouette erschien im Rahmen.

»Bernhard?« fragte sie zögernd und strich ihr Haar zurück. Das Flurlicht sprang an, und da stand Lacan, von einem Bein aufs andere wippend. Er spürte, wie Blut in seinen Kopf schoß, und senkte die Augen.

»Ich dachte ...«

Florence half ihm nicht.

»Ich hatte Lust, dich zu sehen.«

»Ausgerechnet jetzt?« fragte Florence kühl.

»Warum nicht jetzt?«

»Aber Bernhard!« Florence hörte nach hinten. Aus ihrem Wohnzimmer drang Stimmengemurmel. Lacan lenkte ein.

»Ist im Augenblick nicht so günstig, wie?«

Sie schüttelte den Kopf.

»Ich habe gerade eine wichtige Besprechung.«

Über ihre Schulter sah Lacan, wie im Hintergrund die Wohnzimmertüre einen Spalt geöffnet wurde und der Schatten eines Mannes auf die Flurwand fiel.

»Ich verstehe schon«, sagte er enttäuscht.

»Mensch, Bernhard!« sagte Florence gepreßt. Lacan trat zurück.

»Also dann ...«

»Bernhard, versteh' doch!«

»Ich verstehe ja.«

»Ehrlich?«

»Ehrenwort!« Er lächelte verkniffen. Die Wohnzimmertür wurde wieder geschlossen.

»Sehen wir uns morgen abend?« fragte Florence erleichtert.

»Sicher.«

»Auf der Vernissage bei Lydia? In Ordnung?«

»Ja.«

»Bis morgen dann!«

»Bis morgen.«

Sie gab ihm einen Kuß, er stand allein im Treppenhaus. Unschlüssig zählte er das Klicken des Lichtschalters. Im Dunkeln verwandelte sich seine Eifersucht in Neugier. Lacan kniete sich vor den Briefschlitz und klemmte ein Ohr unter die Klappe. Er erkannte Florence' Schritte in der Küche, wo sie am Kühlschrank hantierte. Eiswürfel stießen in einer Schüssel aneinander. Zwei Männer redeten im Wohnzimmer. Die Stimme des älteren war ihm unbekannt, der jüngere war, war das nicht Mertens, der...?

»Am Wochenende... über die Bühne... klar.«

Es wurde undeutlicher. Florence war immer noch in der Küche beschäftigt. Jetzt ging sie zu den beiden.

»Das mußte nicht passieren«, sagte der Ältere deutlich, dann wurde die Türe wieder fest geschlossen. Der Ton des Fernsehgeräts aus dem ersten Stock stieg durchs Treppenhaus. Lacan richtete sich auf. Was hatte Mertens bei Florence zu suchen? Die Sache war doch schon lange vorbei. Oder hatte sie ihn belogen? Und wer war der aufgebrachte andere Mann? Ihr Professor, bei dem sie angeblich in Kunstgeschichte promovierte? Und der hatte

Streit mit Mertens? Lacan dachte an nichts Bestimmtes, und doch lösten sich seine Gedanken in sprunghafter Folge ab.

Die letzten Passanten beeilten sich, nach Hause zu kommen. An einer zerschossenen Fassade hing ein Schriftzug ›Sechsämtertropfen‹ in Sütterlinbuchstaben, und das ›s‹ und das ›ä‹ flackerten leuchtend rot.

Plötzlich hörte die Straße auf. Die Scheinwerfer des Opels strichen über einen hölzernen Turm, von dessen Plattform man in den Osten sehen konnte. Gleich dahinter war die Mauer, von oben bis unten und von links nach rechts mit Graffiti beschmiert. Auf einer großen Tafel stand: You Are Leaving The British Sector. Lacan stieg aus und kletterte auf die Plattform. Auf der anderen Seite war in gleicher Höhe die Kanzel eines Wachturms. Riesige Peitschenmasten bestrahlten das geharkte Vorfeld der Grenze, weiter hinten schützten spanische Reiter in gestaffelter Formation die Hauptstadt der Republik. Ein Hund bellte. Diese Leere war einmal der Potsdamer Platz gewesen.

Auf der Spitze des Fernsehturms am Alex blinkten Signallampen durch die Wolken. Lacan schlug den Kragen hoch und raunte ein paar Flüche. Es war eine kindische Idee gewesen, Florence zu besuchen. Die Kälte der Januarnacht kroch in seine Schuhe. Wie mochten die Wachtürme da drüben beheizt sein? Welch ein Scheißjob, stundenlang ins verschneite Niemandsland zu starren. Lacan hatte gewaltigen Durst. Er hielt die Luft an und preßte Blut in seinen Kopf. Dann stieg er wieder von der Plattform.

Die Mauer halbierte an dieser Stelle die Straße. Aus den Fenstern der Häuser hätte man in die DDR spucken können. Am Ende der Gasse leuchteten Scheinwerfer auf. Ein Jeep der englischen Militärpolizei holperte langsam über das Kopfsteinpflaster.

Francis Intyre kam aus Birmingham. Er hatte sich für 12 Jahre zur Armee verpflichtet. Die zugemauerten Fenster hier erinnerten ihn an zu Hause. In einigen Bezirken Birminghams sah es genauso aus, verlassen und tot. Francis war noch jung, und die Armee hatte ihm schon einiges von der Welt gezeigt: Belfast, Georgetown und die Falklandinseln, aber Berlin war besser. Eine Klasse besser auch als Birmingham. Wenn er nachts an der Mauer patroullierte, fragte er sich manchmal, was er mit der Prämie nach den 12 Jahren anfangen sollte. Der Feldwebel saß dösend neben ihm. Als sie den hölzernen Aussichtsturm erreichten, sah Francis Lacans Rücklichter. Aus den Hörern des Walkmans, die locker um seinen Hals hingen, klang ›Two tribes go to war‹, und der Feldwebel rekelte sich im Halbschlaf.

Das ›Berkels‹ war eine moderne Bar. Über der Türe glänzte der Neonschriftzug, die Fenster waren in halber Höhe mit schwerem Filzstoff abgehängt. Man mußte sich draußen auf die Zehenspitzen stellen, um hineinzusehen.

Die Stirnseite des Raumes beherrschte ein riesiges Bild: Der Trinker. In dunklen Farben hockte ein Mann mit Baskenmütze vor einer Flasche Wein an einem runden Tisch. Als Lacan durch den Windfang trat, fiel sein Blick auf den Monitor über der Bar, auf dem ein alter Donald-Duck-Film ablief. Goofi fuhr einen Combi, an dessen Stoßstange Donald, der Trottel, hing und hin und her geschleudert wurde, bis er sich in einer Kurve wie eine Schnur um einen Baum wickelte.

Lacan setzte sich auf einen Hocker und bestellte Bier und Osborne. Die Kellnerin trug einen schlechtsitzenden Lederrock mit Schlitz, den Lacans Augen hochwanderten, wenn sie sich bückte. Sie lächelte ihn an. In einer Ecke saßen blasierte Oberschüler. Allen Jungen fiel die gleiche Haarsträhne übers Gesicht, die Mädchen waren wie Trümmerfrauen angezogen, und entschieden langweiliger als ihre Mütter. Ein verfrorener Poet lag über der Theke und kritzelte in ein Heft, vor sich ein Cocktail-Glas mit Strohhalm. Plötzlich packte jemand Lacan an den Schultern und schüttelte ihn. Er rutschte vom Hocker in Jans Arme. Und da war auch Keitel, der ihn am Kopf tätschelte. Sie schwangen sich auf die freien Plätze links und rechts und winkten der Bedienung, die am Video-Recorder fummelte. Jan klopfte Lacan auf den Rücken.

»Mensch, Alter, bist du in 'nen Glückspott gefallen?«

Lacan sah ihn unsicher an. Auf der anderen Seite gluckste Keitel, und Jan zog die Nase hoch.

»Na, ich habe dich doch vorhin in einem Jaguar durch die Gegend rauschen sehen, oder was?«

Lacan verschluckte sich am Osborne und schnappte nach Luft. Jan bestellte eine Flasche Sekt mit vier Gläsern. Lacan beruhigte sich.

»Ihr wußtet das nicht? Unter Jaguar läuft bei mir nichts mehr. Ich wohne übrigens jetzt auch im Westend. Kommt doch mal vorbei.« Er legte den Zeigefinger auf die Lippen. »Bleibt aber unter uns, abgemacht?«

»Abgemacht!« grinste Jan.

»Hab' ich dir doch gleich gesagt, Bernie und 'n Jaguar!«

Die drei lachten. Die Kellnerin entkorkte den Sekt, und man stieß an.

»Euch geht es auch nicht schlecht«, sagte Lacan.

»Können nicht klagen«, sagte Jan und zog seine Krawatte zurecht. Sie hatten in Neapel gebrauchte Anzüge, Armeemäntel und Schuhe gekauft und zollfrei nach Deutschland gebracht; der Gewinn wurde verfeiert.

Unter der Theke reichte Jan seinem Kompagnon eine Emailleschatulle.

»Ich glaube, Bernie braucht 'n Hit.«

»Glaub ich auch«, sagte Keitel, dessen Gesicht stets gleich verknittert war. »Ich geh' mal vor.« Er verschwand durch eine Schwingtüre zur Toilette.

»Dir geht's tatsächlich nicht schlecht?« fragte Lacan.

»Bestens, Bernie, bestens. Wir waten in Geld. Zwar mehr Münze, aber die Füße sind bedeckt.«

Lacan biß auf seine Unterlippe.

»Geh' jetzt nach hinten«, forderte ihn Jan auf.

Als Lacan die Toilette betrat, zog Keitel ihn in eine Kabine. Auf der Spülung lag die geöffnete Emailleschatulle, deren Innenseiten verspiegelt waren. Keitel schob die zu einem Gitter gehackten Kristalle zusammen. Obwohl seine Hände zitterten, präparierte er die Linien mit geometrischer Präzision.

»Von Susanne?« fragte Lacan. Keitel nickte.

Die Toilettentüre quietschte leise, und sie sahen sich mit angehaltenem Atem an. Dann rauschten die Pissoirs.

»Welche?« fragte Lacan.

Keitel schnalzte mit der Zunge, und Lacan schob das Röhrchen so weit wie möglich ins Nasenloch.

In kurzem Abstand kehrten sie auf ihre Plätze zurück. Die Kellnerin saß inzwischen auf dem Rand des Spülbekkens und lehnte ihren Oberkörper über die Bar. Jan flüsterte in ihr Ohr. Er saß nicht mehr auf seinem Hocker, sondern stand mit geknickten Knien auf der Fußleiste. Keitel ließ die Schatulle in Jans Tasche gleiten. Die Frau sprach kurz mit ihrem Kollegen und ging nach hinten. Jan kniff Keitel und Lacan ein Auge und folgte ihr. Sein weiter Anzug schlotterte um seinen Körper. Auf dem Bildschirm lief stumm ein Jerry-Lewis-Film, aus den Lautsprechern dudelte Milt Jackson. Die Droge verteilte sich in Lacans Rachen, und sein Herzschlag wurde schneller und heftiger.

»Ist gut, oder?« fragte Keitel.

»Sauber!« Lacan hatte seit Monaten nichts mehr genommen, und der Grund war nicht seine katastrophale Finanzlage. Kokain und Alkohol zusammen vertrugen sich nicht, und wenn man das Saufen schon nicht dosieren konnte, sollte man seine Finger vom Pulver lassen. Die Folge waren andernfalls Räusche, die buchstäblich in der Gosse endeten, was nur im Sommer einen gewissen Reiz hatte. Heute abend bestand keine Gefahr. Lacan schlug mit seinem Fuß den Rhythmus des Jazz.

»Ham die was?«

»Wer?« fragte Keitel erstaunt.

»Na die beiden.«

»Bis jetzt noch nicht. Ich kenne sie überhaupt nicht. Ist die neu?«

»Vor einem halben Jahr hatte die Schönheit noch schwarze Haare und war im ›Ritz‹.«

»War ich schon lange nicht mehr!« Keitel schüttete Sekt nach, Lacan sah sich im Lokal um. Die Jungen mit den Tollen waren gegangen. Eines der Mädchen kam von der Toilette und tuschelte mit ihren Freundinnen.

Die Kellnerin hatte sich mit hochgezogenem Rock auf die Brille gekniet, und Jan stand mit heruntergelassenen Hosen hinter ihr. Die Emailleschatulle lag neben ihrem Höschen auf dem Wasserkasten.

Lacan spürte, wie ihm der Sekt in den Kopf stieg. Er mußte doch vorsichtig sein. Keitel folgte mit kleinen Pupillen dem Film.

»Wie geht's denn sonst so?« unterbrach ihn Lacan.

»Geschäfte gemacht«, sagte Keitel undeutlich. »Ne Ladung Klamotten importiert.«

Jan und Keitel gehörten zu den Menschen, die stets auf den Füßen landeten, wie tief sie auch fielen. Ein angetrunkenes Paar versuchte, die Synkopen der Musik in Tanzschritte zu zwingen, und verfing sich im Windfang. Der Barmann beförderte es mit sanftem Druck vor die Türe. Irgendwann schwang sich Jan wieder auf seinen Hocker. Die Mädchen steckten hinter leeren Gläsern die Köpfe zusammen und warfen neugierige Blicke in den Raum. Als die Kellnerin auftauchte, strich sie mit beiden Händen über ihren nach wie vor schlechtsitzenden Rock, und das Wispern der Mädchen übertönte einen Moment lang die Musik.

»Was steht noch an heute abend?« fragte Jan. Seine Nasenflügel bebten.

»'n bißchen Geld unter die Leute bringen, würde ich sagen«, antwortete Keitel, ein Vorschlag, zu dem Lacan sich nicht äußern wollte, obwohl er die 500 Mark Hartmanns im Portemonnaie hatte.

»Wie isses, Bernie, drehen wir 'ne Runde?« fragte ihn Jan.

»Wenn es im Rahmen bleibt«, sagte Lacan und schielte zur Kellnerin, die Eiswürfel aus der Kühlbox fischte. Der Schlitz ihres Rockes war verrutscht, und endlich sah er den Saum eines Strumpfes und ein Stück weißes Fleisch darüber.

»Kommt wirklich auf den Rahmen an«, bemerkte Keitel und zog die Nase hoch.

»Hört mal zu. Ihr kennt doch Schwietzke, was? Schwietzke hat jetzt 'ne piekfeine Wohnung auf der Goethestraße, gleich um die Ecke, und immer Leute da, die gerne spielen. So ganz privat. Ich dachte, da schauen wir heute abend mal vorbei.«

Als überschwengliche Reaktionen ausblieben, begann Jan noch einmal:

»Kann ja nichts schaden, wenn man sich sachkundig macht. Schwietzke kennen wir schon seit ewig und drei Tagen – stimmt's, Keitel? –, und 'n Blick kostet nichts.«

Die Droge hatte Lacan seltsamerweise nicht in Spiellaune versetzt, aber er wollte auch noch nicht nach Hause gehen. Er sah Keitel an.

»Na, packen wir's?«

Keitel war schon halb im Mantel.

»Aber immer!«

Jan legte einen Schein auf die Theke und warf der Kellnerin eine Kußhand zu. Keitel hielt die Türe auf, und das Trio stapfte hinaus vor eine Wand taumelnder Schneeflocken.

»Was macht der Rundfunk? Ich habe dich in letzter Zeit nicht mehr gehört.«

»Seit wann hörst du Rundfunk?« fragte Lacan.

»Meist beim Rasieren im Badezimmer«, sagte Jan.

»Ich habe öfter das Nachtprogramm gemacht, Nightflight.«

»Nightflight, das paßt ja!«

»Eben!«

Dann erzählten sie von ihrer Reise nach Neapel.

»Ist nichts los da, nachts«, sagte Jan.

»'n paar Bars und Clubs, und überall mußt du Mitglied werden«, ergänzte Keitel.

Lacan erinnerte sich an seine Zeit in Neapel. Niemand ahnte, daß er vor Jahren in der Stadt gelebt hatte, in einer billigen Pension zwischen Castel dell'Ovo und Corso Vittorio Emanuele. Als er Lavinia eines Abends sagte, er müsse nach Deutschland, um Geld zu holen, hatten beide gewußt, daß sie sich nie wiedersehen würden.

Jan und Keitel redeten auf ihn ein, aber Lacan hörte nicht zu. Es war nach elf. Jan schob auf einem Autodach Schnee zusammen und warf die Kugel in ein geöffnetes Fenster. Die drei liefen davon, hinter ihnen echote eine wütende Stimme durch die Straße.

»Was ist mit Florence?« fragte Keitel.

»Nichts.«

»Beruhigend.«

Jan blieb vor einem pompösen wilhelminischen Aufgang stehen und schellte. Aus der Gegensprechanlage tönte eine Stimme.

»Die Letzten werden die Ersten sein«, sprach Jan in das Mikrophon, und die Tür sprang summend auf. Die Wände des Treppenhauses waren mit Marmor ausgelegt, im Entree hingen große Spiegel.

Schwietzkes linke Hand nahm ihnen die Garderobe ab, Lacan bekam von dem bulligen Mann ein Jacket in gedeckten Tönen. Die Wohnung war teuer eingerichtet, doch der Geschmack des Dekorateurs hatte den eines Zuhälters nur um Goldkettchenbreite verfehlt. Lacan gesellte sich an einen Tisch, an dem 17 & 4 gespielt wurde. Die Einsätze überstiegen bei weitem sein Format, und so wettete er mit zwei Herren neben sich, welcher Spieler den Einsatz gewinnen würde. Er hatte Glück.

An einer improvisierten Bar wurde Sekt ausgeschenkt. Mit einem Glas in der Hand spazierte Lacan durch die Zimmer. Jan und Keitel spielten mit drei Geschäftsleuten ein Spiel, das er nicht kannte. Einer von ihnen konnte sich nicht mehr auf das Brett konzentrieren, so angestrengt zog er eine von Schwietzkes Animierdamen schon mit den Augen aus. Am hinteren Ende der Wohnung lagen Séparées.

In einer Tür entdeckte Lacan eine Frau, die gelangweilt an ihrem Glas nippte. Sie war Barfrau im ›Pik 7‹ gewesen und freute sich, ihn hier zu treffen. Bevor man Erinnerungen austauschen konnte, trat Schwietzke hinzu und faßte sie besitzergreifend um die Hüfte.

»Na, Lacan, mal wieder flüssig? Oder willstet dir hier abjewöhnen?«

Lacan verzog das Gesicht.

»Kredit is hier nich. Allet janz seriös.«

»Deshalb bin ich ja da!«

»Siehste, mein Juter, sowat jibt's heute auch noch.«

»Ich hätte es schon fast nicht mehr geglaubt.«

Schwietzke gab Lacan Feuer und ging mit der Frau zur Bar.

An Jans und Keitels Tisch wechselten die Scheine mit großer Geschwindigkeit ihre Besitzer, die beiden lagen weit vorne.

»Entschuldigung die Herren, aber ich geh' jetzt mal.«

»Seh'n wir dich heute abend noch?« fragte Keitel.

»Ich denke nicht, ciao.«

»Mach's gut, Alter«, sagte Jan und würfelte.

Die letzten Sterne verbargen sich hinter Wolken, der Wind schnitt kalt ins Gesicht. Im Wagen zählte Lacan sein Geld. Er hatte fast 200 Mark gewonnen. Das Warnlicht eines Schneepflugs blitzte kurz in seinem Rückspiegel auf.

In seiner Wohnung setzte Lacan sich auf den Hocker in der Küche und holte den Oelze aus dem Kühlschrank.

Roland Hartmann war tot, wegen dieses kleinen dummen Bildes. Lacan konnte sich keine Gedanken mehr machen und fluchte nur leise und fluchte, und so vertrieb er seine Traurigkeit. Er verpackte den Oelze im Kühlschrank und legte sich ins Bett.

Der Empfang ›Unter den Linden‹ verlief, wie Empfänge verlaufen. Ein Streichquartett spielte Tschaikowsky und Rimski-Korssakow, der sowjetische Botschafter hielt eine launige Ansprache, dann wurde das Buffet eröffnet. Oberst Koljatow hatte die Kanapees gekostet, nun stand er gedankenverloren im Kreis um den französischen Militärattaché, der sich über den Einfluß des Baron Haussmann auf den europäischen Städtebau ausließ, als ein Botschaftsangestellter hinzutrat und Koljatow um eine Unterredung bat.

Dr. Belösy wartete in einem Nebenzimmer. Man sah ihm die Anstrengungen der letzten Tage an, doch Koljatows Mißtrauen legte sich schnell. Der Ungar schilderte ihm die Planung des Transports, den er organisierte und überwachte. Alles schien bestens vorbereitet und Belösy der geeignete Mann, die Fäden in Jugoslawien zusammenzuhalten. Koljatow beugte sich vor und erwähnte einige Punkte, auf die besonders zu achten sei.

Das Gespräch endete abrupt. Koljatow fragte den Ingenieur nach dem Wetter in Zagreb. Dr. Belösy sah ihn befremdet an. Koljatow hatte die Augen zusammengekniffen. Als er sich zurücklehnte, verhedderten sich die Medaillen an den roten Bändern. Belösy stierte auf den Kopf Lenins, der als Profil in einen Orden gepreßt war.

»Kühl«, sagte er, »aber kein Schnee.«

»Und an der Küste?«

»Im Süden kann man Ende Februar schon wieder baden, kurz vor der albanischen Grenze.«

Koljatow wollte gehen. Er stand auf und wies höflich zur Türe. Dr. Belösy war verstört. Koljatow gab ihm die Hand.

»Es hat mich gefreut, ihre Bekanntschaft zu machen.«

»Meinerseits«, sagte der Ungar.

Koljatow mischte sich wieder unter die Gäste. Er war zufrieden.

Ein Sirren schwebte über der Gesellschaft. Die Stimmung war großartig, die Sowjets ließen sich nicht lumpen. Ein Röhrenfachmann aus dem Ruhrgebiet war einer Dolmetscherin nähergekommen, die seinen Vorschlag, später im Hotelzimmer weiter zu feiern, schmunzelnd angenommen hatte. Der französische Militärattaché langweilte die Zuhörer inzwischen mit seinem Faible für Durchbrüche, und man versuchte verzweifelt, sich abzusetzen.

Oberst Koljatow trank ein Glas Wein. Er wurde von hinten gerempelt und zog den Bauch ein. Als er sich umdrehte, traute er seinen Augen nicht: Da stand Andrei Grassow, 1944 Leutnant der Infanterie beim Kampf um Lemberg, unverkennbar, er war es. Grassow sperrte fassungslos den Mund auf. Sie hatten damals geteilt, was es zu teilen gab, bis ihre Kompanie bei einem Angriff der Deutschen zerrieben wurde und beide voneinander glaubten, tot zu sein. Grassow war Leiter einer Abteilung des Außenministeriums und für eine Woche zu Gast in Ost-Berlin.

Als Oleg den Oberst in der Nacht durch die Birkenallee nach Hause fuhr, konnte er seinem Drang zur Raserei ungehindert nachgeben. Koljatow hing auf der Rückbank und grunzte zufrieden. Daß er in einem Casino hinter der Staatsoper wilde Tänze mit Grassow getanzt hatte, würde er morgen früh nicht mehr wissen. Auch die Verbrüderungsszenen mit Grassows Delegation fielen wahrscheinlich dem mildtätigen Werk des Gedächtnisses zum Opfer.

Die Bäume links und rechts bildeten im Scheinwerferlicht einen Tunnel, in dem der Wind die Schneeflocken wirbeln ließ. Die Limousine heulte auf, wenn Oleg schaltete.

Er half Koljatow die Treppen hoch und zog ihm auf dem Bett die Stiefel aus, doch da schlief der Oberst schon. Morgen würde er eine Aspirininfusion brauchen, um auf die Beine zu kommen.

»Aber es ist doch wirklich nicht Florence' Schuld«, sagte Franz Belasc und verrührte einen Schuß Grenadine im Orangensaft.

»Gib' noch eine kandierte Kirsche hinzu!« rief Steenbergen, der ausgestreckt in einem Ledersessel lag.

»I mein, vor Dieben ist niemand sicher.«

Steenbergen nippte an der seltsamen Mixtur und schüttelte den Kopf.

»Darum geht es nicht.« Er hielt das Glas gegen die Stehlampe und drehte es hin und her. »Das durfte einfach nicht passieren, jetzt.«

»Ist aber passiert!«

An den Wänden hingen Bilder von Münchner Akademiemalern, das Portrait eines Mädchens, eine Landschaft, ein Stilleben.

»Meinst, man will dich erpressen?«

»Mich? Wenn, dann doch die Versicherung, was das Finanzielle betrifft.«

Belasc durchquerte das Wohnzimmer und setzte sich in den Ledersessel neben Steenbergen.

»Was ich noch net verstehe, ist, warum die Brüder nur das eine Teil geklaut haben, wo doch noch andere hübsche...«

»... und wertvolle, genau: wertvolle Sachen rumstanden. Oder hingen.«

»Vielleicht melden sie sich ja auch beim Lloyd.«

»Vielleicht«, seufzte Steenbergen. »Oder sie haben es wirklich auf mich abgesehen, wobei das eine so unangenehm wie das andere ist.«

»Die Presse scheint's net groß zu interessieren. Sagt Florence.«

»Ein schwacher Trost, der auch nicht lange vorhält.«

Belasc ging zu den Fenstern und ließ die Rolläden fallen.

»Ist ein bißchen wenig Gin drin«, sagte Steenbergen zu seinem Sekretär gewandt.

»Soll ich nachfüllen?«

»Ich sag' es nur fürs nächstemal.«

Belasc setzte sich auf den Rand der Truhe und folgte mit den Augen dem Muster des Teppichs.

»Das ist ein wichtiges Wochenende für uns«, sagte Steenbergen leise, als spreche er mit sich selbst. Dann fuhr er auf.

»Christ noch mal. Gerade jetzt!«

»Ist halt nicht mehr zu ändern.«

»Laß uns vom Geschäft reden.«

»Es ist alles optimal vorbereitet. Die zwei haben ein Date bei ›telemex‹, wo sie das Manual übergeben, und damit wäre Berlin für uns gestorben.«

»Ich habe nie ein gutes Gefühl bei letzten Deals«, sagte Steenbergen.

»Sei'n wir froh, hier wegzukommen. Die Stadt ist irgendwie ein Totenhaus.«

»Du übertreibst, Franz. Eher ein Terrarium!«

»Ist mir auch egal. Was machen wir mit der Wohnung?«

»Auflösen! Nach und nach nach Klagenfurt.«

»Alles?«

»Wo denkst du hin? Das Nötigste. Die Küche und die Garderobe. Ich wollte mich da unten nicht häuslich niederlassen.«

»Und der Rest?«

»Ins Haus nach Amsterdam. Ich werde umräumen müssen.«

»Was mir da noch einfällt: Der Makler hat getelext, er hätt' was Passendes gefunden, ein schickes Appartement, verkehrsgünstig, und er wollt' einen Grundriß schicken.«

»Sehr gut«, sagte Steenbergen und streckte den Arm mit dem leeren Glas aus. Belasc sprang auf.

»Ein wenig mehr Gin diesmal«, sagte Steenbergen und fläzte sich im Ledersessel.

Die Redakteure der Frühnachrichten sortierten die Meldungen der Nacht. Eine Sekretärin servierte starken Kaffee und legte in einem anderen Raum ihren Kopf auf die Tasten einer Schreibmaschine.

›Smogalarm im Ruhrgebiet‹ und ›Massenkarambolage bei Rosenheim‹. Die Präsidenten und Rebellen standen alle noch vor dem Spiegel und rasierten sich. Eine friedliche Nacht in der Welt.

Die erleuchteten Fenster der Nachrichtenredaktion zogen sich wie ein Band um das neunte Stockwerk der Sendezentrale. An einem Taxistand vor dem Haupteingang wartete eine Reihe Droschken auf die letzten und ersten Gäste. Ab und zu kreiste das Licht in der Rufsäule, und der Fahrer des ersten Wagens lief mit einem Vierkantschlüssel zu seinem Auftrag.

Ilona saß auf ihrer Pritsche und zählte den Preis der Nacht. Mit der Temperatur sank auch die Lust. Die Gummiunterlage mußte gereinigt werden. In ungelenker Schrift hinterließ sie einen Zettel für die Putzfrau, die unter ›room-service‹ firmierte. Aus Nordwesten kam ein neues Tief mit Wolken und Schnee.

Dritter Tag und dritte Nacht:

Der Gemüsehändler Siebert lief durch die weite Halle des Großmarkts und suchte Sonderangebote. Sonderangebote und seine Praxis, anzuschreiben, sicherten ihm die Existenz zwischen Supermärkten und Kaufhäusern. Er wurde alt. Lange würde seine Kraft nicht mehr vorhalten, jeden Morgen um vier aufzustehen und mit dem klapprigen Lieferwagen die Waren vom Großmarkt zu holen. Wenn seine Frau endlich stürbe, könnte er sich mit der ausgezahlten Lebensversicherung zur Ruhe setzen, doch Muskelschwund war ein Siechtum ohne Ende.

Mahmut, sein Nachbar, wälzte sich im Doppelbett neben seiner schwangeren Frau. Manchmal erschien ihm Hafez al Assad im Traum und drohte ihm. Wenn er dann schweißgebadet aufwachte, war er froh, in Schöneberg und nicht auf dem Golan zu sein. Jedem sein Verhängnis.

Florence Blumenfeldt schlief auch in dieser Nacht unruhig. Als sie gegen Morgen hochfuhr, schien es ihr, als habe sie überhaupt nicht geschlafen.

Die Nachttischlampe warf einen matten Schein über das Bett, hinter den Fenstern lauerte die Dunkelheit. Irgendwann stand sie auf und setzte sich an ihren Schreibtisch. Sie atmete tief durch und beschloß, alle Angriffe der Vergangenheit zurückzuschlagen. In ihren Schläfen pulsierte das Blut. Sie hatte sich verboten, über ihr Leben nachzudenken, das Haus in Hamburg, ihren Vater, doch seit Wochen bedrängten sie die Erinnerungen immer unnachgiebiger. Es wäre vernünftig gewesen, lange wegzufahren und einen dicken geraden Schlußstrich zu ziehen. Draußen hob der erste Verkehrslärm an. Vergeblich wehrte sie sich gegen die Tränen, die über ihre Wangen liefen. Ein salziger Geschmack war auf ihrer Zunge, und sie legte den Kopf in die Armbeuge.

Obwohl sie früher die Gutmütigkeit ihres Vaters verachtet hatte, war es nun, als vermisse sie diese Gutmütigkeit und Ruhe am stärksten. An einer Weide hinter dem Haus hatte ein großer Autoreifen gehangen, in dem sie selbstvergessen geschaukelt hatte, und sie wünschte sehnsüchtig, sich wieder an den von der Sonne gewärmten Gummi schmiegen zu können.

Florence, das ist vorbei, dachte sie und hob den Kopf. Ziellos lief sie durch ihre Wohnung, die Arme um den Körper geschlungen. An ihrem Sekretär wühlte sie in einer Schublade. Sie rieb die nackten Füße aneinander, um sie zu wärmen. Endlich fand sie den Brief. Das Papier war unten angekokelt. Sie zögerte, dann überflog sie die Zeilen, ohne sie richtig zu lesen:

Hamburg, 7/10/76

Mein liebes Kind,
dies ist sicherlich der schwerste Brief, den ich in meinem Leben schreiben werde.
Ohne Ausflüchte oder Entschuldigungen zu suchen, die es nicht gibt: Ich bin am Ende. Ich hoffe, ich brauche Dir nicht zu erklären, durch wen und wie, Du wirst es wissen oder geahnt haben. Mit dem Verkauf des Hauses und des Firmeninventars sind die letzten Verbindlichkeiten gedeckt – Du bist schuldenfrei.
Wende Dich vertrauensvoll an Onkel Pieter, er wird Dir weiterhelfen, so gut er kann und es in seiner Macht steht.
Wenn ich an Deine Liaison mit diesem Schwein M. denke, wird es mir schwer ums Herz, mehr als Du Dir vorstellen kannst. Alles ist meine Schuld, ich habe Dich vernachlässigt, was habe

ich Dir schon als Vater geboten? Wenn Du mir trotz allem einen Wunsch erfüllen kannst, dann trenne Dich von ihm. Meine liebste Florence, vergiß mich nicht ...

An dieser Stelle wurde der Brief unleserlich. Ein paar Zeilen waren mehrfach durchgestrichen, andere verschmiert. Florence ritzte mit einem Fingernagel über das Papier.

Über Deine Mutter will ich kein Wort verlieren. Sie hat ihre Wahl getroffen und ist da, wohin sie gehört. Gehe Deinen Weg, mein Kind ... verzeih mir bitte, ich kann nicht anders ...

Florence wischte sich mit dem Handrücken über die Augen und legte den Brief zurück, doch sie zögerte, das Fach zu schließen. Sie zündete sich eine Zigarette an und paffte erregt den Rauch aus. Dann nahm sie den Brief und zerriß ihn, bis nichts als ein Haufen Schnipsel übrig war. Mit beiden Händen schaufelte sie alle in einen Aschenbecher und hielt das Feuerzeug schräg an den Rand. Ein dünner Faden Papierqualm stieg zur Decke. Erleichtert stand sie auf und ging ins Bad.

Eine schmutzige Dämmerung schob sich vor den Nachthimmel. Es hatte erneut gefroren, und der ganze Hundedreck war konserviert fürs Frühjahr. Bei Siemens und BMW jaulten die Sirenen der Frühschicht. Ohne Pause verließen Generatoren, Motorräder und Batterien die Stadt. Es war Mittwoch.

Siebert entlud seinen Wagen und stapelte die Kisten mit Obst und Gemüse unter dem Schaufenster. Sein Laden war so vollgestellt mit Konserven, Flaschen, Schachteln, Tuben und Gläsern, daß man immer dachte, die ausgeklügelte Konstruktion stürze ein, wenn er etwas aus einem Regal zog.

Auf der anderen Straßenseite im zweiten Stock schlief Bernhard Lacan. Die schwarze Steppdecke war verrutscht, und sein sehniger Oberkörper hob und senkte sich im Rhythmus des Atems. Neben seinem Bett lagen aufgeklappte Taschenbücher: ein dünner Roman von Stanislaw Lem, eine Elvis-Presley-Biographie.

Es klopfte an der Wohnungstür. Die Knöchel einer geballten Faust schlugen vor das Holz. Lacan saß aufrecht im Bett und lauschte, ein Wispern drang durch die Ritzen. Vorsichtig kroch er in den Flur. Eine Diele knarrte verräterisch, und er verharrte in seiner gebückten Haltung. Es klingelte, und dann waren da wieder diese wütenden Hiebe gegen die Tür. Jetzt trat jemand vor den Eingang, zweimal, dreimal. Lacan sprang hoch und riß die Türe auf.

Der Schlag traf ihn unter der Nase und warf ihn in die Wohnung zurück. Benommen fiel er vor eine Wand und versuchte, etwas zu erkennen. In seinem Mund war Blut, Eddie stand mit gespreizten Beinen über ihm und zerrte an seinen Haaren.

»Wollten mal bei dir vorbeischau'n.«

Lacans Hand krallte sich in Eddies Hosenbund, aber als Eddie seine Haare losließ und zurücksprang, taumelte Lacan gegen den Türrahmen. Er wußte, was die Stunde geschlagen hat.

Mit seiner ganzen Kraft stürzte er nach vorne und zielte auf Eddies häßlichen Kopf. Fingernägel gruben sich spitz in seinen Arm – da war noch einer. Assidertürke löste sich aus dem Halbdunkel und trat Lacan zwischen die Beine. Für einen Augenblick verlor er das Bewußtsein. In seinem Hirn tanzten leuchtend gelbe Ringe und Punkte und Blitze. Das Blut lief warm über sein Kinn, und er hörte Assis Stimme:

»Ick seh mir mal um.«

»Tu det, Alter«, meckerte Eddie.

Ein pochender widerlicher Schmerz zog durch Lacans Becken. Er glaubte, er müsse platzen, obwohl Assi glücklicherweise nicht richtig getroffen hatte. Eddie hockte sich über ihn und grinste ihn hämisch an. Sein Mund kroch fast in Lacans Ohr.

»Darf ick die Herren mit'n'ander bekanntmachen: Det is mein Partner Assidertürke«, seine Hand wies über Lacans Schulter in den Raum, »und det is mein juter Bekannter Bernie Lacan.«

»Anjenehm«, raunte Assi aus dem Hintergrund.

Trotz der Dämmerung sah man den Nikotinbelag auf Eddies Zähnen. Er packte Lacan am Nacken und schüttelte seinen Kopf, wie er es aus Filmen kannte.

»Bernie, Bernie, Bernie, du machst uns Sorjen. Wat glaubst du, wie lange wir dir schon suchen? Ick hatte schon jedacht, dir wär wat zujestoßen. Naja...«, er gab Lacan einen Klaps und richtete sich auf, »... is ja nochmal jutjejangen.«

Lacans Kopf schmerzte, seine Hände preßten sich vor den Unterleib, dessen Nerven verrückt spielten. Eddie und Assidertürke schlichen durch die Wohnung. Eddie stöberte in den Unterlagen auf Lacans Schreibtisch. Er hielt ein Blatt in den Kegel der Lampe und überflog ein paar Zeilen, als hoffe er, in den Manuskripten Hinweise auf unvermutete Reichtümer zu finden. Der erste Berufsverkehr rauschte über die Kantstraße aus dem Westend in die Innenstadt.

Ein unangenehmes Geräusch schwang durch die Wohnung. Assidertürke kniete vor dem Plattenspieler und tastete mit dem Saphir die Rillen seines Daumens ab. Entsetzt wollte Lacan ihm den Spaß verbieten, als eine neue Schmerzwelle durch seine Eingeweide lief. Eddie kannte Assis Vorliebe für technische Experimente und sah ihm belustigt zu. Dann ging er lauernd zum Bücherregal, zog ein beliebiges Buch heraus und blätterte es flüchtig durch. Lacan lag mit geschlossenen Augen flach auf dem Boden.

»Wat hamwer'n da?« schrie Eddie.

Ein böser Fluch entfuhr Lacan. Vor dem Einschlafen hatte er sein Geld, Hartmanns Geld und den Gewinn, gezählt und neben das Bett gelegt.

»Mensch, Alter, det sind ja jlatt die Zinsen vom letzten Monat. Ick bin so frei«, sagte Eddie und steckte das Geld ein.

Das Geräusch der Stereoanlage verstummte. Assi hatte den Tonarm nach oben geknickt und zuckte die Schultern.

»Mein Jott, Assi, wat bist du unjeschickt«, sagte Eddie und kam zu Lacan, der sich auf seine Ellbogen stützte und nicht glauben wollte, was er sah. Eddie tänzelte wie ein Preisboxer auf und ab und verkniff sich sein Mitleid. Er wußte zu gut, wie schnell sich das Blatt wenden konnte. Penibel schaltete Assi die beschädigte Anlage aus und trat in Eddies Schatten.

»Jetzt hör mir mal jut zu, Alter. In zwei Tagen ham wir fünf Mille, Kennwort Jlücksspirale, haste verstanden?«

»Ich denke«, murmelte Lacan und versuchte, auf die Beine zu kommen. Eddie drückte ihn zurück und blickte in seine Augen.

»Und wenn nich: Assi is unheimlich schwer zu lenken.«

»Det is wahr.«

Eddie falzte einen Zwanzig-Mark-Schein und warf ihn auf Lacan.

»Hier hast 'n Pfund. Schmerzensjeld.«

Der Schein trudelte in Spiralen zu Boden. Assi stieß Eddie in die Seite, und sie gingen. Eddie steckte den Kopf noch einmal schnell in die Türe.

»Laß mal die Anlage reparieren.« Er wiederholte jene obszöne Geste, die er am Nachmittag bei Lacan gesehen hatte. »Is so unjemütlich ohne Musike.«

Lacan kroch zum Fenster und spähte durch die Rippen der Aluminiumjalousie. Eddie gestikulierte großspurig, Assidertürke folgte aufmerksam seinen Bewegungen. Siebert stand mit rotverschwitztem Kopf vor seinem Laden. Über der Kistenpyramide vor dem Schaufenster lag eine Plastikplane, um das Gemüse und die Kräuter vor dem Frost des Januarmorgens zu schützen. Eddie lief über die Straße, und nach einem kurzen Wortwechsel holte Siebert eine Flasche aus seinem Laden. Eddie nestelte einen Schein heraus, nahm ihm die Flasche aus der Hand, und der Gemüsehändler sah dem Phantom staunend nach.

Lacan legte den Kopf vor das kühle Metall. Er hatte Eddie unterschätzt. Vorsichtig tastete er über seine geschwollene Lippe, auf der Blut trocknete. Er nahm seine Nase zwischen die Finger und drehte sie hin und her. Gebrochen war nichts, und die Zähne waren auch noch alle da.

Wie sollte er nur bis übermorgen das Geld auftreiben? Der Gedanke war zu unerfreulich, um ihm länger nachzugehen. Im Bad zog er die Hose herunter. Seine Eier fühlten sich ganz normal an, sah man von dem Ziehen ab, das den Samensträngen in den Bauch folgte. Er wischte das Blut vom Kinn.

Was sollte er tun? Das Beste wäre, er legte sich ins Bett und schliefe noch ein paar Stunden.

Über der Akademie der Künste hing eine Glocke grauweißer Wolken. Aus den Bäumen und Sträuchern des Tiergartens klang das Ziepen der Spatzen und Gurren der Tauben zu dem wuchtigen Bau aus Glas und Beton. Kleine Möwen hatten sich auf der Suche nach Futter aus dem Westhafen hierher verirrt und kreisten über der Wiese vor dem Schloß Bellevue. Zwei Straßenfeger trotteten in ihren grellen Overalls durch die leeren Straßen des Hansaviertels und spießten Papier auf.

Dr. Kleinschmid hatte neben seinem Galan eine unruhige Nacht verbracht. Es trug nicht zum Ruf der Akademie bei, wenn ein teures Exponat verschwand. In drei Monaten war die große Beckmann-Retrospektive geplant, und Kleinschmid mußte nun Leihgeber in aller Welt beruhigen. Nur nicht hysterisch werden, dachte er, als er das Gebäude betrat. Vor der Hausfront spannte sich noch das rot-weiße Band, mit dem die Kripo den Tatort abgesperrt hatte. In seinem Büro warf Kleinschmid sich in einen Sessel und löste die Krawatte. Sein Sekretär kam herein und fragte:

»Willste 'nen Kaffee?«

Er winkte ab. »Später.«

Das Telefon surrte. Es war Maier-Brüninghaus vom Norddeutschen Lloyd. Kleinschmid haßte den kultivierten Spießer, der sich ständig von ihm Tips geben lassen wollte, welcher Trend auf dem Kunstmarkt als Kapitalanlage in Frage käme.

»Was gibt es Neues?«

»Lieber Dr. Kleinschmid, es gibt – zu meinem Bedauern – nichts.«

»Die haben sich also nicht gemeldet?«

»Keine Spur. Ich denke, die wollen zuerst Gras über die Sache wachsen lassen.«

»Ihr Wort in Gottes Ohr«, brummte Kleinschmid und stopfte sich mit einer Hand seine Pfeife. Maier-Brüninghaus druckste.

»Mir ist die Geschichte genauso peinlich wie ihnen, das können sie mir glauben.«

»Sie kostet's Geld, mich meinen Ruf«, sagte Kleinschmid trocken.

»Die Alarmanlage hat ja funktioniert, die Polizei war nur nicht rechtzeitig da«, versuchte ihn der Versicherungsmann zu besänftigen.

»Hat Steenbergen von sich hören lassen?«

»Keine Sorge, das regeln wir schon.«

Kleinschmid verkniff sich eine böse Bemerkung über Sammler. Beide schwiegen. Schließlich sagte Maier-Brüninghaus:

»Ich schicke ihnen dann die Formulare, sie wissen schon.«

»Ich weiß«, sagte der Akademiedirektor und saugte die Flamme eines Streichholzes in den Pfeifenkopf.

»Wir bleiben in Verbindung. Einen schönen Tag noch.«

»Meinerseits.«

Der Sekretär kam mit der Thermoskanne und stellte sie vor ihm ab.

»Ich brauche einen Cognac!«

»Aber es ist doch erst kurz nach neun!«

»Das mußt du schon mir überlassen«, sagte Kleinschmid und schlug die Beine übereinander.

Florence Blumenfeldt lief unstet durch ihre Wohnung. Sie trug den bestickten Kimono, dessen Gürtelband achtlos aus den seitlichen Laschen hing. Heute oder morgen mußte sie ihre Entscheidung treffen. Die Haut um ihre geröteten Augen war noch ein wenig geschwollen; ihr

Haar hatte sie mit zwei Perlmuttspangen über die Ohren gesteckt.

Als bei Kleinschmid das Telefon schellte, nippte er an seinem zweiten Cognac.

»Dr. Kleinschmid? Hier ist Florence Blumenfeldt.«

»Florence, wie geht es ihnen? Alles gut überstanden?«

»Es tut mir schrecklich leid, aber ich fühle mich nicht gut und ...«

Kleinschmid war es nur recht. Das Gespräch plätscherte dahin, bis Florence sagte:

»Und bitte, das ist sicherlich auch in ihrem Interesse, der Presse gegenüber ...«

»Frau Blumenfeldt, darüber brauchen wir kein Wort zu verlieren!«

Kleinschmids Sekretär setzte sich neben ihn und legte fest einen Arm um seine Schulter.

Jeden Morgen verfluchte Irene Rabbia die Unsitte, den Tag so früh zu beginnen. Ihr elfjähriger Sohn sprang mit dem Walkman durch die Wohnung, während sie zittrig im Bad stand und türkisfarbenen Lidschatten auflegte. Vorgestern nacht hatte sie gar nicht geschlafen und gestern nicht genug. Seit sechs Jahren lebte sie allein mit ihrem Kind, und so war es bisher gut gewesen. Sie war dreißig Jahre alt, hatte braunes Haar und war auf eine spröde Art anziehend. Männer konnten ihr nichts mehr vormachen. Entweder waren sie Schwätzer, Waschlappen oder Kletten, oder schlimmstenfalls alles zusammen. Manche waren auch skrupellos, skrupellose Muttersöhnchen.

Der Pinsel ihres Lidschattens rutschte ab. Sie atmete vor dem Spiegel tief durch und horchte in die Wohnung.

Ihr Sohn sprang im Flur Seilchen, und aus seinem Kopfhörer summte Hitparadenmusik.

»Mein Gott Raffael, mußt du eigentlich schon am frühen Morgen das Ding über den Ohren haben?«

Keine Reaktion. Sie ging zu ihrem Sohn und schaltete den Walkman aus.

»Meinst du nicht, es ist noch zu früh?«

»Was?« brüllte er. Sie deutete auf das Seil und den Recorder.

»Sport und Musik, wie?«

»Fit in den Tag«, erwiderte Raffael, schaltete das Gerät ein und sprang weiter.

Im Bad hielt Irene ihr Gesicht dicht an den Spiegel. Zwei, drei dünne Falten entsprangen in den Augenwinkeln. Raffael setzte zu einem furiosen Schlußspurt an. Das Seil sirrte durch die Luft und schlug vor Tapete und Teppich.

An ihrem ersten Arbeitstag vor drei Jahren hatte sie Bernhard Lacan in der Kantine des Senders entdeckt. Er hockte damals mißmutig vor einem Bier und las in einer Zeitung. Erst als sie am Abend jenes Tages über die Begegnung nachdachte, war ihr aufgefallen, wie verloren er da gesessen hatte. Später erfuhr sie von Leschek, daß er geschieden war und seine Frau und seine Tochter bei einem Fernsehredakteur Unterschlupf gefunden hatten. Vom ersten Augenblick an stand fest, daß aus ihr und Lacan kein Paar würde, obwohl für beide niemand sonst in Frage kam.

Irene Rabbia beendete ihre Kosmetik und packte in der Küche Obst und in Fettpapier geschlagene Stullen in Raffaels Schultasche. Die Stimme im Radio kündigte Graupelniederschläge an und wünschte einen guten Tag.

Sie brachte ihren Sohn zur Schule und fädelte ihren Fiat

auf die Stadtautobahn. Der Motor des kleinen Wagens heulte auf, die Scheibenwischer arbeiteten auf Hochtouren; durch den nebligen Matsch blendeten entgegenkommende Lichter.

Seit sie Lacan kannte, steckte der in irgendwelchen Schwierigkeiten, doch nun sorgte sie sich um ihn. Man müßte neu anfangen, dachte sie und lachte halblaut über solchen Filmkitsch. Sie kannte auch nur einen glücklichen Menschen, und das war Leschek, der sich beizeiten für ein Leben entschieden hatte. An ihm schien alles abzugleiten.

Irene drehte den Lautstärkerregler bis zum Anschlag. Der Lärm aus den Boxen übertönte die Geräusche der klapprigen Karosserie.

Der invalide Wärter des Parkhauses tippte mit zwei Fingern an seine graue Schirmmütze, als er die Schranke öffnete und nacheinander Leschek und Irene passieren ließ. Auf dem Weg zum Aufzug fragte Leschek:

»Hast du was von Lacan gehört?«

Irene sah ihn erstaunt an.

»Wieso ich?«

»Ich dachte nur. Ihr kennt euch doch.«

»Du kennst ihn doch auch«, sagte sie schnippisch.

»Geht's dir nicht gut?«

»Mir geht's gut.«

»Ist ja bestens.« Leschek lächelte sie an. »Wenn du ihn siehst – ich bekomme noch was von ihm. Bis zum Wochenende!«

»Er wird sich schon bei dir melden!«

»Ich hoffe.«

Über der Aufzugtüre sprang ein roter Punkt von Stockwerk zu Stockwerk. Die langen Gänge des Funkhauses waren noch leer. Bevor Leschek in sein Büro trat, reichte er Irene einen Schnellhefter.

»Könntest du mir ein paar Briefe tippen?«

»Nichts lieber als das!«

Manchmal hätte Leschek Irene gerne in den Arm genommen.

Thomas Flegel saß mit glasigen Augen in einem Sessel.

»Königin der Nacht«, sagte er mit schwerer Zunge, als Irene an ihm vorbei zur Kaffeemaschine ging.

»Fick dich«, sagte sie leise, und Flegel sank zusammen. Sie setzte sich an ihren Schreibtisch und träumte. Die Kaffeemaschine klickte monoton, vor den Fenstern erwachte die Stadt. Der Bürobote brachte Post. Ehe er das Zimmer verließ, streckte er Flegel die Zunge heraus und schob mit zwei Fingern die Nase hoch. Irene lachte.

Aus Westhovs Zimmer sah man in den Hof der Kriminaldirektion. Ein vergitterter Mannschaftswagen stand da, ein junger Verdächtiger wurde von Uniformierten an einer Knebelkette zum Verhör gebracht, Tauben pickten in der Toreinfahrt von einem Margarinebrot, das ein Polizist an sie verfütterte.

Westhov wartete auf die Ergebnisse der Spurensicherung, die ihm für neun Uhr einen Bericht versprochen hatte. Es war schon halb zehn, und er wurde langsam ungeduldig. Bei Licht besehen war Westhov ein Arschloch, doch wie bei vielen älteren Bullen hatte seine Haltung eine Indifferenz angenommen, die man als Gelassenheit auslegte, was gefährlich war.

Die Tür ging auf. Westhov drehte sich geladen um, doch der Mann von der Spurensicherung sah in seinem gelben Pullunder so papageienhaft aus, daß Westhov seinen Ausbruch gleich vergaß. Er räusperte sich und bot dem anderen einen Stuhl an. Oben wölbte sich eine breite Krawatte aus dem gelben Unding und endete in einem Windsorknoten, der den Eindruck erweckte, sein Träger sei gerade vom Fensterkreuz geschnitten worden.

»Eigentlich alles klar: Die sind mit den geklauten Leitern rein, haben das Bild abgenommen und sich wieder dünne gemacht. Wir haben Abdrücke von Fußspuren, Wagenspuren, zwei, drei Fingerprofile, mit denen wir nichts anfangen können, na ja . . .«

»Ist das alles?«

»Da gibt es noch was«, sagte der Papagei. »Die Schleifspuren!«

Westhov beugte sich vor.

»Was für Schleifspuren?«

»Einer ist wohl die Leiter heruntergefallen. Mit dem Kopf zuerst, schätz' ich.«

»Wie bitte?«

»Da waren doch so Schleifspuren, von der Wand des Gebäudes zu der Stelle, wo der Wagen stand, in den der andere ihn dann reingelegt hat.«

»Der andere?«

»Ist logisch! Wenn's drei gewesen wären, hätten sie ihren Kumpel getragen.«

»Ja, vollkommen.«

»Und am Ende der Schleifspur, oder an ihrem Anfang, wie man will, an der Wand, war auch ein Abdruck im Matsch. Da klebten Haare an einem Pflasterstein und ein bißchen Blut.«

»Und warum gerade auf den Kopf gefallen?«

»Das Blut klebte an den Haaren. Der kann natürlich beim Fallen auch mit dem Kopf vor die Mauer geschlagen sein, aber da haben wir nichts gefunden. Wäre auch ungewöhnlich, ich meine, das war keine große Wunde, sonst wäre da mehr Blut gewesen. Der ist eben weich gefallen, in den Matsch zwischen den Steinen.«

»Ist ja 'n Ding!«

»Stück Zahn lag auch rum, hat er sich an einer Leitersprosse abgeschlagen.«

Westhov schnalzte mit der Zunge. »Auf gut deutsch: Der muß sich ganz schön wehgetan haben.«

»Muß er! Vielleicht ist er ja auch hin!«

»Was, was, was? 'ne Leiche?«

»Warum nicht?« flötete der Papagei und setzte eine Siegesmiene auf.

»Klasse!« stieß Westhov zwischen den Zähnen vor und begann, vor den Fenstern auf und ab zu gehen.

»Zwei Typen haben also die Leitern auf dieser Baustelle geklaut, sind zur Akademie, und beim Türmen ist einer schwer auf die Fresse gefallen, aber sag' mal, Kollege, warum soll der hin sein? Kann sich ja auch bloß'n Bein gebrochen haben.«

»Die Schleifspuren sahen so aus, als ob der Mauersegler sich nicht mehr gerührt hätte, ohnmächtig war oder meinetwegen schon tot«, sagte der Chemiker mit einem arroganten Unterton, den er nicht zu verbergen suchte. Endlich verstand Westhov.

»Wir suchen also einen Schwerverletzten.«

»Zum Beispiel!«

»Oder einen Toten.«

Der Mann nickte.

»Großartig«, sagte Westhov. »Am besten, wir klappern mal alle Krankenhäuser und Ambulanzen ab.«

Der Chemiker stand auf. Westhov beobachtete ihn aus den Augenwinkeln. Die Stadt ist von Schwulen verseucht, dachte er, als der Papagei mit einem Lächeln aus dem Zimmer flog.

Die Umfrage bei den Krankenhäusern verlief negativ, vorgestern nacht war kein Notfall behandelt worden, der in Frage käme.

»Also warten wir«, sagte Westhov zu sich selbst, »bis 'ne Leiche auftaucht.«

Die Tauben auf dem Hof scharrten über die Erde. Ein weißgekleideter Maurer lehnte in einem Eingang und trank aus einer Tüte Milch, und der eisige Wind trieb Schneeflocken durch das schattige Karree.

Harry Schulz hatte noch zwei Tage dienstfrei. Er saß im Unterhemd am Küchentisch und las die BZ. ›Bubi Scholz: Ich war nackt‹ war die Schlagzeile des Tages, und unten rechts hatte ein Zeichner des Blattes die Szene mit Bleistift skizziert. Neben dem nackten Boxer lag eine Schnapsflasche, aus deren Hals noch ein paar Tropfen auf den Teppich fielen.

So geht's, dachte Schulz und nahm einen Schluck Nescafé. Der Kerl hatte seine Frau erschossen, einfach so, mit einem Kleinkalibergewehr durch die geschlossene Clotüre. Die Zeitung sprach von heftigem Streit und exzessivem Alkoholkonsum, verminderter Steuerungsfähigkeit. Der hat zuviel auf die Birne gekriegt, dachte Schulz, und er erinnerte sich an den Kampf um die Weltmeisterschaft im Olympiastadion, als der Lokalmatador knapp nach Punkten verlor. Das waren noch Zeiten. Er hatte neben seiner jungen Frau gesessen und Bubi, Bubi geschrien. Alles vorbei.

Schulz' Frau saugte im Wohnzimmer Staub. Schulz hatte kein Gefühl im Körper. Mit einer Schnur erdrosseln, langsam die Schlinge zuziehen und darauf warten, daß das Zungenbein bricht.

Die Flasche im Wasserkasten war noch zweidrittel voll.

Schulz trank, setzte sich auf die Clobrille und schlug die Kontaktanzeigen im Mittelteil der BZ auf: Corinna, rassig, 107-70-90, besucht dich gerne in Haus und Hotel.

Was Franke wohl macht? Im Bett liegen und rauchen? Schulz stierte auf die runde Lampe über der Tür und schaltete sie ein und aus. Dann senkte er den Kopf. Noch zwei Tage zu Hause. Irgendwann würde ein Unglück geschehen.

Franz Belasc war vor dem Frühstück zum Bahnhof Zoo gefahren und hatte am Pressekiosk alle deutschsprachigen Zeitungen vom Tage gekauft. Als er mit dem Stapel in das wartende Taxi stieg, verstellte der Fahrer den Rückspiegel und linste nach hinten.

»Imma informiert sein, det is' det Wichtigste, wa?« versuchte er ein Gespräch zu beginnen. Belasc schwieg und sah aus dem Fenster.

Aus dem Bad hörte man die sonore Stimme des Holländers; die Strahlen der Dusche prasselten vor den Plastikvorhang. Belasc legte die Zeitungen auf den gedeckten Tisch und ging in die Küche. Spiegeleier mit Schinken, Tomaten, Konfitüre und starker schwarzer Kaffee, Steenbergen nahm den Tag am liebsten üppig in Angriff. Belasc hatte ein Handtuch in den Hosenbund gesteckt. Die Butter schäumte in der Pfanne, und der Geruch von Eiern und Schinken kräuselte in den Abzug. Steenbergen trat in einem Frotteebademantel hinzu und gab ihm einen freundlichen Klaps auf die Schulter.

»Wie war die Nacht, mein bester Franz?«

»Ich kann nicht klagen, Pieter«, sagte Belasc und schwenkte die Pfanne gekonnt über der Flamme.

Vor den Elf-Uhr-Nachrichten kam Gymnastik am

Vormittag. Eine weinerliche Frauenstimme beschrieb Streckübungen gegen die Polster an Schenkel und Po.

Vergnügt tunkte Steenbergen ein Stück Toast in ein Eigelb, das klebrig im Teller verlief. Belasc blätterte kauend durch die Zeitungen. Lediglich im Lokalteil des Tagesspiegels und auf der letzten Seite der Frankfurter Rundschau wurde in knappen Worten der Diebstahl gemeldet.

»Sieht ja gut aus«, sagte Steenbergen zufrieden und überflog noch einmal die beiden Artikel. »Warum steht im Tagesspiegel nur so ein kleiner nichtssagender Bericht?«

»Ist kloar«, sagte Belasc. »Weil das Bild ein Oelze und kein Rubens war. Unbekannter Surrealist.«

»Die Sache ist zu wichtig, Franz. Es wäre absurd, würde jetzt jemand anfangen, nach der Herkunft des Bildes zu fragen. Ich muß dich nicht erinnern, daß auf meinen Wunsch . . . das weißt du selbst. Das war jedenfalls das letzte Mal, daß ich etwas für eine Ausstellung herausgebe. Und die Meißener Fayencen, die die Herren diesmal liefern, kommen gleich in den Tresor.«

Belasc grinste.

»Und du gehst dann zur Bank und setzt dich auf eine halbe Stunde vor dein Fach?« Er räumte den Tisch ab.

Steenbergen zog sich an seinen Sekretär zurück und beschäftigte sich mit einer Mappe, die Florence für ihn zusammengestellt hatte: alte sächsische Porzellanmalerei – Jagdszenen, Landschaften, Tiermotive; Hase, Igel, Marder. Die Verrechnungsbedingungen entsprachen internationalen Gepflogenheiten, abgesehen davon, daß Zoll und Finanzamt phantasievolle Rechnungen vorgelegt wurden; Florence arbeitete sehr sorgfältig.

Franz Belasc fütterte die Spülmaschine und nahm sich vor, am Nachmittag den Strich abzuleuchten.

Im Radio lief die internationale Presseschau. Blätter des In- und Auslands spekulierten über den fallenden Dollarkurs. Ungeduldig suchte Florence einen anderen Sender. Der Verkehr quälte sich schrittweise über den Kurfürstendamm. Auf dem breiten Bürgersteig lief ein Mann mit einem Holzschild Reklame für den Eden-Night-Club: Girls, girls, girls. Als Florence abbog, drehten die Räder ihres Lancias durch, blaugraue Abgasfahnen stiegen in die trübe Luft. Die beheizten Terrassen der Hotels und Cafés waren mit Touristen und Müßiggängern dicht besetzt.

Im Aufgang des Hauses hing ein großer rechteckiger Spiegel, unter dem ein marmorner Sims hervorsprang. Florence Blumenfeldt stellte ihre Handtasche ab und suchte Pinsel und Rouge. Sie schnitt sich ein Gesicht. Aus dem Souterrain starrte der Hauswart auf ihre Beine.

Pieter van Steenbergen küßte sie zur Begrüßung auf beide Wangen und geleitete sie ins Wohnzimmer. Belasc hantierte geräuschvoll in der Küche. Der Holländer ging zu der Truhe mit den Getränken und deutete einladend auf eine Flasche.

»Danke, gerne«, sagte Florence.

Sie nippte am Portwein, Steenbergen stand mit gesenktem Kopf vor ihr und sah sie von unten an.

»Was ist los mit dir?«

»Was soll los sein?« fragte Florence, unwillkürlich bewegten sich ihre Lider. Steenbergen trat behutsam auf sie zu.

»Ich wollte gestern abend nichts sagen.« Er setzte sich auf die Sessellehne, und Florence rückte zur Seite.

»Mit dir stimmt doch was nicht.«

Als er seine Hand in ihren Nacken legte, fuhr ihr eine Gänsehaut von den Haarspitzen in die Fußsohlen.

»Ich weiß auch nicht.« Florence spürte die Spannung ihrer Gesichtshaut, eine unangenehme Hitze kroch unter ihre Schminke, und es fühlte sich an, als würde alles verlaufen. Belasc stand lauschend hinter der Türe. Steenbergens Finger strichen über den Flaum in ihrem Nacken. Sie zitterte. Plötzlich wußte sie alles. Sie hätte am liebsten das Glas in seinem Gesicht zerrieben, Portwein und Blut hätten sich auf seiner Haut gemischt. Florence sprang auf und trank ihr Glas in einem Zuge leer. Ihr fiel nicht mehr ein, was sie sagen wollte.

»Ich bin Kunsthistorikerin!«

Langsam drehte sie sich zu Steenbergen, der immer noch auf der Sessellehne saß.

»Das weiß ich.«

»Ich meine ...«

»Was?«

»Professor Wagenknecht hat mir angeboten, bei ihm als Assistentin zu arbeiten.«

Steenbergen verzog keine Miene.

»Das ist schön für dich.«

»Weißt du, was das heißt?«

Steenbergen hielt sein Glas gegen das Licht und kniff ein Auge zu. Von der Straße drang Kinderlachen in das Zimmer.

»Du willst uns also verlassen?«

»Onkel Pieter, bitte! Irgendwann mußte doch ...«

»Ich weiß, Florence, ich weiß.«

»Nichts weißt du!« Niemand wagte, so mit Steenbergen zu reden. Der Holländer schien unbeeindruckt. Er schloß die Augen und roch an dem schweren roten Wein.

»Entschuldige bitte, aber ich, ich ...«

»Es gibt nichts zu entschuldigen, es ist dein Leben.«

Florence stutzte. Sie begann noch einmal.

»Das ist eine einmalige Chance für mich. Versteh' doch, Onkel Pieter ...«, und wieder wußte sie den Satz nicht zu Ende zu führen. Sie hatte den Kopf zur Seite gelegt, ihr Haar glänzte schwarz. Steenbergen rutschte von der Lehne in den Sessel und schlug die Beine übereinander.

»Hast du dir alles genau überlegt?«

Florence nickte.

»Ich kann doch nicht mein ganzes Leben ... mein ganzes Leben nach dir richten.«

»Habe ich das von dir verlangt?«

»Nein, aber ich muß jetzt eine Entscheidung treffen.«

»Ausgerechnet heute?« fragte Steenbergen, schneidend.

»Das ist doch gleich, ob heute oder morgen!«

»Das ist gleich, ja.«

Belasc hatte hinter der Türe den Mund geöffnet, als könne er in dieser Haltung besser hören. Florence steigt aus, dachte er, die schöne Florence, die für ihn seit ihrer ersten Begegnung so unnahbar gewesen war.

»Weißt du, wer das Bild gestohlen hat?« fragte Steenbergen leise. Florence sah ihn empört an.

»Was soll das?«

»Ich habe dir eine Frage gestellt.«

»Wie soll ich das wissen?« Mühsam beherrschte sie ihre Stimme. Steenbergen schwieg.

»Was glaubst du denn? Was willst du damit sagen?«

Er machte mit der flachen Hand eine Geste der Beschwichtigung. »Entschuldige bitte!«

Florence biß die Zähne aufeinander, und die Muskeln ihres Kiefers sprangen unter der Haut vor und zurück. Noch immer stand sie zwei Schritte vor dem Holländer. Die Absätze ihrer Schuhe spannten die Sehnen bis ins

Becken. Diesmal setzte sie sich auf die Sessellehne, und Steenbergen legte einen Arm um ihre Hüften.

»Unsere Wege trennen sich?«

»Sie trennen sich«, sagte Florence.

Steenbergen blickte mißtrauisch zu ihr auf.

»Ich bin etwas besorgt.«

»Warum? Denkst du, ich erzähle dem Erstbesten, wovon ich in den letzten Jahren gelebt habe?« Sie lachte heiser.

»Und unser Geschäft am Wochenende?«

»Es wird alles so ablaufen wie geplant.«

Steenbergen drückte Florence an sich, und es erinnerte sie an Augenblicke nach dem Tod ihres Vaters.

Das Telefon – es war Mertens. Obwohl Steenbergen seinen Namen nicht nannte, wußte Florence, mit wem er sprach. Sie spürte, daß man auch über sie redete.

»Nichts Neues«, sagte Steenbergen schließlich.

Er legte auf und verschränkte die Arme vor der Brust.

»Hast du mit der Versicherung gesprochen?«

»Gestern in der Akademie, mit diesem Doppelnamen.«

»Und?«

»Er rechnet wohl damit, daß ihnen das Bild angeboten wird.«

»So, rechnet er damit?«

»Oder es verschwindet überhaupt.«

»Wie bitte?«

»Der Oelze ist nicht verkäuflich.«

»Natürlich nicht.«

»Also bietet man das Bild dir oder der Versicherung zum Rückkauf an.«

»Du glaubst doch nicht im Ernst, daß ich mein eigenes Bild kaufe?«

»Darum bist du ja versichert.«

»Wann wird die Police fällig?«

»In einem halben Jahr«, sagte Florence und stand auf. »Ich gehe dann.«

»Wann triffst du dich mit Wilhelm?«

So wie Steenbergen ihn betonte, war ihr der Name ausgesprochen zuwider.

»Morgen früh.«

»Sei vorsichtig.«

In der Diele wartete Belasc. Während er ihr in den Mantel half, sahen sie sich in einer choreographierten Drehung an, ihre Gesichter waren nah beieinander.

Als Bernhard Lacan erwachte, erinnerte ihn ein leichter Kopfschmerz an den Spuk im Morgengrauen. Er richtete sich vorsichtig auf. Mit der Zunge schob er die Oberlippe nach vorne und schielte auf das getrocknete Blut, und ihm fiel Eddies Rat ein, bis übermorgen doch 5000 Mark aufzutreiben, ein Gedanke, der schwer auf seine Stimmung drückte.

Die Bücher, die Eddie aus dem Regal gerissen hatte, und die Manuskriptseiten lagen im Zimmer verstreut. Lacan hatte das Gefühl, daß er diese Unordnung nicht mehr aufräumen würde, als verließe er eher endgültig die Wohnung, bevor er Hand an das Chaos legte. Wütend trat er ein Buch beiseite und ging in die Küche.

Auf der Firnis des Bildes schwebte eine hauchdünne weiße Kälteschicht. Lacan dachte daran, das Bild zu zerschneiden und in die Mülltonne zu stecken. »Oelze, Oelze«, flüsterte er beschwörend, als riefe der Name die Einzelheiten der letzten Nächte zurück. Langsam drehte er das Bild und hielt es gegen das Licht. Eine eigenartige Faszination ging von den Fabeltieren aus. Ein Haus müßte man haben, dachte Lacan, mit vielen Bildern an den Wänden und Büchern und Geld. Hastig legte er das Bild wieder in den Kühlschrank. Er duschte so heiß es möglich war und zog sich an. Vor dem Spiegel im Flur entschied er sich für die häßlichste seiner drei Sonnenbrillen, ein zwanzig Jahre altes Modell in Tropfenform, das damals als Pilotenbrille verkauft wurde.

Er verließ das Haus durch den Hof, sprang über das Mäuerchen und trat auf die Seitenstraße. Das getönte Glas verwandelte den dunstigen Smoghimmel in eine amerikanische Nacht. Lacan sah über die dünne Metallfassung einmal kurz nach oben, das reichte. Ihn wunderte aufs neue, daß in Berlin während dieser langen Winter nicht der kollektive Wahnsinn ausbrach.

An einem Kiosk kaufte er Zeitungen und in einem Supermarkt frische Krabben und ein Baguette. Die Kassiererin sah ihn aus ihrer Dallas-Föhn-Welle beirrt an.

»Det blendet draußen tierisch, wa?«

»Aber hallo!« Die geschwollene Lippe schmerzte beim Reden. Lacan klemmte das Brot unter den Arm und lief nach Hause.

Alle taten das, was sie immer tun. Ein Stadtstreicher, dessen verfilzter langer Bart und dessen Haare auf unnachahmliche Weise zusammengewachsen waren, humpelte ihm entgegen. Lacan steckte ihm eine Mark zu. Auch Mitleid war etwas, das man noch besaß.

Im Treppenhaus öffnete Lacan die Eingangstüre einen Spalt. Mahmut machte Mittagspause, und Siebert räumte Leergut in seinen Lieferwagen; der Verkehr rollte gleichmäßig hin und her.

Lacan blätterte in den Zeitungen. Nirgendwo ein Artikel, selbst in der Boulevardpresse nicht, lediglich der trockene Polizeibericht im Tagesspiegel. Der Druck in seinem Kopf ließ nach. Er brach das Brot und fischte mit spitzen Fingern Krabben aus der runden Plastikschale.

In der Küche leerte er die Eiswürfellade aus dem Gefrierfach mit einigen kräftigen Schlägen auf den Rand der Spüle. Die gefrorenen Stücke füllte er in eine Einkaufstüte und kroch ins Bett, die Tüte auf dem Gesicht. Er dachte an die Ausstellungseröffnung heute abend und an das Konzert danach, auf dem er Irene treffen könnte. Irene und Florence. Dann schlief er wieder ein.

Lacan brauchte ein paar Sekunden, um das Geräusch zu erkennen. Schlaftrunken hangelte er sich an der Telefonschnur entlang, die um Ecken bis unter seinen Schreibtisch führte. Er knipste die Lampe an, deren Kegel auf seinen nassen Oberkörper fiel. Die Eiswürfel waren geschmolzen und aus der Tüte gesickert. Naß hockte er da, und das Telefon schellte immer gereizter. Er riß sich zusammen und rief laut: »Lacan!« in die Muschel.

»Aha, der Künstler schläft noch«, sagte die wohlbekannte Stimme – Valeska hatte er völlig vergessen.

»Bernhard, bist du noch dran? Wachwerden!«

»Ich habe nicht geschlafen, das Telefon war ...«

»Ich weiß, auf der Straße.«

Lacan haßte sein schlechtes Gewissen. Während seine Ex-Frau auf ihn einredete, erinnerte er sich an die quälenden Szenen im Beichtstuhl, in den man ihn als Kind alle zwei Wochen gezwungen hatte, und an die endlosen Vater Unser, die er zur Buße für erfundene Sünden vor den Bildern des Kreuzwegs beten mußte. Mit zehn hatte er den Schwindel durchschaut, mit elf war er zum letzten Mal in der Kirche gewesen, trotzdem spürte er heute noch die Macht der Raben über die Seele, obwohl er in diesem besonderen Fall unschuldig war.

»Was willst du eigentlich?« unterbrach Lacan ihren Schwall, heftiges Atmen am anderen Ende der Leitung.

»Mein Geld!«

»Bekommst du doch!«

»Entschuldige, wenn ich mich wiederhole«, sagte Valeska aufgesetzt, »aber ich habe bei meiner Bank angerufen, da ist noch nichts.«

»Das dauert doch einige Tage, bis eine Gutschrift verbucht wird.«

»Du hast das Geld also eingezahlt?«

»Hatte ich dir doch versprochen.«

Valeska lachte grell.

»Morgen oder übermorgen muß es dasein«, sagte Lacan.

»Sicher?«

»So sicher wie das Amen in der Kirche.« Lacan hörte Stimmen im Hintergrund.

»Ich verlasse mich auf dich!«

»Verlaß dich!«

Valeska sagte etwas zu einer der Stimmen und dann:

»Ich melde mich bei dir.«

»Tu' das.«

»Mach's gut!«

»Du auch.«

Lacan ging ins Bad und besah sein Gesicht unter dem blau-weiß-grünen Neonlicht. Die Schwellung der Lippe war durch den Eisbeutel zurückgegangen, aber man sah noch, daß ihn jemand empfindlich getroffen hatte. Während das Badewasser einlief, schlich er durch die Wohnung. Der abgeknickte Arm des Plattenspielers hing trostlos vor der Konsole.

Oberst Nikolai Koljatow hatte einen furchtbaren Tag hinter sich.

Als Oleg ihn am Morgen wachrüttelte – der Wecker hatte zerbrochen vor dem Nachttisch gelegen –, näherte er sich gerade dem Zentrum des Hurrikans, oder besser: dem schwarzen Trichterloch des Malstroms. Mit aufgerissenen Augen starrte er Oleg an, der genau wußte, was von ihm erwartet wurde. Er hielt ein frisches Glas Bier in der Hand. Wünsche für das Frühstück winkte Koljatow schwach ab. Auf einem Stuhl waren Uniform und Wäsche gerichtet. Beim Ankleiden mußte er sich an der Lehne abstützen. Dem Bericht einiger Offiziere eine Stunde später hatte Koljatow kaum folgen können, jedes Wort war ein Hammerschlag auf seinen Kopf gewesen. Zu Mittag hatte er Natriumkarbonat gelutscht, ein wenig geruht und dann in seinem Büro Akten abgezeichnet. Statt des Tees hatte er ein weiteres Bier getrunken und sich bei Oleg eingelegte Heringe und Schwarzbrot bestellt.

Die Heringe schwammen in Öl, Lorbeerblättern und Zwiebelringen. Koljatow saß in seinem Zimmer und tunkte mit der Gabel Schwarzbrotstücke in den kalten Sud. Der Sturm hatte sich gelegt, nur im Hinterkopf war noch ein leichtes Sausen und Rauschen zu spüren.

Er blätterte in Hochglanzprospekten amerikanischer Firmen. Zum wiederholten Male mußte er sich Statistiken und Einkommensscheren, Rassismus und 20% Analphabeten vorstellen, um nicht in nagenden Defaitismus zu verfallen. Die Heringe waren köstlich, Oleg verfügte über unglaubliche Beziehungen zur Küche des Offizierscasinos. Nach dem Essen spürte Koljatow, daß seine Physis für einen Wodka gerüstet war. Der erste Schluck besiegelte einen neuen Frieden mit der Welt, da fiel ihm die Verabredung mit Grassow ein. Er wußte nicht mehr, was sie sich noch zu sagen hätten.

Alle machen weiter. Der Himmel, der Schnee, der Frost, die Laternen und die Straßen, die Menschen, die Autos, die Dämmerung und die Nacht. Die Tage reihen sich aneinander, werden länger und wieder kürzer, Geschäfte öffnen und schließen, und alles hat seine Richtigkeit. Im Ostteil der Stadt lagen der junge Mann und seine Freundin in der Charité, Kanülen im Arm. In einigen Wochen würde ein Prozeß stattfinden, und niemand würde Notiz davon nehmen.

Auf den hölzernen Podesten am Brandenburger Tor standen die letzten Touristen, die dunklen Baumkronen des Tiergartens im Rücken, und fotografierten über die im Halbkreis laufende Mauer. Zwischen den mächtigen Säulen des Tores sah man die Lichter ›Unter den Linden‹ und weiter hinten ganz klein das Reiterstandbild Friedrich II. Rote Fahnen knallten frostig vor die weißen Masten, die das Tor auf der Ostseite flankierten. Ein Jeep fuhr Patrouille.

Aus den Luftschächten der U-Bahn preßten die gelben Züge abgestandene, nach Gummi riechende Luft, und dann bebte das Straßenpflaster. Die Menschen fuhren von der Arbeit nach Hause, und aus den Fenstern flimmerte das Blau der Fernsehgeräte und wurde von der frühen Nacht geschluckt.

Franz Belasc schlenderte über den Tauentzien und betrachtete die Auslagen. Neben dem vergoldeten Gitter vorm Eingang des KaDeWe stand in einer Bäckerjoppe noch ein Brezelverkäufer, auf dessen wuchtigem Schädel schräg ein weißes Schiffchen saß. Belasc gab ihm fünf

Mark, und der alte Brezelverkäufer verbeugte sich. An der Urania stapelten sich kalt und klotzig Verwaltungsbauten, die Straßen kreuzten sich sechsspurig. Gleich dahinter begann das Revier des Sex. Lederbars, Peep-Shows und Stundenhotels lagen in den Seitenstraßen, Frauenmänner mit Silikonbrüsten versteckten sich in den Hausaufgängen.

»He, Süßer, komm doch mal her!« und »Willst du mal was sehen?« riefen sie ihm zu, und Belasc warf lachend eine Kußhand ins Halbdunkel. Kurz vor der Potsdamer Straße betrat er einen Imbiß, in dessen Schaufenster kleine Plastikwannen mit Gurkenscheiben, gehacktem Weißkohl, Zwiebeln und Auberginen standen. ›Kebab-Station‹ strahlte über die schmutzigen Wagendächer auf die Fahrbahn.

Der An- und Verkaufjuwelier lehnte an einem Stehtisch und trank seinen Feierabendraki. Belasc bestellte Börek, Bier und Salat. Der Türke warf die gefüllte Teigrolle in den Mikrowellenherd und holte eine Büchse Bier aus dem Kühlschrank. Belasc stellte sich zu dem Juwelier. Aus einem Ghettoblaster quengelte klagende kurdische Musik; neben der Türe zum Clo hing ein Plakat, das an den Tod Yilmaz Güneys gemahnte. Der Juwelier trank Belasc zu, der schulterzuckend zur Theke wies.

»Das Börek ist gut hier!«

»Sie kennen sich aus?«

»Das kann man wohl sagen!«

»Sie wohnen hier?«

»Ich hab 'n Geschäft um die Ecke.«

Der Türke hatte das Essen hinter der Vitrine auf einem Pappteller gerichtet. Belasc balancierte sein Nachtmahl zu dem Stehtisch, der Juwelier bestellte noch einen Raki.

»Is' gut? Kenn ich garnet«, sagte Belasc mit fettigen Lippen.

»Kemal, mach uns mal zwei!« rief der Juwelier.

Der Türke trug einen versifften Nyltestkittel. Seine Nägel waren abgekaut, und die Rillen der Finger glänzten ölig. Vor vier Tagen war sein Bruder, der keine Aufenthaltsgenehmigung besaß, von einer Zollstreife auf dem Bahnhof Schöneberg gestellt worden. Ein Deutscher hatte dem Flüchtenden ein Bein gestellt, und andere Fahrgäste hatten sich auf ihn gestürzt, als er fiel. Belasc und der Juwelier stießen an.

»Ich muß dann wieder«, sagte Belasc schließlich und knöpfte seinen Mantel zu.

Neben dem Imbiß waren Bordelle. In den Fenstern hingen Pin-up-Fotos, die mehr versprachen, als drinnen gehalten wurde. Die Preise waren gestaffelt wie die Qualität der Huren. Die ersten, denen Belasc begegnete, waren so häßlich, daß man sich wunderte, wie sich in dieser Kategorie Freier fanden. Eine von ihnen hieß Lotti, eine ausgemergelte Alkoholikerin, der die Schneidezähne fehlten. »Ick blase auf Felge!« war ein Spruch, den man von ihr kolportierte.

Nachdem er das Elend passiert hatte, verlangsamte er seinen Schritt. Im Aufgang zu einer Pension standen zwei Frauen mit geöffneten Pelzmänteln. Die rechte trug hochhackige Stiefel, deren Stulpen über die Knie reichten, die linke ein rüschenbesetztes knappes Höschen und einen weit ausgeschnittenen lachsfarbenen Pulli. Sie sah ihn herausfordernd an. Belasc zögerte einen Augenblick, dann ging er auf sie zu.

Im Hochparterre hockte eine Art Portier hinter einem Küchentisch.

»Nummer 12?« fragte er, als ob es noch etwas zu fragen

gäbe, und händigte ihr einen einzelnen BKS-Schlüssel aus. Die Zimmer lagen in den beiden nächsten Stockwerken. Ilona hatte Franz Belasc untergehakt, als sie auf dem Absatz zwei Männern begegneten.

Eifersucht war ein Gefühl, das im Berufsleben einer Nutte nicht existiert. Für Assi war der kleine Finger schon zuviel gewesen. Wahrscheinlich war es Absicht, daß er Belasc im Vorbeigehen rempelte, doch bevor es zu einer Schlägerei kam, hatten Eddie und Ilona die Kontrahenten nach unten und oben weitergezogen.

»Sach ma, tickst du noch janz sauber?« fragte Eddie auf der Straße. Assi antwortete nicht, sondern stierte mit roten Ohren aufs Pflaster.

»Mann, Assi, det is ne Nutte«, sagte Eddie. Assi sank schwerfällig in den Beifahrersitz.

»Hörste mir überhaupt zu?«

»Leck mich!« sagte Assi.

Eddie schüttelte den Kopf.

»Mach keene Jeschichten, Alter«, sagte er, doch Assi hörte ihm nicht zu.

Die Gummimatte lag zerdrückt unter der Pritsche. Ilona saß auf dem Rand eines plüschigen Clubsessels und schminkte sich, Belasc stand am Becken und wusch seine Hände. Als er gehen wollte, legte sie geübt ihre Arme um seinen Hals.

»Wann kommst du denn mal wieder, mein Schatz?«

Belasc grinste. »Morgen vielleicht?«

»Ick würd' mir freuen!«

Belasc verließ das Zimmer, und Ilona zog die Scheine unter dem Aschenbecher hervor und steckte sie in ihr Operntäschchen.

Die Frau in den Stulpenstiefeln wandte den Kopf, als hinter ihr die Haustüre quietschte. Der Wind trieb Graupeln in den Aufgang. Ein Neonpfeil: ›Hotel‹ wies mattgelb nach oben. Aus einem Taxi kletterten drei aufgedrehte Männer und stolperten in das ›Pik 7‹ nebenan. Der filzige Windfang bauschte sich eine Sekunde nach draußen, bis der Rausschmeißer die schwere Stahltüre wieder ins Schloß zog. Belasc stieg in das Taxi. Auf der anderen Straßenseite gingen Grüppchen von Tamilen auf und ab, ihre Gesichter verschmolzen mit der Dunkelheit.

Bernhard Lacan stand vor dem Spiegel im Badezimmer. In dem weiten schwarzen Anzug sah er fast seriös aus, und es schien ihm, als verdeckten seine Bartstoppeln die geschwollene Lippe. Vorsichtig putzte er seine Zähne und verließ die Wohnung. Im ersten Stock war ein heftiger Streit. Lacan lauschte auf dem Treppenabsatz, einen Finger auf dem Minutenlicht, um nicht überrascht zu werden.

»Ich will diesen Kerl hier nicht mehr sehen!« schrie ein Vater. Schluchzen.

»Ein Nichtsnutz ist das!«

Das Schluchzen wurde stärker, dann polterte es, als würde gerungen. Oben ging das Licht an, und eine Türe schlug. Lacan lief auf die Straße.

Aus den Schaufensterscheiben der Galerie fiel gleißendes Fernsehlicht auf den breiten Gehsteig des Boulevards. Ein paar Schaulustige drückten sich die Nasen platt; eine Ausstellungseröffnung bei Lydia Wenzel war Stadtgespräch, seitdem auch Studienräte durchs Feuilleton erfuhren, daß die Krönung der Moderne die Acrylmalerei der jungen Wilden war.

Lacan mischte sich unter die Gaffer vor den Fenstern. Am Eingang stand ein schöner Afrikaner und kontrollierte die Gäste: anerkannte Künstler und Exoten, Sammler und solche, die gerne dafür gehalten würden, Zahnärzte, Internisten, Rechtsanwälte nebst zugeschminkten Gattinnen, und mittendrin der dicke Fluxusmann mit Tatarenkäppi und pelzverbrämtem Umhang.

Unter den meisten Bildern klebte schon der magische rote Punkt, woraus man die Bedeutung der Kunst im allgemeinen und des Empfangs im besonderen ablesen konnte. Lacan löste sich von den Ausgeschlossenen und suchte in seiner Jacke nach der Einladung, als plötzlich jemand von drinnen an die Scheibe klopfte. Es war Lydia Wenzel, die ihm zuwinkte. Unsicher trat Lacan zum Eingang. Lydia schob den Neger beiseite und zog ihn hinein. Noch ehe er sich über ihre aufgedrehte Freundlichkeit wundern konnte – er kannte sie kaum, hatte sie lediglich ein- oder zweimal mit Florence gesehen –, stürzte ein Wortschwall über ihn, daß er unwillkürlich den Kopf einzog.

»Mein Gott, wie siehst du denn aus? Deine Lippe, und dein Auge, ach wie süß, hattest du einen Unfall?«

Lacan lächelte gequält. Über eine Ausrede hatte er nicht nachgedacht. Lydia plapperte weitere zwei Sätze und ließ ihn stehen. Er sah sich um.

Die meisten Gäste schoben sich durch den Raum zum Buffet und wieder zurück, schöne Mädchen boten auf großen Tabletts Getränke an, ein Fernsehteam hatte seine Geräte aufgebaut. Lacan schlenderte an den Bildern vorbei, auf denen dickpinselige Strichmännchen die Erinnerung an Höhlenmalerei beschworen. Wenningstedt gab mit glasigen Augen ein Interview.

Es dauerte einige Zeit, bis er Florence entdeckt hatte,

die auf einen Mann mit schütterem blondem Haar einredete. Lacan kniff die Augen zusammen, der Mann war Wilhelm Mertens. Florence schien ihm etwas zu erklären, das schloß Lacan aus ihren aufgeregten Handbewegungen. Er bewegte sich in einem weiten Bogen um das Paar. Also war gestern abend doch Mertens in ihrer Wohnung gewesen! Mertens hatte die Hände lässig in die Hosentaschen gesteckt und wippte auf den Absätzen. Jetzt stand Lacan genau hinter ihm. Manchmal tauchte Florence' Kopf über seiner Schulter auf. Als Mertens etwas zu ihr sagte, zuckte sie zurück, als habe sie ein Schlag getroffen. Lacan drängte sich rasch durch die Menge und erschien neben ihnen. Florence' schwarze Haare glänzten im Licht der Deckenstrahler.

»Ich brauche euch nicht bekanntzumachen?« fragte sie.

»Nicht nötig«, sagte Lacan.

»Wir kennen uns flüchtig«, schmunzelte Mertens unverschämt.

»Du entschuldigst uns einen Augenblick?«

»Sicher«, sagte Mertens und sah sich nach Rita um.

»Was hast du denn gemacht? Das sieht ja schrecklich aus!«

»Halb so wild.«

»Bist du hingefallen?«

»Die Treppe rauf.«

»Eine lange Treppe?«

»So isses!« sagte Lacan ganz ruhig. Ein Mädchen hielt ihr Tablett unter sein Gesicht, er nahm ein Glas Wein.

»Was ist mit deiner Lippe?«

»Auf Granit gebissen.«

»So sieht's auch aus.«

»Übertreib' nicht!«

»Dir ist was aufs Gesicht gefallen?«

»Das könnte man sagen, ja.«

Behutsam strich Florence über seinen Mund. Lacan war des Themas müde. Ihn interessierte etwas ganz anderes.

»Was ist mit Mertens?«

»Was soll mit ihm sein?«

»Wie gut kennt ihr euch eigentlich?« fragte Lacan, ohne eifersüchtig zu sein.

»Ach Bernhard, das habe ich dir doch schon einmal erklärt.« Florence machte eine Pause, dann sagte sie in einer Verbindung aus Trotz und Geständnis:

»Außerdem hatte er früher geschäftlich mit meinem Vater zu tun. Reicht das?«

Lacan nickte ungläubig. Sie hatte ihm bisher wenig von ihrem Vater erzählt und sicher nichts von seiner Beziehung zu Mertens.

Lacan hörte nicht mehr hin, als sie ihm sagte, sie müsse sich noch um die Kunden kümmern, und in der Menge verschwand. Mertens war bei Florence also aus und ein gegangen, er versuchte sich vorzustellen, welche Geschäfte ein Hamburger Kaufmann mit einem wie Mertens machte. Seit wann kannte Mertens dann Florence? Lacan fragte sich, was ihn das überhaupt anging, und schüttete unzufrieden den zu süßen Wein. Auf dem Weg zurück ins Gedränge geriet er an einen Kreis illustrer Gäste. Ein hochaufgeschossener jungenhafter Mann in einem Anzug von Armani führte blasiert das Wort:

»Unglaublich ist es schon, was die Brüder heutzutage alles klauen. Die Frage ist, was fangen sie damit an?«

»Mit dem Bild?« fragte eine elegante Frau. Lacan pirschte sich näher an die Gruppe.

»Möglicherweise im Auftrag eines engagierten Sammlers.«

»Engagiert, das haben sie schön gesagt«, bemerkte der Mann im Armanianzug.

»Oder«, mischte sich eine Besucherin mit riesigen Ohrringen ein, »oder ein Versicherungsbetrug!«

Der zweite Gast, eine gedrungene Erscheinung, ergänzte: »Spezialisten! Der Lloyd zahlt, sagen wir, die Hälfte des Marktwerts, statt dem Besitzer die volle Summe zu ersetzen.«

Die anderen nickten beifällig.

»Es gibt schon auf beiden Seiten Experten für solche ... Abwicklungen.«

»Manchmal erfährt sogar die Polizei nichts«, sagte Armani. Man sah ihn verblüfft an. »Sehen sie, bei einem Einbruch, bei dem so ein Schatz gestohlen wird, will der Besitzer doch nur das Bild wiederhaben. Natürlich mit Preisnachlaß. Und bei solchen, naja, Transaktionen ist die Polizei überflüssig, hinderlich.«

»Diskretion«, sagte die elegante Frau, »ist das A und O dabei.«

»Davon kann man in diesem Fall ja nicht reden.«

»Es soll ganz schön gescheppert haben«, und alle kicherten. Die gedrungene Erscheinung hob beschwörend einen Finger:

»Letzte Woche hat ein früher Oelze in Zürich 150 000 gebracht.«

»Da vorne ist Maier-Brüninghaus«, rief die Frau mit den großen Ohrringen. »Fragen wir ihn, wie die Dinge stehen.«

Der Kreis öffnete sich, und der Versicherungsvertreter trat genießerisch in den Mittelpunkt.

Lacan schwindelte. Der Gedanke, der kleine Oelze könne ein Vermögen wert sein, war zu neu und erschreckend, obwohl er doch so nahelag. Das Bild verwandelte sich in seinen Gedanken in Geldbündel, und sein Kühlschrank hatte plötzlich ein massives Vorhängeschloß. Der Raum geriet in eine leichte Drehbewegung.

»Hast du einen kalten Wodka?« fragte Lacan eine Kellnerin. Sie brachte ihm ein schmales, gut gefülltes Glas, in dem ein Viertel Limone schwamm. In einem Zug stürzte er den Schnaps in sich hinein. Er versuchte, noch etwas aufzuschnappen. Der Vertreter der Versicherung spreizte sich wie ein Pfau.

»Versteht doch, ich kann nichts sagen.« Mit einem süffisanten Lächeln fügte er hinzu: »Ich habe euch schon viel zu viel verraten!«

»Ihr zahlt also?« fragten die Ohrringe.

»Ach Kinder«, Brüninghaus warf einen Blick in die Galerie, und Lacan senkte den Kopf. »Wir wissen doch gar nicht, wer's hat.«

»Und Steenbergen?« fragte Armani. Maier-Brüninghaus gab sich konspirativ, und alle steckten die Köpfe zusammen. »Er will natürlich sein Bild wiederhaben, aber«, verstand Lacan noch, dann ging Maier-Brüninghaus' gedämpfte Stimme im Vernissageradau unter.

Lacan hatte genug gehört. Er stolperte durch die Gäste. Neben dem Getränkelager war ein abgedunkelter Raum, in dem er sich erholen wollte. Bevor er sich dorthin vorgekämpft hatte, trat Wilhelm Mertens in Begleitung eines älteren silbergrauen Mannes aus dem Halbdunkel. Der Mann war kleiner als Mertens und trug einen maßgeschneiderten Tuchanzug mit Weste. Als sie an Lacan vorbeigingen, sagte der Mann einen Satz auf Holländisch zu seinem anderen Begleiter, der einen Schritt hinter ihm blieb. Mit den ersten Silben erkannte Lacan die Stimme aus Florence' Wohnung, die er kurz durch den Briefschlitz gehört hatte. Eine ältere Dame, deren Rouge das Gewicht ihres Schmucks hatte, schob ihn zur Seite und rief:

»Steenbergen, alter Freund! Sie sind in Berlin, und ich weiß nichts davon. Schande über sie!«

Der Holländer faßte ihre ausgestreckten Finger und neigte sich zu einem Handkuß.

Was hat der alte Sack bei Florence zu suchen? dachte Lacan, dann verlor der Film seinen Ton. Er sah nur noch aufsteigenden Zigarettenqualm, sich bewegende Münder, das zu helle Licht.

Florence saß neben dem leergefegten Buffet, die Beine übereinandergeschlagen, und rauchte. Als Lacan vor ihr stand, kamen die Geräusche brausend zurück. Sie blickte zu ihm auf. Die Perlen einer doppelt um den Hals gelegten Kette schimmerten wie kleine Lichter auf dem schwarzen Taftkleid.

»Was machst du jetzt?« fragte Lacan.

»Hast du morgen Zeit?«

»Zeit? Ich habe immer Zeit.«

»Wir gehen noch mit Lydia essen. Und einigen Käufern und Interessenten.«

»Weißt du, wie sich Käufer anhört?«

»Bernhard, bitte!«

Florence begleitete Lacan zur Türe.

»Hast du morgen abend Zeit?«

»Sicher.«

»Gut. Ich bestelle für acht einen Tisch bei ›Wohlmann‹.«

Lacan nickte erschöpft. Der Neger hielt die Türe auf.

»Bis morgen dann«, sagte sie und hauchte einen Kuß auf seine dicke Lippe. Lacan trat auf die Straße. Als er sich umdrehte, war Florence schon fort.

Die Angestellten des Party-Service sammelten die Gläser ein; unzählige Kippen lagen auf dem rot gefliesten Boden.

Wenningstedt hing am ganzen Leibe zitternd über einer Closchüssel, seine Gesichtsfarbe changierte ins Grünliche. Niemand vermißte ihn. Gepreßt stöhnte der junge Wilde heilige Schwüre in die gurgelnde Spülung, den Preis des Ruhms.

Der strenge Wind hatte die Wolkenungetüme alle vom Himmel vertrieben. Es war eine kalte und klare Nacht, so, wie Januarnächte sein sollen. Über den Rieselfeldern im Norden der Stadt strahlte der Polarstern. Der Discjokkey im Radio hatte Echo Beach aufgelegt – »I know it's out of fashion and to travel on cool« –, und ein Saxophon ließ die Membran des Lautsprechers vor den Armaturenrost springen. Lacan fuhr über den Tauentzien nach Kreuzberg. Um zehn begann im ›Tanzpalast‹ ein Konzert der ›Lounge Lizards‹, er brauchte dringend Ablenkung.

Kurz vor dem Nollendorfplatz tauchten die Gleise der U-Bahn aus dem Asphalt und stiegen an auf gußeisernen Stelzen. In ihrem Schatten parkten endlose Autokolonnen.

Florence war mit Mertens besser bekannt, als Lacan sich vorstellen wollte. Und Steenbergen, dieser Holländer, war der Eigentümer des Bildes in seinem Kühlschrank. Was hat Mertens damit zu tun? Ist er auch ein ›Geschäftsfreund‹ von Steenbergen? Welche Geschäfte? Was verbindet Florence und Steenbergen und Mertens? Außerdem: der kleine Oelze war ein Vermögen wert, und die Versicherung wartete geradezu darauf, erpreßt zu werden.

Was kann man sich für hunderttausend Mark kaufen? Diese Frage raubt einem wie Lacan den Verstand. Er kurbelte das Fenster herunter und ließ kalte Luft um seinen Kopf wirbeln.

Der ›Tanzpalast‹ war ein ehemaliges Kino, das selbst für einen Aldimarkt schon zu verrottet war. Das Haus war reif für die Abrißbirne, aber die Spekulanten stritten noch. Spekulanten gleichen Ungeziefer, ab einem bestimmten Zustand der Bausubstanz lassen sie sich auch mit stärkstem Gift nicht mehr vertreiben. Ein ›Haste-ma-ne-Maak‹-Kanon erwartete Lacan, als er eine Eintrittskarte kaufte, das Wechselgeld reichte vielleicht noch für ein Bier.

Vom Kassenhäuschen führte ein enger, schwarz gestrichener Gang zu einer Stahltüre, hinter der der Konzertsaal lag. In der Nische zu den Toiletten stand Wasser. Die alten Bleirohre waren porös und verstopft, zum Glück wohnte hier niemand mehr.

Als Lacan die schwere Tür öffnete, schlug ihm der Lärm-Rauch-Schweiß-Überdruck des fensterlosen Raumes entgegen, dann war der Kessel wieder luftdicht verschlossen.

Die Vernissage war zu Ende. Wenningstedt, seit ein paar Stunden aller Sorgen enthoben, erlebte sein Fegefeuer. Florence kümmerte sich um ihn.

Steenbergen redete mit Mertens, der mit finsterer Miene zu Florence sah. Steenbergen legte beschwichtigend eine Hand auf seinen Unterarm. Franz Belasc kam mit den Mänteln. Die Adern auf Mertens Stirn waren geschwollen.

»Reiß dich zusammen«, sagte Steenbergen.

»Keine Bange«, zischte Mertens.

»Deine Süße wartet«, sagte Belasc. Rita stand gelangweilt in einer Ecke. Er kniff Mertens ein Auge. Steenbergen setzte den Hut auf.

»Amüsier' dich noch!«

»Amüsier dich!« echote Belasc, und Mertens ballte die Fäuste in den Taschen.

»Vertragt euch!« sagte Steenbergen. Der Neger kam hinzu.

»Ihr Taxi, bitte!«

»Ich verlaß mich auf dich, Wilhelm.«

Verlaß dich nur, dachte Mertens, irgendwann, das dauert nicht mehr lange, bist du fällig, und Steenbergen wußte genau, was er dachte.

Er nickte Florence zu, die Wenningstedt im Arm hielt, und verließ die Galerie, einen Schritt hinter ihm der Mittelgewichtler aus Wien.

Kondenswasser tropfte von der Decke. Auf der Bühne huschten Schatten und installierten die Verstärker. In der Mitte der Halle stand auf einem Podest das Mischpult. Neben der Stahltür war eine Theke, hinter der einige Türken, die die Halle gepachtet hatten, Bier auf Vorrat in Plastikbecher füllten. Aus den Lautsprechern trommelte: ›Spellbound‹. Das Kondenswasser, verschüttetes Bier und Schnee von draußen vermengten sich auf dem gekachelten Boden. Vor der Bühne schlitterten Punx auf einer morastigen Rutschbahn, manchmal fiel einer hin. Lacan holte sich ein Bier. Plötzlich stand Irene Rabbia vor ihm. Er errötete, obwohl sie nicht nach seiner dicken Lippe fragte.

»Tja«, murmelte Lacan.

»So was kommt von sowas her«, sagte Irene und schüttelte laut lachend den Kopf. Dann zog sie ihn an sich.

»Du gefällst mir auch so!« und sie küßte ihn ungestüm. Aus seinem Becher hinter ihrem Rücken schwappte Bier. Irene packte ihn hart am Arm.

»Mach keine Dummheiten!« Ihre grünblauen Augen blitzten. Sie drehte sich um und verschwand. Lacan stand wie angenagelt da, und vor seinen Augen blieb ihr Bild, ihre breiten Hüften in verwaschenen Blue jeans, deren Hintertaschen ausgerissen waren. Er hörte noch das Tak-tak ihrer Absätze, sonst nichts, nur langsam drangen die Musik und die Stimmen wieder in sein Bewußtsein, die Lippe schmerzte. Endlich erlosch das Licht, und die Menge hastete und drängte zur Bühne, auf die der Kegel eines einzigen Scheinwerfers fiel. Der Veranstalter trat ans Mikrophon und sagte: »Meine Damen und Herren – die Lounge Lizards!« Johlen und Pfeifen.

Der Schlagzeuger gab den Takt vor. Er ließ seine Drahtpinsel über die Trommeln streichen, und der lange Saxophonist im Vordergrund stülpte seine Lippen prüfend über das Mundstück, dann legte er los.

Lacan stand weit hinten. Nach ein paar Minuten begannen sich die Rücken vor ihm zu bewegen. Zerhackte Kadenzen schlugen vor die kahlen Wände, die Baßläufe bebten im Boden. Lacan starrte gebannt auf den Saxophonisten, der sich die Seele aus dem Leib blies. Ein zu weiter Anzug schlotterte um seinen hageren Körper; auf dem Rücken breitete sich ein Schweißfleck aus, und bald klebte ihm der Stoff am Leib. Lacan schob sich weiter nach vorne. Vor der Bühne tanzte und sprang Irene in der Menge, die in Wellen nach allen Seiten schwankte. Auf der Erde knirschten zertretene Plastikbecher. »Go ahead!« brüllte jemand zwischen zwei Stücken. John Lurie spielte ein Solo. Das Saxophon krächzte und wimmerte, dann, für Augenblicke, deutete es eine Melodie an, um sich wieder in einem Taumel wilder Töne zu verlieren. Die Scheinwerfer blendeten auf, und der Schlagzeuger, auf dessen Hinterkopf ein lächerliches kleines Hütchen saß, schlug die Trommeln, als sei es zum letzten Mal in seinem Leben.

Lacan stand nur noch ein paar Schritte hinter Irene, Schweiß sickerte klebrig in seinen Kragen. Während der nächsten Stücke tanzte auch er, stieß gegen andere Besucher, bis er sich zu Irene vorgekämpft hatte. Schlagartig ging das Licht in der Halle an, das Konzert war zu Ende.

Sie küßten sich. Lacan spürte ihre steifen Brustwarzen unter dem nassen Stoff. Ihre Zunge fuhr über seine Wangen, und er preßte ihren Körper an sich. Sie legte ihre Hände auf seine Schultern und drückte ihn zurück.

»Du Idiot!«

Lacan sah sie verständnislos an.

»Eins und eins macht zwei, hast du das nie gelernt?«

Er begriff nicht und wollte sie wieder küssen, doch Irene packte wütend seine Haare und riß ihn zur Seite.

»Wie alt bist du eigentlich? 16?«

»17«, verbesserte sie Lacan.

»Dann benimm dich wie 17!« Sie ließ seine Haare los und ging zur Theke. Zögernd folgte er ihr, den Kopf in den Kragen gesteckt. Irene sprach neben dem Ausgang mit einer jungen Frau, um deren Taille rostige Fahrradketten geschlungen waren. Lacan bildete sich ein, sie redeten über ihn, und ihm wurde klar, daß es sein größter Fehler war, eine Frau wie Irene so zu unterschätzen.

Die Halle leerte sich. Zwei junge Türken wieselten durch die Leute und sammelten in Obstkisten Plastikbecher und Bierdosen. Der Mann am Mischpult wickelte Kabel um seinen Unterarm.

Irene drehte sich flüchtig um und streifte Lacan mit

einem auffordernden Blick. In dem langen dunklen Gang zur Straße wartete sie auf ihn.

»Geht's wieder gut?«

Er suchte nach passenden Worten. Sie zog eine Packung Zigaretten aus ihrem Hosenbund.

»Feuer?«

Als er die Streichhölzer herausnestelte, zitterten seine Finger. Dann standen sie fröstelnd nebeneinander auf den Stufen zum ›Tanzpalast‹. Irene hatte ihre Lederjacke um die Schultern gelegt. Einige Punx schnorrten um Geld.

»Ich unterhalte mich gerade«, fuhr sie einen von ihnen an, der erschreckt zurückwich.

»Ich verstehe dich nicht«, sagte Lacan leise.

»Wie bitte?«

»Ich meine nur.«

»Ich habe dich nicht verstanden«, sagte sie. »Akustisch«, und lächelte ihn an. Lacan wandte sich ab.

»Ich bin nicht in Stimmung für solche Spiele.«

»Soll ich dich bemitleiden?«

»Sehe ich aus, als ob ich Mitleid bräuchte?«

»Du siehst wie jemand aus, der in Schwierigkeiten ist.«

»Ach nein!« Lacan lachte. Irene schnippte ihre Zigarette auf den Bürgersteig und zog die Lederjacke an. Einen Moment dachte er daran, seinen Arm um sie zu legen, aber dann tat er es doch nicht.

»Brauchst du Geld?«

»Vergiß es, Irene«, sagte Lacan und sprang nach unten. Sie kam ihm hinterher.

»Du steckst diesmal ganz schön tief drin, was?«

Lacan strich seine verschwitzten Haare aus der Stirn. Schneeflocken stoben über die Straße, ein Hund schnappte wie närrisch nach ihnen. Auf der anderen Seite parkte jene unvermeidliche Wanne, durch deren vergitterte Fenster bleiche Polizistengesichter auf das Treiben vor der Halle stierten. Vor der Kebabbude am Heinrichplatz blieb Lacan stehen.

»Bis zum Kragen«, sagte er und trat vor eine leere Büchse. Irene umarmte ihn.

»Ich würde dir gerne helfen.«

»Warum?«

»Weil ich dich mag!«

Aus Lacans Körper wich die Spannung, und er sackte ein wenig zusammen. Was Irene sagte, hörte sich einfach und richtig an; aber so einfach ist es eben nicht, dachte er. Sie drückte ihn fester, und er legte seinen Kopf auf ihre Schulter. Er mußte diese Geschichte alleine hinter sich bringen.

»Ich kann dir also nicht helfen?«

Irene ließ ihn los und sah ihn fragend an. Lacan schüttelte den Kopf. Diesmal küßten sie sich vorsichtig und zärtlich, wirklich zärtlich, und Lacan spürte, wie ihm Tränen in die Augen stiegen. Er mußte dringend etwas trinken, und er wußte auch schon wo.

»Kommst du mit?« fragte Irene.

»Ich kann nicht.«

»Du mußt noch was erledigen?«

Lacan wußte nicht warum, aber es ging nicht anders.

»Wollen wir am Wochenende etwas unternehmen?« fragte er.

»Mein Sohn ist bei mir.«

»Und?«

»Nichts und. Soll ich dich anrufen?«

»Ich komme morgen im Sender vorbei.«

Irene küßte ihn auf die Stirn und ging, und Lacan stand allein im fahlen Licht der Kebabbude.

Das sowjetische Offizierscasino war fast leer, Koljatow und Grassow saßen an einem der Tische, die an der Wand verteilt waren. Russische Schlagermusik tönte gedämpft aus einem Kofferradio hinter dem Buffet, wo zwei Küchenhilfen mit weißen Häubchen auf die Sperrstunde warteten. Der Aschenbecher vor Koljatow und Grassow war den ganzen Abend noch nicht geleert worden, und Grassow schob seine Zigarette in die Asche wie in einen Sandhaufen.

»Wie lange mußt du noch hierbleiben?«

Koljatow zog die Schultern hoch und beugte sich vor zu seinem Glas.

»Ein Jahr, vielleicht zwei.«

»Und dann?«

»Ins Ministerium nach Moskau. Wer weiß?«

»Seltsam, daß wir uns nie getroffen haben.«

Koljatow lachte. »Seltsam, ja.« Er hatte den obersten Knopf seiner Uniform geöffnet; auf seiner linken Brust hing die Medaille mit dem Leninkopf.

»Hast du nie daran gedacht aufzuhören?« fragte Grassow.

»Womit?« Koljatow fiel in den Sessel zurück.

»Ich bin seit dem Krieg allergisch gegen Uniformen, jedenfalls, wenn ich eine anziehen soll.«

»Was ist das?« Koljatow wies auf das silberne Parteiabzeichen an Grassows Revers.

»Auszeichnung der Arbeiterklasse.«

»Red' keinen Unsinn.«

Grassow trank Koljatow zu. Dann fragte er unvermittelt: »Sag mal, Nikolai, wie sieht's eigentlich im Westen aus?«

»Wie meinst du das?«

»Na, du fährst doch öfter rüber.«

»Ich sehe nicht so viel.«

»Und die Menschen?«

»Gehen auf dem Trottoir hin und her, haben warme Mäntel an und unterscheiden sich nicht von denen in Minsk oder Kiew.«

Oleg, Koljatows Bursche, erschien und bat den Oberst ans Telefon. Koljatow lief eilig über den nachlässig gepflasterten Innenhof zu seinem Büro und nahm den Hörer von der Gummiunterlage seines breiten Schreibtischs. Am anderen Ende war der Kurier. Koljatow antwortete vorschriftsmäßig. Danach öffnete er seinen kleinen Panzerschrank, holte eine Liste heraus und fuhr mit dem Finger die Tabelle entlang, bis er die Nachricht entschlüsselt hatte: Freitag, 11:30, Interhandel Telemex.

»Du kannst ins Bett gehen«, sagte Koljatow, und Oleg salutierte.

»Tag und Nacht im Einsatz«, stichelte Grassow, als sich der Oberst wieder zu ihm an den Tisch setzte. Es ärgerte ihn, daß Koljatow vorhin so ausweichend geantwortet hatte. Koljatow spürte sein Mißtrauen. Sie hatten sich wahrhaftig nichts zu sagen, und der Oberst fragte sich, warum ihm das nicht schon vor vierzig Jahren aufgefallen war. Aber damals war Krieg, und sie waren jung. Vielleicht wird aber auch jeder Beamte früher oder später zum Idioten, oder vielleicht werden nur Idioten Beamte, es war müßig, den Gedanken fortzuspinnen. Bald darauf verabschiedete sich Grassow.

In dieser Nacht lag Oberst Nikolai Koljatow lange wach im Bett, sein Japanisch-Lehrbuch auf den Knien, und träumte mit halbgeschlossenen Augen von einer endlosen Ebene und vom Himmel darüber, für den es im Russischen nur ein verneinendes Wort gibt, und seine Gedanken weigerten sich, das vertraute Bild zu verlassen.

Bernhard Lacan besaß keine Erinnerung, in die er sich versenken konnte. Er hatte das Radio laut aufgedreht und fuhr schlecht gelaunt in die Innenstadt zurück. Er hatte das Gefühl, sein Kopf läge abgeschnitten in einem wattierten Karton.

Null Uhr Nachrichten: Die Contras hatten in Nicaragua einen Hubschrauber abgeschossen, und irgendwo in Belgien war eine Bombe explodiert. Die Stimme des Sprechers klang durch die Lautstärke verzerrt. Wütend schlug Lacan vor die Mittelkonsole, bis das Radio verstummte. Er drehte das Seitenfenster herunter und streckte seinen Kopf, oder was er dafür hielt, in den eiskalten Fahrtwind.

Sein Leben war eine Kette von Halbheiten, Mißverständnissen und Leichtsinn, und er ahnte, daß er nicht bis in alle Ewigkeit vor sich davonlaufen könne.

In der Domino-Bar ging es hoch her. Lacan schob sich durch die Gäste nach vorne, als ihn jemand an seine Brust zog. Es war Keitel mit Schweißperlen auf der Stirn. Als er Lacans Lippe sah, wurde sein massiver Körper von einem Anfall geschüttelt, glucksende Laute drangen aus seinem weitgeöffneten Mund. Aus dem Hintergrund trat Jan und fragte über Lacans Schulter:

»Was hat denn der Gute?«

Lacan drehte sich um, nun lachte auch Jan.

»Seid ihr verrückt?« fragte Lacan.

Die beiden beruhigten sich, von links und rechts hatten sie ihre Arme um Bernhard gelegt.

»Großkampftag in Charlottenburg?«

»Hahaha«, sagte Lacan gedehnt.

»Mensch, Bernie, was'n los?« fragte Jan und rüttelte ihn.

»Nichts ist los. Ich habe Durst.«

»He Anke«, rief Keitel die Kellnerin. »Mach uns mal drei Große«, und zu Lacan gewandt: »Is doch recht, Alter, Osborne auf den Schreck?«

Jan klopfte Lacan in den Nacken.

»Bist du vor 'ne Laterne gerannt?«

»Vor Glück vielleicht?«

»Vor Glück, ja!«

»Bernie ist verliebt!« grölte Keitel, und Jan bedeutete Lacan, ihn nicht mehr ernst zu nehmen. Sie stießen an, und Jan näherte sich Lacans Gesicht.

»Ohne Flachs, Bernhard, deine Lippe sieht verdächtig nach Dresche aus.«

»Als du gestern abend abgehauen bist, war doch noch alles in Butter, oder täusche ich mich?«

Keitel sah Jan mit gespielter Bestürzung an. Lacans Augen wanderten von links nach rechts.

»Ich hab' die Potse aufgemischt. Mit allem Drum und Dran!«

Jan preßte seinen bebenden Kopf vor Lacans Brust, und Keitel schnappte verzweifelt nach Luft. Jan faßte sich als erster und drückte Lacan ein Briefchen in die Hand.

»Mach' dich erstmal was frisch!«

Keitel wischte eine Träne von seiner Wange. Lacan löste sich aus ihrem Griff und ging zur Toilette. Auf einem gekachelten Absatz öffnete er das Kuvert längs der Falzung: mehr als zwei Gramm lagen da auf einem ansehnlichen Haufen. Unschlüssig sah Lacan zur Decke. Mußte es sein? Es mußte heute abend sein! Mit seinem befeuchteten Zeigefinger stippte er in das Pulver und zerrieb die Droge auf dem Zahnfleisch. Seine Zähne wurden stumpf, und in der Haut, die sich über den Jochbeinen spannte, pulsierte das Blut.

»Alles in Ordnung?« grinste Keitel, dessen Haare in alle Richtungen wiesen. Lacan nickte. Sein Mund war plötzlich wie ausgedorrt.

»Drei Bier!« rief er in den Tumult. Seine Stimme hörte sich an, als käme sie vom Tonband. Er schnalzte mit der Zunge, aber der Pfropfen blieb in seinem Ohr.

»Klasse Pulver, wa?« fragte Jan mit blutunterlaufenen Augen.

»Ist besser als das von gestern!«

»Weißt du woher? Rätst du nie.«

Lacan wollte gar nicht raten.

»Von Schwietzke, der Nuß. Da staunste, was? Der ist jetzt groß im Geschäft.«

Lacan bewegte die Finger, als zähle er Geld.

»Entweder man kann würfeln oder man kann es nicht«, sagte Keitel, und Jan führte den Satz zu Ende:

»Und wenn man es nicht kann, soll man es bleiben lassen!«

Die Kellnerin stellte das Bier vor ihnen ab.

»Hallo Bernie!«

»Hallo Anke!«

Die Situation wäre unangenehm geworden, wenn sie sich an Roland Hartmann erinnert hätte, doch Lacan hatte diese Möglichkeit schon verdrängt, als er die Domino-Bar betrat. Er griff seine Flasche Beck's, und die beiden anderen nahmen ihn wie auf ein Zeichen hin wieder in die Zange.

»Sag schon, wo hast du die Lippe her?«

»Eddie ist mit 'nem starken Mann aufgetaucht«, gestand Lacan.

»Was? Eddie? Greffrath, die Kanalratte?«

»Die haben mich heute morgen kalt erwischt.«

Jan drückte ihn verständnisvoll.

»Wieviel hast du denn offen?«

»Zwölf«, nuschelte Lacan verschämt.

»Zwölf Mille? Sooviel? Bei den Verbrechern?«

»Eddie? Seit wann arbeitet der denn mit jemandem zusammen?« fragte Keitel. »Wißt ihr eigentlich, daß der in meinem goldenen Notizbuch ganz oben steht?«

Lacan betrachtete Keitels breite Schultern und wünschte sich, Keitel würde noch in dieser Nacht Eddie und seinen Kumpanen in einer dunklen Toreinfahrt treffen.

»Naja, alleine müßte Eddie seinen Kunden bis zum jüngsten Gericht nachlaufen.«

Das Kokain machte Lacan gesprächig.

»Bis morgen abend muß ich fünf Riesen auf den Tisch legen. Oder ich schlafe aushäusig.«

Keitel pfiff durch die Zähne.

»Hast du's?« fragte Jan überflüssigerweise.

Lacan sah ihn mitleidig an.

»Wir könnten dir was vorstrecken.«

»Vergiß es!«

»Oder wir kommen mit zu dir.«

»Mensch Keitel, hinterher hab' ich dann auch keine Wohnung mehr.«

»Ziehst du ins Hotel!«

»Zweieinhalb könnten wir lockermachen.«

»Vergiß es. Ich kann's sowieso nicht zurückzahlen.«

»Dann laß uns einen trinken. Auf unsere Rechnung!«

Jan zog geräuschvoll die Nase hoch.

»Très charmant«, flötete Keitel, der in seinem neuen Anzug wie der Leibwächter eines Mädchenhändlers aussah. Die drei tranken das Bier aus, und Jan orderte Nachschub. Lacan hätte es besser wissen müssen, doch nun war es zu spät. Keitel stolperte rückwärts. Eine Frau wich kreischend aus. Schlagermusik aus den Fünfzigern dröhnte vor die Plastikbahnen unter der Decke.

»Just another night, just another night...«, brüllte jemand am Ende des Raumes. Lacan spürte, wie er die Kontrolle verlor.

»Ich möchte mal dahin, wo ich noch nie war«, sagte die rothaarige Rita und schmiegte sich an Mertens.

»Wo warst du denn noch nie?« fragte er und winkte dem Kellner der Piano-Bar.

»Wo gehst du denn sonst hin um diese Zeit? Ohne mich.«

Der Kellner brachte die Rechnung, Mertens legte einen Schein auf seinen Teller.

»Laß dich überraschen«, sagte er dann und stand auf. Rita folgte ihm und drückte ihre großen Brüste vor seine Rippen.

Inzwischen: Lacan hatte noch mehr Kokain gesnifft und noch mehr Bier und Schnaps getrunken. Keitel und Jan zahlten. Die Droge beschleunigte den Rausch wie ein Katapult Flugzeuge auf einem Flugzeugträger, und sie löste die Zunge, wie man so sagt. Worte, Stimmen, Musik, Gesichter. Lacan hatte keine Freunde, er war allein. Jemand hörte ihm zu, nicht ausgeschlossen, daß es ihm genügte.

Beschleunigung: Es war ein Wunder, daß die Wände des kleinen Raumes noch nicht nach außen geklappt waren. Lacans Kopf brummte wie eine ramponierte Musicbox, er verstand sein eigenes Wort nicht mehr. Keitel hing in den Armen der Frau und rutschte mit ihr an dem langen Spiegel entlang. Ein Mann versuchte zwischen den staksenden Beinen der Menge einen Breakdance, die Gliedmaßen wie ein hilfloser Maikäfer von sich gestreckt. Man trug ihn in die Küche, wo er einschlief. Lacan konnte keine Einzelheiten mehr unterscheiden. Arme, Beine, Körper, Münder wuchsen zu einer kreischenden Hydra zusammen. Jan hing halb über ihm. Seine Pupillen rutschten in den Augen hin und her, wie es ihnen gefiel. Lacan griff nach einem einsamen Glas und trank daraus. Das lauwarme Bier schmeckte ekelhaft. Aus Jans Mundwinkel hing ein Speichelfaden, den er mit seiner Zunge einzufangen suchte. Weiter hinten stieg eine Frau auf die Bar und raffte ihren Rock. Sie begann zu tanzen und stieß spitze Schreie aus. Lacan starrte mit größter Anstrengung auf die wohlgeordneten Flaschen in dem Wandregal, um sein Gleichgewicht wiederzufinden. Dann brüllte er: »Taaxi!« Jan erwachte, wischte mit dem Handrücken über seinen Mund und schrie: »Zwei Sambucca!«, und die Kellnerin, den Telefonhörer in der Hand, nickte lachend. Jan nahm Lacans Kopf in die Hände, oder genauer: er hielt sich an Lacans Kopf fest und sagte mit ein paar kleinen Pausen:

»Denn machs ma gut ... alter Räuba ... und laßda de Scheiße nich übert Gesicht wachsn.«

Die Sambucca kamen. Jan verfehlte seinen Mund und kippte nach hinten. Lacan bekam ihn zu fassen und zog ihn wieder auf den Hocker.

»Paß auf!«

Jan hob den Zeigefinger. »Paß du auf!«

Der Taxifahrer brachte Lacan nach draußen. Anke rief ihm nach:

»Bring mal deinen netten Freund wieder mit!«

Jan ließ den Kopf hängen und murmelte: »Klettermaxe«, dann lauter »Klettermaxe!« und wurde von einem idiotischen Lachen geschüttelt.

Der Taxifahrer half Lacan auf die Rückbank, als hinter ihnen ein anderes Taxi hielt.

Mein Gott, Lacan, bist du besoffen, dachte Mertens. Bevor sie die Bar betraten, drehte er sich noch einmal um. Lacan hing mehr im Wagen, als er saß, sein wackelnder Kopf tauchte kurz im Fenster auf.

Als Mertens schellte, fragte Rita:

»War das 'n Bekannter von dir?«, und Mertens antwortete:

»Wo denkst du hin, mein Goldstück.«

Es war weit nach Mitternacht. Kein Licht mehr am Himmel. Die Schneehaufen lagen düster am Straßenrand. Im Arsenal der Stadtreinigung wurden die Streufahrzeuge mit Granulat gefüllt. Ein Teil der Menschen lag im Bett und wurde von Träumen geschüttelt, ein Teil arbeitete und trank. In Berlin trank jeder, oder nahm Drogen. Wer es nicht tat, war schon tot oder lebte nicht mehr hier. Kadaverstadt. Man mußte sich rechtzeitig entscheiden.

Vierter Tag und vierte Nacht:

Es war ein klarer heller wolkenloser Wintermorgen. Die Sonne stand tief über der Stadt, und ihre Kontur zerfloß in den Himmel. Über Nacht hatten Spree und Havel wieder eine Eisdecke bekommen, und auf dem hartgefrorenen Schnee glitzerten spitze Kristalle. Florence Blumenfeldt zog ihren Schal über den Mund. Ihr Atem verfing sich in der Wolle und taute Lippen und Nase auf. Noch in der Dämmerung hatte sie ihren Wagen vor Mertens' Haus abgestellt und war den Kurfürstendamm hoch zum Halensee spaziert. Auf ihrem Gang am Ufer war ihr niemand begegnet, nur eine alte Frau, die schlaflos ihren Hund ausführte, hatte sie lange angesehen, als suche sie ein Gespräch. Als Florence sich umdrehte, stand die Frau unbeweglich vor der Silhouette einer Baumgruppe, und neben ihr saß auf seinen Hinterläufen ihr Hund, einen Gummiring im Maul.

Über dem See lag ein Nebelteppich, der sich im Morgenlicht allmählich auflöste. Von der Stadtautobahn drangen Verkehrsgeräusche in die Idylle.

Florence schlenderte zurück. In einem Café, das Tag und Nacht geöffnet war, trank sie eine Tasse Kaffee. Die letzten Gäste lungerten übermüdet an der Theke, ein paar Rocker in Jeansjacken mit abgeschnittenen Ärmeln spielten Pool-Billard.

Plötzlich setzten sich zwei Araber an ihren Tisch. Sie tranken Tee und unterhielten sich laut in Arabisch.

»Frühstück?« sprach der eine sie schließlich an.

Florence reagierte nicht und zog an ihrer Zigarette.

»Kann ich dir was spendieren?«

»Danke für ihre Mühe, aber ich habe schon gefrühstückt.«

»Hast du was gegen uns?« fragte der andere, dessen Kopf eine Art Afro-Frisur schmückte. Als Florence nicht antwortete, versuchte er, ihre Hand zu fassen, doch sie zog schnell den Arm zurück.

»Du hast was gegen uns«, fing der erste wieder an. Er hatte den Charme von abgestandenem Pommes-frites-Öl und bildete sich etwas darauf ein. Florence blickte zur Bedienung, die hilflos zurücksah. Sie steckte ihre Zigaretten ein, um zu gehen, da tauchte einer der Rocker an ihrem Tisch auf.

»Gibt's Ärger?«

»Hau ab«, sagte der Araber mit der komischen Frisur.

Ohne Vorwarnung schlug der Rocker zu, der Araber kippte samt Stuhl vor seinen Begleiter, und die beiden fielen auf den fleckigen Teppichboden. Als der erste hochsprang, traf ihn ein Billardqueue im Rücken. Mit einem Schrei knickte er neben seinem Freund zusammen, der sich heulend die Backe hielt; die Rocker standen im Kreis um die Araber.

»Nu schmeißt se doch schon raus«, sagte eine Frau lakonisch und strich sich ihr langes blondes Haar hinters Ohr.

»Gnädige Frau, sie jestatten?« fragte der Anführer Florence.

Dann packten die Rocker die Araber an Armen und Beinen und schmissen sie vor die Türe.

»Ich kann se nich ab, die Kanaken«, sagte die blonde Frau und bückte sich nach den zersplitterten Enden des Billardstockes. Auf den Jacken der Männer war mit

Nieten: Eagles eingestanzt und darunter: MCB. Sie spielten wieder Billard.

Florence sah durch die rauchgetrübten großen Scheiben nach draußen, doch die Araber waren verschwunden. Schulkinder mit poppigen Ranzen trödelten vorbei, eine Politesse schrieb Falschparker auf. Florence legte zwei Mark auf den wackligen Tisch. Die Gläser der ungeschickten Kavaliere standen auch noch da, und auf der Oberfläche des Tees schwamm mittlerweile ein dunkler Film.

Das Licht auf der Straße war blendend hell. Sie blinzelte und warf den Schal um ihren Hals. Es war kurz vor zehn.

»Da isse wieder!« rief eines der Hinke-Pinke spielenden Mädchen.

»Wer, wo?«

»Na, die Freundin von Wilhelm.«

»Wilhelm hat keene Freundin!«

»Und warum kommt se dann jeden Tag?«

»Du hast überhaupt keine Ahnung!«

»Aber zwei Augen«, sagte die Kleine rotzig, sie warf den flachen Stein in eines der mit Kreide auf den Asphalt gemalten Quadrate und hüpfte hinein.

Florence Blumenfeldt holte tief Luft und drückte den Perlmuttknopf über dem Namensschild. Niemand rührte sich in der Wohnung. Sie klopfte an die Türe. Erst als sie Alarm schellte und die Glocke in Wellen durchs Treppenhaus schnarrte, hörte man ein Rumoren, Stimmen, schleifende Schritte.

Mertens riß die Türe auf, er schwankte ein wenig. Florence musterte ihn lächelnd. Er trug einen geblümten Damenslip und sonst nichts.

»Guten Morgen.«

»Ich, äh, ich war gestern noch geschäftlich unterwegs.«

»Aha.«

»Komm doch rein.«

»Wenn du mich läßt.«

Als Florence an Mertens vorbei in die Wohnung trat, hüllte sie augenblicklich eine Parfumwolke ein.

»Moschus!«

»Wie bitte?« fragte Mertens und schloß die Tür.

Florence schnupperte an seinem Hals.

»Die Dame muß in ihrem Flakon gebadet haben.«

Mertens sah an sich hinunter.

»Entschuldige mich bitte einen Moment.«

Er ging ins Schlafzimmer. Sein Gesicht erschien noch einmal kurz im Türrahmen.

»Setzt du Kaffee auf?«

In der Küche hörte Florence Gesprächsfetzen. Sie verhielt den Atem und lauschte.

»Rita!« rief Mertens. »Rita, die Nacht ist vorbei, die Arbeit wartet.«

Eine verschlafene Stimme grummelte unter der Bettdecke.

»Rita, Schätzchen, Onkel Wilhelm muß aufstehen.«

»Kann ich nicht wenigstens ausschlafen«, sagte die Frauenstimme in einem Ton, der nichts zu wünschen übrig ließ.

Florence blätterte gedankenverloren in einem Stapel Post auf dem Küchentisch, als ein verschmierter Mund neben ihr auftauchte.

»Wer sind'n sie?«

»Angenehm«, sagte Florence höflich.

Rita trug Wilhelms Oberhemd, an dessen Kragen die

Spuren ihres Lippenstifts klebten. Mertens kam im Bademantel in die Küche und faßte Rita um die Hüften.

»Darf ich die Damen miteinander bekanntmachen?«

»Nimm deine Wichsgriffel weg«, sagte Rita und schlug auf sein Handgelenk.

Wahrscheinlich hatte sie von ihm anderes erwartet, jedenfalls nicht das, was nun folgte. Mertens packte sie beim Oberarm und zerrte sie durch die Wohnung, dann fiel die Eingangstüre ins Schloß. Mertens sagte ganz ruhig: »Bin gleich soweit« zu Florence, holte Ritas Siebensachen aus dem Schlafzimmer und warf sie ins Treppenhaus. Rita trommelte mit ihren Fäusten vor das Holz, und Schreie wie ›Drecksau‹ und ›Schwein‹ hallten durch den Aufgang.

»Entschuldige bitte das Intermezzo«, sagte Mertens und setzte sich. Florence nahm zwei Tassen von einem Metallregal und schenkte ein.

»Mir scheint, das Fräulein war geschäftlich unterwegs.«

»Wie man's nimmt.«

»Die Nachbarn freut's.«

»Haben die Spießer was zum Tratschen«, grinste Mertens.

»Was wären die ohne mich?«

»Was wären wir alle ohne dich, Wilhelm?«

Florence setzte sich auf die flache Marmorfensterbank und schlug knisternd die Beine übereinander. Die Wintersonne fiel warm auf ihren Rücken. In ihren Strahlen schwammen zahllose Rauchteilchen.

Rita gab nicht auf, sondern steigerte ihr Klopfen zum Stakkato, jetzt trat sie auch gegen die Türe und schellte. ›Du mieser Vogel‹ und ›Scheißtyp‹ drang durch die Ritzen. Mertens zog die Schultern hoch.

»Die hat gleich ihr Pulver verschossen.«

»Du bist doch ein Schwein«, sagte Florence tonlos.

»Comme il faut«, und er behielt recht. Rita sah die Sinnlosigkeit ihrer Bemühungen ein.

»Dein Geschmack läßt nach!«

»Belehr' mich nicht über Geschmack«, sagte Mertens anzüglich. Florence sah ihn wütend an.

»Richtig, sonst hätte ich nie deine Bekanntschaft gemacht.«

»Wer weiß, wozu es gut ist.«

Mertens drückte fahrig seine Zigarette auf einer Untertasse aus und legte ein Ende des Bademantels über seine Beine.

»Wir sollten ein anderes Thema wählen«, lenkte Florence ein. Sie wollte Streit vermeiden, obwohl sie seit Monaten stritten, und manchmal konnte Florence einen lange gehegten Haß nur mühsam zügeln.

»Gerne«, sagte Mertens.

»Gut. Hast du für morgen alles vorbereitet?«

Mertens nickte.

»Die Mikrofilme?«

»Sag mal, für wen hältst du mich?«

»Die Anlage ist schon unterwegs?«

»Sicher.«

»Der Prozessor geht über Südafrika?«

»Wie immer!«

»Rassistenpack.«

»Wie bitte?« fragte Mertens.

»Rassistengesindel«, sagte Florence lauter.

Mertens wußte nicht, ob er brüllen oder lachen sollte. Er entschied sich zu ätzen.

»Die aufgedunsenen Negerkinder im Ghetto von ...«

»Sei still!« schrie Florence und sprang von der Fensterbank.

»Was soll der moralische Quark? Wir verkaufen den Rechner ja nicht den Buren.«

»Halt den Mund!« Florence' Stimme überschlug sich. Sie baute sich mit gekreuzten Armen vor ihm auf.

»Du widerst mich an. Aus. Schluß.« Sie schlug mit der flachen Hand vor die Küchenwand. Mertens stand hinter ihr und wollte sie beruhigen. Sie schüttelte sich.

»Ich steige aus.«

»Gut«, sagte Mertens leise.

»Das ist das letzte Mal...«

»Ich habe dich verstanden.«

»Was?«

»Du machst nicht mehr mit. Und? Was soll die Szene?«

»Du glaubst, das wäre so einfach?«

»Ist es nicht?« Mertens versuchte ein besorgtes Gesicht. »Komm, setz dich wieder.«

Langsam lehnte sich Florence wieder vor die Fensterbank.

»Weiß Steenbergen davon?«

Florence nickte zögernd.

»Also was? Weiß der alte Sack von deinem Entschluß?« intrigierte Mertens.

»Red' nicht so von Onkel Pieter«, brauste sie auf.

»Bitte tausendmal um Verzeihung.«

Mertens bot ihr eine Zigarette an.

»Komm, Florence, ist doch alles halb so wild.«

Diesmal wich sie nicht zurück, als er neben ihr Platz nahm und einen Arm um sie legte.

»Ich kann deinen Entschluß verstehen«, fuhr er nach einer kleinen Pause fort. Sie wandte den Kopf. Seine blonden Bartstoppeln funkelten eigenartig in diesem Licht. Er drückte sie an sich.

»Ich verstehe das, wirklich.«

»Du scherzt, Wilhelm, nicht?«

»Mein ganzer und voller Ernst, ich schwöre es.«

»Tu das nicht«, warnte Florence.

Mertens lachte.

»Sicher, nicht schwören.«

Florence löste sich aus seiner Umarmung und zog einen Schnellhefter aus ihrer Tasche.

»Wir sollten mal den Transport der Bilder und Fayencen durchgehen.«

»Richtig, eh' wir's vergessen, der Transport der Bilder.« Mertens schnitt eine verschwörerische Grimasse.

»Ich glaube, ich weiß, wer den Oelze aus der Akademie transportiert hat!«

»Was ist das? Ein schlechter Scherz?«

»Wahrscheinlich! Ein ganz schlechter Scherz, aber was soll ich machen?«

»Könntest du dich klarer ausdrücken?«

»Ich weiß, wer den Oelze hat.«

»So?«

»Genau. Dein sauberer Freund Lacan.«

»Wie bitte?«

»Lacan heißt er doch, oder?«

»Bernhard?« Sie schüttelte sich vor Lachen.

Mertens hatte sich eine neue Zigarette angezündet und sah dem Rauch nach, wie er sich zur Decke drehte.

»Nimmst du Drogen, Wilhelm?«

»Mitnichten, meine Liebe, mitnichten.«

Florence deutete vorsichtig in Richtung Schläfe.

»Aber dir geht's gut?«

»Hör zu: Ich bin gestern abend noch in der Domino-

Bar vorbei, und gerade, als ich ankomme, wen seh ich rauskommen? Lacan, völlig besoffen. Ein göttliches Schauspiel!«

Die letzten Worte ließ er sich auf der Zunge zergehen.

»Er konnte sich kaum noch auf den Beinen halten, weißt du...«

»Gut«, unterbrach ihn Florence nervös. »Und weiter?«

»Wen treff' ich in der Bar?«

»Wen?«

»Seinen Freund Jan und dessen Schatten Keitel, beide genauso dicht wie dein Liebhaber.«

Mertens inhalierte den Rauch der Zigarette bis in die Lungenspitzen und preßte ihn mit einem ungesunden Geräusch hinaus.

»Wir kommen so ins Gespräch, also, ich versuche, Jans Lallen zu entschlüsseln, und stell dir vor, was dabei rauskommt? Lacan soll den Oelze eigenhändig von der Wand gepflückt haben.«

»Das ist doch dummes Zeug.«

»Kann sein, kann nicht sein. Woher weiß er denn, daß das Bild geklaut worden ist?«

»Vielleicht siehst du dir heute mal die Schlagzeilen der BZ an!«

»Ach ja? Egal! Heute, verstehst du, gestern wußte es keiner, gestern stand nur eine kurze Notiz im Tagesspiegel, und ausgerechnet die hat Lacan gelesen und sich dann eine Geschichte dazu ausgedacht? Das glaubst du doch selbst nicht.«

Florence schwieg mit bleichem Gesicht.

»Ich kenne alle Einwände«, sagte Mertens. »Suffgeschichten und so weiter und so fort. Dein Freund mag Fehler haben«, er sah sie bedauernd an, »aber ein Schwätzer ist er nicht.«

»Und warum erzählt er solch einen Blödsinn?«

Mertens lächelte böse.

»Koka macht gesprächig. Da sollen schon Einsiedler ihre Gelübde vergessen haben.«

»Was folgt daraus?«

»Daraus folgt, daß du ihm mal auf den Zahn fühlst. Sagt man so? Vielleicht ist an der Geschichte nichts dran, wenn aber doch ... der norddeutsche Lloyd ist nicht knausrig, erspart man ihm Schwierigkeiten.«

Wen willst du eigentlich erpressen? dachte Florence.

»Das hört sich alles unwahrscheinlich an.«

»Ich habe schon Pferde auf dem Weg zur Apotheke kotzen sehen, reicht das?«

»Das reicht!«

»Wir beide wären fein raus, wenn wir das Bild hätten«, sagte Mertens.

»Tatsächlich?«

»Daran besteht kein Zweifel!«

Florence schüttelte den Kopf.

»Warum soll ausgerechnet Lacan den Oelze geklaut haben?«

»Warum, warum? Ich bin kein Psychologe. Vielleicht hat er Schulden.«

»Es gibt einfachere Wege zum Geld, als nachts in die Akademie einzusteigen.«

»Interessiert doch alles nicht. Versuch' rauszufinden, ob die Information stimmt – das ist wohl nicht zu schwierig. Du weißt doch: Besoffene und kleine Kinder sagen die Wahrheit.«

Florence war skeptisch, aber die Geschichte war zu verrückt, um völlig erfunden zu sein.

»Wann siehst du ihn?«

»Heute abend.«

»Sehr gut«, sagte Mertens, »ausgezeichnet.«

Mertens brachte Florence zur Tür.

»Es bleibt dabei?« fragte er.

»Natürlich«, sagte Florence und betrachtete im Vorübergehen einige Drucke an der Wand des Flurs.

»Die sind schön!«

»Keine Frage«, sagte Mertens gönnerhaft. »Guter Geschmack ist nicht alleine dein Privileg.«

»Ich glaube, Wilhelm, da stehen wir uns in nichts nach.«

»Deshalb passen wir ja so gut zusammen.«

Mertens nahm Florence in die Arme und versuchte, sie zu küssen, doch sie drehte ihren Kopf zur Seite. Sie trat zurück und sagte mit spitzem Mund:

»Was zu beweisen war!«

»Bis dann, amore!«

»Bis dann«, lächelte Florence, und Mertens schloß die Türe. Zwei Treppen tiefer saß Rita mit verflenntem Gesicht und sortierte den Inhalt ihrer Handtasche. Florence wunderte sich, daß sie noch nicht gegangen war, und setzte sich neben sie auf die Stufe.

»Der ist manchmal etwas komisch.«

»Hau ab, du Tussi!« blökte Rita.

»Dann eben nicht«, sagte Florence mitleidlos und verließ das Haus.

Der Heizlüfter konnte die Wände des Zimmers nicht trocknen. Von der Decke wellte sich die bunte Tapete bis zur Hälfte herunter. Umberto lag in Wolldecken gehüllt in einer Ecke, vor ihm auf den hölzernen Dielen flimmerte ein tragbarer Farbfernseher. Seit Wochen hatten er und May schon kein Geld mehr für Kohlen, seit zwei Tagen lebten sie von heißem Wasser, in das sie die Reste eines großen Bouillonwürfels bröckelten. Nebenan in der Küche stand Mays Syntheziser auf einem runden Blechtisch, den sie in einer Sommernacht vor einem Café geklaut hatten. Von dem Kopfhörer über Mays Ohren pendelte ein Kabel zu einer der vielen Buchsen im Aufbau des Geräts. Sie wiegte sich im Takt der programmierten Töne. Hinter ihr brannten zischend die vier Flammen des Gasherds.

Umberto und May hatten sich geschworen, den Syntheziser und die Rhythmusmaschine auf keinen Fall zu versetzen. Umberto hatte Fieber. Auf seiner Stirn stand Schweiß, und er fror. Umberto kam aus Bari und wollte um keinen Preis mehr dorthin zurück. May war Amerikanerin. Sie hatten sich in London im Vorzimmer eines Agenten für Studiomusiker kennengelernt. Beide hatten vergessen, warum sie vor einem Jahr nach Berlin gezogen waren. Durch den engen Schacht des Hinterhofs fiel nur wenig Licht, das von den Eisblumen an den Scheiben seltsam gefiltert wurde, so war es stets dämmrig in der kleinen Wohnung.

Umberto schaltete den Fernseher aus und pellte sich aus den Decken. In der Küche hielt er die Hände über die Herdflammen, dann trat er zu May, die ihn in die Arme nahm.

»I feel like shit«, sagte er.

»What shall we do?«

»Non lo so«, Umberto schüttelte resigniert den Kopf.

»We need money.«

»Really?«

»There is nothing left to bring to the Pfandhaus?« fragte sie und preßte ihn an sich.

»The television set.«

»O no, not the television.«

»Fucking city«, seufzte Umberto. »Schifo, schifo, schifo.«

May ließ ihn los und klatschte in die Hände.

»I've got an idea! Remember your friend from the radio. Let's phone him, he'll help us. Remember how he helped us last September.«

Umberto sah sie aus geröteten Augen an.

»Are you sure the telephone is still working?«

»Come on, let's try it. Where is the number?«

Umberto entfaltete einen befleckten Zettel, der vor dem Fernsehgerät lag. May wählte, Umberto stand neben ihr, die Arme um den fiebernden Körper geschlungen.

»He is not home.«

»Of course he is at home. I think he is sleeping.«

May gab die Hoffnung nicht auf. Sie drückte die Gabel herunter und wählte noch einmal.

Zuerst glaubte Lacan, eine Sirene würde heulen, und er zog ein Kissen über die Ohren, aber eine Sirene konnte unmöglich in seinem Schlafzimmer sein. Allmählich drang der Verkehrslärm in sein Bewußtsein, auf der Kantstraße war Hochbetrieb. Mit verklebten Augen sah er zum Wecker: 11 Uhr 48. Die Ziffern blinkten im Sekundentakt. Er schleuderte das Kissen ins Zimmer, ohne zu wissen, wo das verfluchte Telefon stand. Dann kniete er sich auf die Matratze und klemmte den Kopf zwischen die Beine. Seine Schläfen hämmerten. Das erste, was ihm einfiel, war der Termin mit Leschek, doch das hatte noch Zeit. Lacan schleppte sich in die Küche, fiel auf den Hocker und stützte den armen Kopf in die Hände.

»I have a feeling that he is at home«, sagte May, nachdem sie den Hörer wieder aufgelegt hatte. »We'll go to meet him.«

Ihre Energie überwältigte Umberto. Sie krochen in ihre Pullover und Mäntel, und Umberto stellte den Heizlüfter ab.

Das Letzte, an das Lacan sich erinnerte, war die Fahrt in die Domino-Bar, wo er, richtig, Jan und Keitel getroffen hatte, und das verteufelte Pulver. Als er darüber nachdachte, was sie so geredet hatten, wurde ihm heiß und kalt. Er hatte eine dunkle Ahnung, die er nicht wahrhaben wollte. Er wählte Jans Nummer. Es klingelte zwanzig Mal, bis sich ein heiseres ›Ja‹ meldete. Lacan räusperte sich.

»Hhmmh, hier ist Bernie, alles klar?«

Schlaftrunkenes Gestammel am anderen Ende, dann: »Bist du blöd, oder was?«, und heftiges Atmen.

»Wollt' nur mal fragen, wie's denn so geht.«

»Genauso schlecht wie dir«, röchelte Jan.

»Ich meine nur... ich glaube, ich habe mächtige Scheiße gefaselt.«

»Wissenschaftliche Vorträge hatte ich gestern nacht auch nicht erwartet«, sagte Jan ungehalten. »Kann ich jetzt weiterschlafen?«

»Also, Jan, weißt du, ich kann mich nicht erinnern, was ich alles erzählt habe.«

»Herrgott, ich auch nicht, und Keitel schon gar nicht. Was willst du eigentlich wissen?«

»Ich, äh..., ich wollte nur fragen, ob ihr alles gut überstanden habt?«

»Ich lebe noch!«

»Na, denn schlaf weiter. Bis bald.«

Lacan hielt den Hörer noch einige Augenblicke am Ohr, nachdem die Leitung schon frei war. Beruhigt hatte ihn das Gespräch nicht. Er schluckte zwei Aspirin und duschte. Seine Knie waren weich wie Knetgummi. Bevor er die Wohnung verließ, warf er einen Blick in den Kühlschrank, wo kalt und friedlich »Die Gehörnten« Richard Oelzes lagen.

Im Treppenhaus zählte Lacan sein Geld; in der Jackentasche klimperten ein paar Münzen, alles zusammen 4,80. Auf dem ersten Absatz blieb er stehen, weil ihn plötzlich schwindelte.

»Wie ein alter Mann, Lacan«, sagte er zu sich selbst. »Mit Krampfadern und Arteriosklerose, es ist einfach widerlich.«

Er stemmte energisch die Hände in die Hüften und sah zur Decke, von der Putz rieselte. Im obersten Stockwerk arbeiteten Handwerker, und aus ihrem Transistorgerät lärmte der Werbefunk, und dann spürte Lacan die Geldscheine in seiner Hosentasche. Mit spitzen Fingern zog er die beiden Fünfziger ans matte Flurlicht. Sie waren tatsächlich noch gerollt, und es gab nur eine Erklärung: Sie gehörten Keitel, und Lacan hatte sie auf der Toilette der Domino-Bar nach den letzten Lines eingesteckt.

Keitel würde sie nicht vermissen, wenn er sie gestern nacht schon vergessen hatte. Die Entdeckung gab dem Tag eine ganz neue Wendung. Der Schwindel ließ nach. Lacan ging rasch nach unten, und diesmal wählte er ohne Zögern den Vordereingang des Hauses. Blinzelnd sah er hoch zum wolkenlosen Januarhimmel, das sah nicht schlecht aus. Zuerst bekäme Siebert eine Anzahlung auf seinen Zettel.

Der Gemüsehändler wischte mit rotem Kopf durch seinen Laden, um den Matsch, den seine Kundschaft hereintrug, wieder nach draußen zu befördern. Als er Lacan sah, hielt er ein und stützte sich schwer atmend auf den Schrubber.

»Die Sonne jeht auf!«

»Tja, Herr Siebert, ne Frage des Standpunkts.«

Lacan streifte die Schuhe auf der Matte ab und trat ein.

»Sie wollten doch nicht...« fragte Siebert und trocknete die Hände an seiner grünen Schürze.

»Ich wollte, ob sie's glauben oder nicht.«

Siebert war hinter die Theke gegangen, und Lacan legte einen Fünfziger auf die Glasplatte, unter der die Markenzeichen exotischer Waren klebten.

»Erste Rate. Soviel kann's ja nicht mehr sein.«

Siebert kramte in einer unaufgeräumten Schublade, bis er Lacans Block gefunden hatte. Er setzte seine Brille auf und addierte murmelnd, und sein Zeigefinger fuhr die Rechnung rauf und runter.

»137,40, um janz jenau zu sein!«

»Den Rest zahl ich am Wochenende«, sagte Lacan, und Siebert entgegnete trocken:

»Ihr Wort in Jottes Muschel.«

Dann packte er den Schein in seine Registrierkasse und fragte:

»Wat darf's denn sein?«

Lacan zählte Münzen auf das Glas und sagte:

»Halbes Pfund Kaffee.«

Siebert stieg ächzend auf eine Trittleiter. Er hatte die Packungen da oben in Form einer Pyramide gestapelt, der nun die Spitze fehlte.

»Allet?«

»Das reicht für'n Augenblick.«

»Am Wochenende, ja?«

»Sie können sich auf mich verlassen«, log Lacan und verließ den Laden.

Nebenan stand Mahmut frierend auf der Schwelle. Er breitete die Arme aus und kam ihm entgegen.

»Alles klar?« fragte er in seinem Akzent, der das R mit der Zunge vorne am Gaumen rollte.

»Was denkst du denn, Alter«, antwortete Lacan, und Mahmut schob ihn in seinen Laden. Er kam gleich zur Sache.

»Krieg' noch Platten von dir, war abgemacht, ne?«

»Bekommst du ja auch, aber sag erst mal, wieviel du von der letzten Lieferung verkauft hast.«

»Geld hab ich schon gegeben«, wiegelte Mahmut ab, doch Lacan setzte nach.

»Ich war ja seit 'n paar Tagen nicht mehr da, vielleicht haste noch was verkauft.«

Wie alle Araber verteidigte sich Mahmut in einem weinerlichen Traust-du-mir-etwa-nicht?-Tonfall.

»Kannst ja nachzählen. Ich mach nur ehrliche Geschäfte.«

»Hat auch niemand was anderes behauptet!«, doch Mahmut wollte ihn zu seinem Plattensortiment ziehen und wiederholte:

»Los komm, sieh an! Ich betrüg nicht.«

»Mahmut, ich glaube dir ja. Laß gut sein. Und die versprochenen Platten kriegst du auch noch. Am Wochenende sehe ich die neuen Promoexemplare durch. Kannst dich auf mich verlassen, weißt du doch.«

»Sicher, Bernhard, weiß ich.«

Mahmut machte sich an einer Kommode zu schaffen, aus der er eine Flasche und zwei Gläser holte.

»Magst du ein' Raki?«

Ohne Lacans Antwort abzuwarten, schenkte er ein. Sie

stießen an, und Lacan dachte, der Schnaps würde ihm den Magen verbrennen. Das Wasser stieg ihm in die Augen, doch dann fühlte er sich glänzend.

»Was macht deine Frau?«

»Der geht's gut. Bald kommt der Junge.«

»Du weißt ja Bescheid.«

»Ne, ne, spür ich.«

»Und wie läuft der Laden?«

»Ich bau um. Mehr Antiquitäten und so. Will weg von Trödel.«

Träum' du nur, dachte Lacan, als Mahmut ihm seine großen Pläne auseinanderlegte.

»Mahmut, ich muß wieder.«

»Denkste an die Platten, ja?«

»Ich denke an die Platten«, sagte Lacan.

»Wochenende, ja?«

»Oder Montag.«

»Alles klar.«

Lacan knöpfte seine Jacke zu und wandte sich in Richtung Zeitungskiosk, Schulkinder rempelten ihn, als sie ihn im Laufschritt überholten. Lacan bückte sich, um seine Zigarette aufzuheben, da entdeckte er May und Umberto. Die beiden kamen rasch näher, May hatte Umberto untergehakt. Lacan erschrak über sein eingefallenes Gesicht und die Ränder um seine Augen. Umberto küßte ihn zur Begrüßung, die Bartstoppeln kratzten an Lacans Wangen.

»How are you?« fragte er.

May lächelte verlegen und hob die Schultern. Als sie Lacan die Hand gab, machte er eine unwillkürliche Bewegung nach vorne, um Umberto aufzufangen, als verliere der Italiener den Boden unter den Füßen, würde er nicht von jemandem gehalten werden.

»We need money«, sagte Umberto müde.
»You look bad«, sagte Lacan.
»I've not eaten since two days and I have fever.«
»You should go to bed.«
May, die wieder ihren Arm um Umberto gelegt hatte, fragte:
»Can you lend us some money?«
»Of course!« Lacan holte den zweiten Fünfziger aus der Tasche.
»We ought to leave this city but we don't have any money, not even for bread.«
»This is all I have right now«, sagte Lacan hilflos.
»It's okay«, entgegnete Umberto. »You are a friend.«
»What are you going to do now?«
»We don't know«, sagte May. Sie wußten einfach nicht weiter. Umberto umarmte Lacan und drückte ihn fest an sich. Er drehte sich grußlos um, May folgte ihm, dann waren sie in der Menge verschwunden.

Lacan war froh, den beiden das Geld gegeben zu haben. Umberto gehörte nach Bari und May nach Arkansas, was hatten sie in Berlin verloren? Aber niemand konnte mehr dort leben, wo er geboren war, und diese halbe Stadt war ein sonderbarer Magnet, der auf Verzweiflung und verratene Träume gepolt war.

Lacan fischte die restlichen Geldstücke aus der Hose und wollte sie ins Fenster der Zeitungsbude legen, als ihn die Schlagzeile der BZ mit aller Wucht traf. Augenblicklich schraubte sich der Schwindel wieder in seinen Kopf. Auf einer Papptafel klebte die Titelseite des Boulevardblattes: ›Rififi im Tiergarten‹ fettgedruckt, und darunter: ›Einbruch in der Akademie‹. Links war ein kleines Foto, auf dem der Assistent von Dr. Kleinschmid eine Reproduktion des Oelze in die Kamera hielt: ›Dieses Bild fehlt‹. Bei schwerem Seegang nahm Lacan ein Exemplar vom Stapel. Hinter der reißerischen Titelseite verbarg sich ein magerer Bericht im Blattinneren, der das längst Bekannte schilderte. Nichts stand da über die Täter oder ob es Spuren gebe, doch für Lacan war die Meldung der Beweis, daß die halbe Berliner Polizei auf seinen Fersen saß, aber da überschätzte er die Berliner Polizei. Der Artikel schloß mit dem Satz: Von Fachleuten wird der Wert der ›Gehörnten‹ auf 150 000 Mark geschätzt.

Lacan machte Kaffee und lief unruhig in der Küche auf und ab. ›Rififi im Tiergarten‹. Die sind doch durch die Decke gekommen, dachte Lacan, aber das änderte auch nichts. Er holte das Bild aus dem Zanussi und lehnte es auf dem Tisch an die Wand. Wenn man es geschickt genug anstellt, ließe sich der viertel Quadratmeter Leinwand in eine ordentliche Summe Geld verwandeln.

»Reicht es nicht, daß Hartmann tot ist?« beschwor sich Lacan. »Willst du jetzt auch noch die Versicherung erpressen? Oder diesen Steenbergen?«

Warum eigentlich nicht? Die Vorstellung, keine Schulden mehr zu haben, wuchs sich in Sekundenschnelle zu einigen Monaten paradiesischen Müßiggangs im Süden aus. Bild gegen Geld – eine einfache Operation. Irgendwann würde man Hartmann finden, sicher, na wenn schon. Wenn man ihn in seiner Büchse findet, willst du nicht dabeisein, dachte Lacan, und dann stand sein Entschluß fest.

Es war nicht sehr weit zur Domino-Bar, wo sein Auto noch stand. Der blaue Himmel und die kalte Luft erheiterten Lacan, und er freute sich, welch griesgrämige Gesichter die Leute zogen. Es gab doch nur das Leben.

Leschek haßte seinen Vornamen. Er hieß Günter, aber selbst seine Frau nannte ihn nur Leschek. Wenn er sich vorstellen mußte, verschluckte er die ersten Silben seines Namens in einem unverständlichen Genuschel. Leschek las gerade in einem Brief, der mit ›Lieber Günter‹ begann, als es klopfte und Irene Rabbia eintrat.

»Magst du Kaffee?«

Leschek nickte und winkte sie zu sich. Irene stellte eine häßliche Steinguttasse vor ihm ab und setzte sich auf die Tischkante.

»Wo ist Lacan?« fragte Leschek.

Irene lächelte spöttisch.

»Vor zehn Minuten hat er sich rasiert, vor einer Stunde lag er noch im Bett, und gestern abend war er im Tanzpalast. Seitdem habe ich ihn nicht mehr gesehen. Vielleicht gibst du eine Vermißtenanzeige auf!«

»Ich mache mir Sorgen.«

»Um Bernhard? Katzen haben sieben Leben«, aber überzeugend hörte sie sich nicht an.

Leschek sah sie verblüfft an, und Irene verbesserte sich.

»Naja fünf, wenn man es realistisch betrachtet.«

Ohne weiter darauf einzugehen, fragte er:

»Hörst du eigentlich Radio? Unser Programm zum Beispiel?«

Irene zögerte einen Augenblick.

»Soll ich ehrlich sein?«

Leschek ermutigte sie wie ein Huhn, das zu fliegen versucht.

»Leschek, ich bitte dich, willst du's wirklich wissen?«

»Nein!«

Leschek wirkte ungewöhnlich zerstreut.

»Hält dich etwas in Berlin?« fragte er unversehens, und Irene wußte nicht, was sie darauf antworten sollte.

»Gefällt dir die Arbeit?«

»Es gibt Schlimmeres«, sagte Irene.

Leschek nahm einen tiefen Zug an seiner Selbstgedrehten.

»Ich höre Ende des Jahres hier auf.«

Irene verstand nicht so recht.

»Was meinst du?«

»Wir gehen nach Stuttgart, du bist die erste, der ich es sage.«

»Was wollt ihr denn in Stuttgart?« fragte sie erschrokken.

»Kommst du mit? Ich kann eine Sekretärin mitbringen.«

Mit gerunzelten Brauen beobachtete Irene, wie sich Lescheks Hemd über seinen Bauch spannte.

»Du verläßt also das sinkende Schiff.«

»Ich muß weg hier!« Leschek drückte die Zigarette aus und trat ans Fenster.

»Privater Sender?«

Leschek ging zaudernd auf und ab.

»Du hast doch auch einen Sohn?«

»Und?«

»Meinst du nicht, daß es für ihn besser wäre, woanders aufzuwachsen?«

»Wo ist es schon gut?«

»Hier nicht. Jedenfalls kannst du mitkommen, wenn du willst. Eine Stelle ist für dich reserviert.«

»Das kommt etwas plötzlich.«

Leschek fuhr herum.

»Für mich auch, aber es geht nicht anders.«

Er senkte seine Stimme.

»Entschuldige.«

»Schon gut.«

»Bernhard bringst du am besten gleich mit.«

»Der ist schon groß.« Irene hatte es kaum ausgesprochen, als sie laut zu lachen begann, und Leschek lachte auch. Dann schneuzte er sich.

»Du hast Zeit genug, darüber nachzudenken.«

Irene stand auf.

»Ich werde es mir überlegen.«

»Und... behalt's für dich.«

»Sicher. Sonst noch was?«

»Wenn Bernhard kommt oder anruft: Ich will ihn sprechen.«

Irene Rabbia saß nachdenklich vor ihrer Schreibmaschine. Wenn Lacan ginge, ginge sie auch. Wirklich? Konnte man sich auf ihn denn verlassen? Auf wen konnte man sich schon verlassen?

Sie sah sich in dem geräumigen Büro um. Flegel hockte in einer Ecke und blätterte in einem Manuskript, sonst war niemand da. Irene hatte einen Kloß im Hals. ›Neu anfangen‹, wie blödsinnig sich das anhörte, aber daran mußte sie immer wieder denken. Und sie dachte an Lacan. Sie wollte ihn haben und sie würde ihn bekommen. Es wurde Zeit, in die Kantine zu gehen.

Florence Blumenfeldt ging das Gespräch mit Mertens nicht aus dem Sinn. Die Vorstellung, Lacan sei im Besitz des Oelze, war zu verlockend, und je länger sie darüber nachdachte, je mehr befürchtete sie, er könne ihre Verabredung am Abend vergessen haben, bis sie schließlich neben einer Telefonzelle hielt, aber er war nicht zu Hause, und sie setzte ihren Weg zur Universität fort.

Das Institut für Kunstgeschichte lag in einem langen, viergeschossigen Betonbau, in dessen Erdgeschoß ein labyrinthischer Verbrauchermarkt eingerichtet war. Nichts erinnerte mehr an Universität, keine bemalten Bettlaken vor den Fenstern, keine Büchertische in den Gängen, keine Graffiti an den Wänden, lediglich im Aufzug hatte ein letzter Mohikaner das RAF-Emblem mit einem Schlüssel ins Metall geritzt; die Neongänge und die abwaschbaren Bürotüren links und rechts hätten auch in einer beliebigen Etage der Landesversicherungsanstalt sein können.

Professor Wagenknecht erwartete sie bereits. Er war ein hagerer Mann mit Stirnglatze, dessen Alter sich seit zwanzig Jahren nicht verändert hatte. Auf seinem Schreibtisch stand eine halb geleerte Flasche Tuborg Bier, und im Aschenbecher lag eine kalt stinkende Pfeife. Er bot Florence den einzigen Stuhl im Zimmer an, nachdem er ihn von einem Stapel Bücher befreit hatte.

»Haben sie es sich überlegt?«

»Ja. Ich würde die Stelle gerne annehmen.«

»Das freut mich. Sehr sogar.«

Er nahm die Pfeife und begann, sie zu stopfen.

»Sie gestatten doch?«

»Natürlich.«

»Den Vertrag können sie mit meiner Sekretärin durchgehen. Ich habe mit dem Personalrat und der Einstellungskommission gesprochen, es gibt keine Bedenken.«

»Das ist schön«, sagte Florence kühl.

Professor Wagenknecht blinzelte sie an.

»Ich will Ihnen nicht zu nahe treten, aber vor Begeisterung scheinen sie nicht zu platzen.«

»Wissen sie, ich...«

»Frau Blumenfeldt, sie schulden mir keine Erklärungen. Was macht übrigens die Rolle der Boheme im Fin de siècle?«

»Meine Dissertation?«

Wagenknecht nuckelte an seiner Pfeife, deren Rauch immer noch stank.

»Ich habe mich in den letzten Tagen wieder mehr mit Benjamin beschäftigt und deshalb ...«

»Gut, gut. Bringen sie bei Gelegenheit ein paar Auszüge vorbei, ich lese ihren Stil mit Vergnügen«, sagte der Professor und meinte etwas ganz anderes.

Du täuschst dich gewaltig, dachte Florence.

»Die Sache in der Akademie tut mir leid für sie.«

»Wieso?«

»Sie haben die Ausstellung doch betreut, und sicher trifft sie der ganze Zorn des Sammlers, so, wie ich Kleinschmid, den Igel, kenne.«

Florence wollte »Lassen sie das getrost meine Sorge sein« sagen, doch:

»Unterschätzen sie da nicht Dr. Kleinschmid?« war die entschieden bessere Antwort.

»Ich möchte dem verehrten Kollegen nicht ... äh ...«, wand sich Wagenknecht. Dann trank er glucksend die Flasche aus. Florence stand auf.

»Sie gehen schon?« fragte Professor Wagenknecht enttäuscht.

Sie saß noch einige Zeit fröstelnd in ihrem Auto auf dem schummrigen Parkdeck im Untergeschoß und rauchte. Ein aufgeschwemmtes Paar schob einen Einkaufswagen aus dem Lastenaufzug und geriet in Streit. Hinten auf dem Wagen hockte ein schreiendes Kind, dessen Hals schon so dick war wie der des Vaters. Als die Eltern sich entschlossen, den Rest des Tages streitend vor dem Aufzug zu verbringen, startete Florence den Lancia und fuhr los.

Seit mehreren Minuten folgte ein Polizeifahrzeug Lacan. Er rutschte unruhig auf dem Sitz hin und her und versuchte, so unauffällig wie möglich zu fahren, Blinker links, Blinker rechts und nicht schneller als 60, aber auch nicht viel langsamer. An seinem Haaransatz klebten die ersten Schweißtropfen. Die Polizei ließ sich nicht abschütteln. Als er in eine Seitenstraße bog, gab der VW-Bus hinter ihm Gas, und die Kelle mit dem roten Blinklicht in der Mitte fiel aus dem Beifahrerfenster.

Lacan hielt am Bordstein, alles war verloren. Jeder mußte seine alte Fahne riechen, aber was spielte das noch für eine Rolle bei dem, was auf ihn zukam. Die Polizisten stiegen aus und näherten sich langsam. Der eine zurrte seine Mütze auf die Ohren und zückte einen Block. Wo waren die Handschellen? Lacan kurbelte lethargisch das Fenster herunter und lehnte sich aufs Blech. Sollte er sagen: O.K., ich geb' auf, wie man es aus einschlägigen Filmen kennt? Bevor der Beamte den Mund aufmachte, dachte Lacan noch: Laß ihnen die Genugtuung, dich gefunden zu haben.

»Tach Meister! Se wissen, warum wir se anjehalten haben?«

Lacan schüttelte in einem letzten Aufbäumen den Kopf.

»So, wissen se nich.« Er plusterte sich auf und schritt zur Amtshandlung.

»Ihr rechtet Bremslicht funksjoniert nich. Det wußten se wohl nich?«

Ein dämliches ›Oh‹ war Lacans Antwort.

»Is ja keen Beinbruch. Jeben se uns mal ihre Papiere.«

Während ein Polizist über Funk die Daten kontrollierte, belehrte der andere Lacan:

»Lassen se't reparieren und führen se den Wagen innerhalb von 10 Tagen bei ner Dienststelle vor. Ick schreib ihnen noch'n Zettel.«

Er reichte einen Mängelbogen durchs Fenster und verabschiedete sich. Jetzt perlte der Schweiß in kalten Rinnsalen über Lacans Gesicht. Eine Routinekontrolle. Sie hatten noch nicht einmal nach dem Warndreieck gefragt, niemand wußte etwas von seinem Geheimnis. Hinter ihm hupte ein Lieferwagen, und Bernhard fuhr weiter. Er wischte über seine Stirn und suchte den dritten Gang, sofern sein Opel überhaupt einen besaß.

»Du mußt ein wenig mehr Vertrauen in die Menschen haben«, flüsterte er sich ein. »Es sind nicht alle so schlecht, wie du denkst.«

Schneeflocken tanzten in der Luft, und Lacan wunderte sich, wo sie herkamen, so wolkenlos war der Himmel.

Schon von weitem sah man das Hochhaus des Senders, auf dessen Dach drei große dunkle Buchstaben das Blau zerschnitten.

Als Lacan ausstieg, hatte er immer noch ein leichtes Zittern in den Knien. Über dem Haupteingang hing an Stahlseilen ein Betonbaldachin, der von zwei Reihen flacher Neonröhren gerahmt war, die in der aufziehenden Dämmerung flackernd ansprangen. Der Pförtner saß in seiner Loge und las die BZ, als Lacan die Halle betrat.

»Immer dreister werden se, die Ganoven«, sagte er zu seinem Kollegen, der an einem Tauchsieder hantierte und plump nickte. Lacan fuhr mit dem Aufzug ins Archiv, um in einem Katalog nach Platten für die Sendung zu suchen, die Leschek ihm aufgezwungen hatte. Beim Lesen von

Namen wie ›Ruby & the cadillacs‹ befiel ihn ein großer Widerwille, und der Gedanke an Interviews mit Pomadenjünglingen und drallen Mittvierzigerinnen, die am Wochenende die Pettycoats auspackten, ließ seinen Arbeitseifer im Nichts verschwinden. Seine Lider klappten einfach zu, als hingen Gewichte daran. Er zündete verstohlen eine Zigarette an, und dann bekam er Lust auf ein Bier. Er drückte die Zigarette an seiner Schuhsohle aus, wedelte mit dem Plattenkatalog und schlich zum Ausgang. Wie die Dinge standen, würde die Sendung nie fertig werden. Vor dem Aufzug begegnete ihm Thomas Flegel, der einer brünetten Praktikantin das Haus zeigte.

»Aha, Bernhard, fleißig wie immer«, sagte Flegel. Lacan drängte sich an ihnen vorbei in den Aufzug.

»Darf ich bekanntmachen?« fragte Flegel, doch Lacan sagte gedehnt, Silbe für Silbe betonend:

»Fick dich ins Knie!«

Die Aufzugtüren schlossen sich, und das ›Wichser‹ verhallte dumpf in der Stahlkabine. In der Eingangshalle waren Telefonzellen. Irgendwann mußte es sein, warum nicht jetzt? Im Branchenbuch suchte er die Abteilung Versicherungen, und seine Nervosität stieg unangenehm an. Jemand pumpte eine Blase in ihm auf, und bevor er die Nummer des Norddeutschen Lloyd wählte, rülpste er so oft, bis sich sein Magen wie ein geplatzter Luftballon anfühlte. Von der Telefonistin ließ er sich verbinden.

»Maier-Brüninghaus!« schnarrte aus der Leitung.

Lacans Kopf war plötzlich ganz leer.

»Ja bitte, wer ist da?«

»Nicht so wichtig. Stimmt es eigentlich, daß der Oelze bei euch mit 150 Mille versichert ist?«

»Ja, nein, das heißt, wer sind sie? Wissen sie etwas?«

»Vielleicht hätte ich ein Angebot.«

»Ein Angebot?«

»Wieviel sind dem Lloyd ›Die Gehörnten‹ denn wert? Hunderttausend?«

Lacan spürte die Überraschung des Versicherungsagenten. Maier-Brüninghaus räusperte sich.

»Wir lassen mit uns reden. Können wir in Kontakt kommen?«

Soweit hatte Lacan nicht gedacht.

»Was zahlt ihr für das Bild?«

»Wir müßten eine Basis finden, aber wir sind da ganz offen. Wie sie sicher wissen ...« Maier-Brüninghaus versuchte, Zeit zu gewinnen. Das Gespräch dauert schon viel zu lange, dachte Lacan und sagte:

»Ich melde mich wieder«, und legte auf.

Der Weg zum Erpresser ist beschwerlich, und er hatte gerade das erste Lehrgeld bezahlt. Man muß wissen, was man will und wie man es will. Lacan lehnte sich erschöpft vor die Holzwand der Telefonkabine und blickte durch die getönten Scheiben. Er müßte sich einen Plan zurechtlegen. Noch saß er am längeren Hebel; wenn man nur Hartmann nicht fände.

In der Kantine reihte er sich in die Schlange am Buffet. Die beiden Frauen hinter der Theke arbeiteten atemberaubend langsam, aber hier schien jeder Zeit genug zu haben. Lacans Gier nach einem Bier wuchs mit jedem Schritt, den er sich vorschob.

»Wat darf's sein, junger Mann?«

»Zwei Bier.«

Als er nach einem freien Platz suchte, sah er Irene, die ihn beobachtet hatte. Sein Herz setzte aus und sprang holpernd wieder an. Sie lächelte und bot ihm mit einer Handbewegung den Stuhl neben sich an.

»Gut nach Hause gekommen?«

»Immerhin nach Hause gekommen«, sagte Lacan und stürzte die erste Flasche.

»Nachwehen?«

»Nimm's, wie du willst.«

»Du trinkst zuviel«, sagte sie ohne Vorwurf.

»Was soll das?« brauste er auf. »Natürlich, aber frag' mich nicht, warum.«

»Warum?«

Lacan hob den Kopf.

»Sieh dich doch mal um.«

»Seit einer halben Stunde.«

»Dann wundert es mich, daß du immer noch vor einem Kaffee sitzt.«

Sie sahen sich an. Lacan bemerkte zum erstenmal ihre schönen Augen, und Irene mußte sich beherrschen, um ihn nicht mitten in der Kantine zu umarmen und zu küssen. Lacan nippte an der zweiten Flasche.

»Du sollst zu Leschek kommen.«

»Was will der von mir? Jedesmal, wenn ich dich sehe, soll ich mal zu Leschek kommen.«

»Er hat Sehnsucht nach dir.«

»Leschek ist doch verheiratet«, kicherte Lacan. Irene schüttelte den Kopf, und er wiederholte ihre Sätze:

»Wie alt bin ich eigentlich? 17? Ich weiß.«

»Vergiß es«, sagte Irene.

»Ich brauche Geld«, sagte Lacan.

Irene strich ihr braunes Haar zurück.

»Wieviel?«

»100 Mark.«

Schweigend holte sie aus einem Campingbeutel zu ihren Füßen ein Portemonnaie und steckte den Schein in Lacans Tasche. Bernhard wurde rot.

»Erklär' mir nichts«, sagte sie, und er machte eine hilflose Geste. Irene legte eine Hand in seinen Nacken und zog ihn zu sich.

»Ich liebe dich«, sagte sie klar und deutlich. Dann stand sie auf und verschwand zwischen den Tischen.

Lacan sah ihr nicht nach. Eine Zeitlang saß er da mit gesenktem Kopf, bis er Flegels Stimme hinter sich hörte. Ohne sich umzudrehen, verließ er das Funkhaus. Er würde nicht zu Leschek gehen und auch keine Sendung mehr vorbereiten. Unzusammenhängende Gedanken schwirrten durch seinen Kopf, in seiner Faust hielt er den zerdrückten Geldschein. Wie ein Schlafwandler lief Lacan durch die Dämmerung zu seinem Wagen.

Eine Leiche war immer noch nicht aufgetaucht. Wahrscheinlich war ein Dieb die Leiter heruntergefallen, und sein Komplice hatte ihn benommen zum Auto gezerrt, und das war alles. Kommissar Westhov lehnte an einem Aktenschrank und wußte nicht weiter. Er hatte den ganzen Tag nachgedacht, welche Spuren er verfolgen sollte, und war zu dem Ergebnis gekommen, daß es keine brauchbaren Spuren gab. Der Diebstahl des Bildes war ein Fall, den man aussitzen mußte, und Westhov hatte schon mehr als einmal erlebt, wie auch ausgesessene Fälle ihre Lösung fanden. Es gab ja noch nicht mal Zeugen. Ein Zigarettenrest glimmte im Aschenbecher. Westhov befeuchtete seinen Zeigefinger und tippte auf die Glut. Es war schwierig, eine Leiche loszuwerden. Fand man sie in einem verwertbaren Zustand, noch nicht zu lange verwest, hatte man bald auch den Täter. Man mußte Geduld haben.

Er wollte seine Arbeit für heute mit einer guten Tat abschließen und wählte die Nummer von Maier-Brüninghaus.

»Ah, Kommissar Westhov, womit kann ich dienen?«

»Die Diebe haben sich nicht zufällig bei ihnen gemeldet?«

»Schön wär's«, sagte der Versicherungsmann, »aber ich kann ihnen keine Freude machen.«

»Auch kein Brief oder sowas?«

»Nichts! Wie weit sind sie denn? Gibt's was Neues?«

»Eigentlich nicht«, sagte Westhov und ärgerte sich schon, daß er Maier-Brüninghaus angerufen hatte.

»Das ist alles so unerfreulich.«

»Das können sie laut sagen«, grunzte Westhov und setzte sich auf seinen Schreibtisch.

»Ich würde sagen, wir bleiben in Kontakt«, sagte Maier-Brüninghaus, und Westhov dachte: So, würdest du sagen, und sagte:

»Melden sie sich, wenn sich bei ihnen etwas ergibt«, obwohl er wußte, daß die Versicherung nicht zu ihm kommen würde, wenn sich die Möglichkeit ergab, das Bild zurückzukaufen.

Westhov sah in den engen Hof des Polizeipräsidiums. Die Maurer auf dem Gerüst gegenüber packten ihre Sachen zusammen. Schemenhaft bewegten sie sich in dem Gestänge, durch das das Licht der Bürofenster fiel. Irgendwo heulte eine Sirene.

Lacan quälte sich durch den Berufsverkehr nach Hause. Die gelben und roten Lichter der Wagen tanzten gestochen scharf durch die frühe Dunkelheit. Eine Zigarette hing in seinem Mund, und der Rauch brannte in den Augen. Irene war die erste Frau, die zu ihm »Ich liebe dich« gesagt hatte, und er wußte nicht, was er damit anfangen sollte. Lacan drückte die Kassette aus dem Recorder und schaltete das Radio ein. Die eintönige

Stimme des Sprechers betete die Litanei der Meldungen: ... in der Spendenaffäre ... der Untersuchungsausschuß ... schwere Kämpfe ... im Hauptquartier der Schiitenmilizen ... das meteorologische Institut Dahlem gibt bekannt ...

Harry Schulz verstand die Welt schon lange nicht mehr. Als der Sprecher Nachtfrost ankündigte, zog er den Stecker heraus, und das Radio in der Schrankwand verstummte quäkend.

Noch zwölf Stunden bis Dienstbeginn. Die Flasche im Wasserkasten der Toilette war leer. In der letzten Nacht hatte er einen vergeblichen Kampf mit sich ausgetragen. Elend hatte er in seinem Bademantel auf der Brille gehockt und versucht, Ordnung in sein Leben zu bringen. Als er betrunken war, schlich er ins Schlafzimmer zurück, wo schwer atmend seine Frau lag. Der Wunsch, ihr ein Kissen auf das Gesicht zu pressen, war unwiderstehlich geworden, und schließlich hatte er auf der Couch im Wohnzimmer geschlafen. Als er erwachte, waren seine Frau und die Kinder schon gegangen.

Er verbrachte den Tag in gleichgültiger Langeweile, und nun wartete er darauf, wieder zur Arbeit verschwinden zu können. Ich bringe sie um, dieser Gedanke wiederholte sich monoton in seinem Hirn, und gleichzeitig: Warum tust du es nicht? Er rollte sich im Sessel zusammen und schloß die Augen. Das kann doch nicht alles gewesen sein, dachte er und schlief erschöpft ein.

Wollte man alle Geschichten erzählen, die an einem Abend in einer großen Stadt beginnen, bräuchte man nicht anzufangen.

Ein Einkaufszentrum in Spandau war ausgebrannt,

weil Jugendliche durch die Fugen einer Glastüre Kracher geworfen hatten; im Schloß Bellevue gab der Bundespräsident einen Empfang für Konsularbeamte; in der Eissporthalle kämpfte ›Preußen‹ um den Aufstieg in die Bundesliga; hinter dem Kottbusser Tor trieb eine Leiche im Landwehrkanal, und ein Amerikaner, der in einem der Häuser dort bei seinem Freund wohnte, beobachtete vom Balkon, wie die Polizisten den Körper mit Seilen aus dem Wasser zogen und in eine Zinkwanne betteten, und er wunderte sich, wie vorsichtig sie waren, als könnten sie auf ihre Weise dem Toten jene Ehre erweisen, die man ihm in seinem Leben verweigert hatte; so viele Gesichter, so viel Glück. Die Sterne glänzten über der Welt, und es gab keinen Grund, melancholisch zu sein.

»Haste wat im Mittwochslotto jewonnen?«

»Ick spiele keen Lotto«, sagte Assidertürke barsch.

»Aber icke!«

Eddie wollte sich seine gute Laune nicht verderben lassen. Seit gestern abend ging es Assi schlecht, und das wegen einer Nutte. Anfangs hatte Eddie gespottet, bis es beinahe zu einer Schlägerei zwischen ihnen gekommen war, den Rest der Nacht hatten sie sich angeschwiegen.

Eddie hatte Mitleid mit Assi, aber nun wußte er auch nicht weiter. Warum mußte sich der Idiot ausgerechnet in Ilona verlieben? Wenn ihr Lude davon erfuhr, wie sollte er Assi dann beschützen?

»Soll'n wir in't Kino jehn?«

»Ick war seit zehn Jahren nich mehr in't Kino.«

»Dann wird's ja mal wieder Zeit«, sagte Eddie und fuhr den Tauentzien hoch. Von den Leuchttafeln schienen in großen Lettern die Titel der Filme.

»Wie wär's denn mit ›Halloween‹?«

»Iss'n det?« fragte Assi, und Eddie sah ihn erstaunt an, denn er hatte mit keiner Reaktion gerechnet.

»Ne Art Horrorfilm.«

»Meinswejen«, brummte Assidertürke. Wenig später saßen sie im Marmorhaus in der 6. Reihe und warteten auf den Beginn des Hauptprogramms. Bei einer älteren Frau, die mit ihrem Bauchladen die Reihen abschritt, kaufte Eddie zwei Eiskonfekt und legte, weil Assi mürrisch den Kopf schüttelte, eines der Päckchen in seinen Schoß.

»Is jut! Iß et, det schmilzt sonst.«

Der Film handelte davon, daß ein Verrückter, der als Kind seine Schwester erstochen hatte, aus dem Irrenhaus ausbricht, in die Kleinstadt zurückkehrt und am Erntedank-Abend mit einem Schlachtermesser ein Massaker anrichtet, bis ihm die letzte Überlebende eine Stricknadel ins Auge stößt.

Je länger der Film dauerte, desto weiter sank Assis Kiefer nach unten, und als gegen Ende einige Mädchen vor Entsetzen aufschrien, drehte er sich um:

»Schnauze, man!«

Während sie im Pulk der Zuschauer hinausdrängelten, knuffte Assidertürke Eddie in den Rücken und sagte:

»Det war jut, wa?«

Noch im Auto hatte er sich nicht ganz beruhigt.

»Nach'm ersten Mord hätte man den schon umlegen soll'n.« Eddies Einwand: »Da war er ja noch ein Kind«, wischte er mit einer heftigen Gebärde beiseite.

»Aba total durchjeknallt!«

»Jehn wir wat trinken?«

»Wat ham wer denn so vor?«

»Ick wollt noch mal bei Kutti vorbeischaun.«

»Trinken wir doch da wat.«

»In Ordnung«, sagte Eddie und gab Gas.

Am Nachmittag hatte Franz Belasc Rindfleisch in Öl, Zwiebeln und Knoblauch mariniert. Seit er Steenbergens Sekretär war, entdeckte er bei sich Fähigkeiten, über die er früher gelacht hätte.

Sie saßen an einem runden Tisch in der großzügig geschnittenen Diele, und Steenbergen stocherte schlecht gelaunt in einer Schüssel Feldsalat, neben sich einen Stapel zerlesener Tageszeitungen.

»Des is' jetzt schon des Geschwätz von gestern«, sagte Belasc, dem sein Essen prächtig schmeckte.

»Jedenfalls bin ich nur einmal namentlich erwähnt«, sagte Steenbergen.

»Und nirgendwo steht auch nur eine Zeile, wie des Bild in deinen Besitz gekommen ist. Wie auch? Interessiert doch keinen Menschen. Die Hauptsache für die Presseaffen ist doch, des es was wert ist. Ein Einbruch in eine Tabaktrafik kriegt keine Schlagzeile. Und morgen ist was ganz anderes akut.«

»Was war das, Franz? Ein Vortrag über das Wesen der freien Presse?« fragte Steenbergen spitz.

»Probier' doch mal das Fleisch!« forderte ihn Belasc auf, der seine Portion fast aufgegessen hatte. »Soll ich dir's wärmen?«

Steenbergen wischte mit einer Armbewegung die Zeitungen vom Tisch und kostete.

»Du bist ein wahrer Trost, Franz. Ausgezeichnet!«

Er aß schweigend.

»Was is' mit Florence?«

Kaum hatte er die letzte Silbe ausgesprochen, wußte Belasc, daß es die falsche Frage zur falschen Zeit gewesen war. Steenbergen winkte ab.

»Quäl' mich bitte nicht«, sagte er ausweichend, aber in seinem Gesicht spiegelten sich Bitterkeit und Eifersucht.

»Darüber ist das letzte Wort noch nicht gefallen. Ich will von diesen Geschichten heute abend nichts mehr hören. Nimm ein wenig Rücksicht auf mich, Franz.«

Belasc erhob sich, um das Geschirr abzuräumen, da schellte das Telefon.

»Es ist Mertens«, sagte er, den Hörer vor die Brust gepreßt.

»Gib her.«

Stirnrunzelnd hörte Steenbergen zu, was Mertens ihm zu sagen hatte. Belasc stand neben ihm, als warte er auf Anweisungen.

»Du hast recht, Wilhelm, das Telefon ist kein ideales Medium.« Steenbergen sah Belasc an. »Wir sind heute abend im ›Dorian Grey‹, wir müssen entspannen.«

Belasc nickte einverständig.

»Gut. Ab elf.«

Steenbergen hängte ein und betrachtete versunken seine Hände, die er wie zum Beten ineinandergelegt hatte. Belasc ging in die Küche.

»Gesindel!« fluchte Steenbergen, und das hörte sich ziemlich unangenehm an.

Raimund, der Kellner aus dem Café Oppenheimer, hatte ein Paar der italienischen Schuhe dem Koch des ›Wohlmann‹ angedreht. Nun lungerte er im Gang zwischen Küche und Lokal und trank einen Calvados. Die blonde Kellnerin, die sich regelmäßig mit vollen Tabletts an ihm vorbeizwängte, würdigte ihn keines Blickes. Wenn Raimund getrunken hatte, pflegte er Zufallsbekanntschaften mit der Geschichte ihrer zerbrochenen Liebe zu langweilen. Als sie wieder kam, zischelte sie böse:

»Nerv' nicht, Alter, ich arbeite.«

Raimund folgte ihr, aber nach zwei Schritten trat ihm

der Barmann unfreundlich entgegen. Er wich mit einer Entschuldigung zurück und sah in die Küche. Der spindeldürre Koch tranchierte ein Huhn, er wollte nicht gestört werden. Hätte Raimund ein Ziel gehabt, wäre er längst gegangen, aber er hatte schon seit Jahren kein Ziel mehr. Er trollte sich wieder auf seinen Platz im Durchgang.

Auf den meisten der weißgedeckten Tische stand ein Messingschild: Reserviert, da das ›Wohlmann‹ in Mode gekommen war. Die Qualität der Küche konnte zwar mit dem Andrang und den Preisen nicht mithalten, aber solange die Gäste nicht wegen des Essens kamen, nagte kein Zweifel am Vergnügen der Pächterin, nach Geschäftsschluß die Scheine zu zählen. Raimund stellte sein leeres Glas ab. Mit der blonden Kellnerin würde es nichts werden, er müßte das Lokal wechseln. Cool-Jazz schwebte unaufdringlich durch den Raum. Eine große schlanke Frau betrat das Restaurant und sah sich um; die Kellnerin führte sie an einen Zweipersonen-Tisch am Fenster. Die Frau trug eine weite schwarze Hose, die ein handbreiter grüner Ledergürtel über den Hüften hielt. Unter dem dunklen Pullover zeichneten sich ihre großen Brüste ab. Raimund bekam einen trockenen Hals. Die Frau strich ihr dichtes, bläulich scheinendes Haar aus dem Gesicht und las in der Speisenkarte. Raimund trat von einem Bein aufs andere und bestellte sich noch einen Calvados.

Bernhard Lacan verließ das Haus zum zweitenmal heute durch den Vorderausgang. In Mahmuts Laden brannte Licht. Wahrscheinlich zählt er die Platten, um die er mich betrogen hat, dachte Lacan, aber es war ihm gleichgültig. Er hatte das Gefühl, ihm könne für den Rest seines Lebens nichts mehr zustoßen, und dieses Gefühl war völlig neu.

Sein Opel sprang stotternd an. Es war erheiternd, mit

dem alten Wagen an hochgeklappten Motorhauben vorbeizufahren, unter denen aufgeregte Männer mit karierten Mützen Zündkabel verknoteten.

An einer Ampel drehte er den Rückspiegel auf sein Gesicht. Er hatte Brillantine im Haar verrieben, und eine glänzende Strähne fiel in seine Stirn. Lacan gefiel sich gut so, doch mit jedem Meter, den er sich seiner Verabredung näherte, wuchs seine Sehnsucht nach Irene Rabbia. Sehnsucht ist vielleicht nicht das richtige Wort, aber er hatte ihre Stimme im Ohr, wie sie in der ekligen Funkhauskantine »Ich liebe dich« zu ihm sagte. »Werd' bloß nicht romantisch«, redete er sich ein. »Werd' bloß nicht romantisch!«, und schüttelte den Kopf.

Die dunkelhaarige Frau am Fenstertisch trank zurückgelehnt einen Martini. Raimund spürte, daß jetzt der richtige Augenblick gekommen war, auch wenn sie ihn kein einziges Mal angesehen hatte, doch der unfreundliche Barmann packte ihn mit einem harten Griff am Arm und drehte ihn mühelos um.

»Hier nicht, Raimund, verstanden?« sagte er mit zu hoher Stimme und ließ ihn los.

Der Windfang bewegte sich, und Lacan betrat das Lokal. Er küßte Florence auf die Wange, setzte sich, und sie reichte ihm ihr Glas.

Na gut, dachte Raimund, I'm loosing every battle but finally I'll win the war, dann verschwand er.

»Hast du noch einen netten Abend gehabt?« fragte Florence.

»Gestern? Ich kann nicht klagen«, schmunzelte Lacan, »und du?«

»Das Übliche.«

»Was ist das Übliche?« fragte Lacan boshaft.

»Wir waren essen. Lydia, Wenningstedt und ein paar andere. Das weißt du doch schon.«

»Wo?«

»Ist das ein Verhör?«

»Ich bin ganz einfach neugierig.«

Florence reichte ihm die Karte.

»Was nimmst du?« fragte Lacan.

»Kräutersuppe und gekochte Zunge.«

Lacan überflog die Karte. Es war hoffnungslos, das Essen nach den Preisen zusammenzustellen. Er hatte 100 Mark, und die würden für ihn reichen.

»Kalbsroulade und vorher Salat.«

Langsam füllte sich das Restaurant. Die meisten Gäste waren zwischen dreißig und vierzig, viele hatte man vor ein paar Jahren noch auf Teach- und Sit- und sonstwelchen Ins sehen können. Man kannte sich und schob sich Stellen, Aufträge und Stipendien zu, um die große Wohnung und das Häuschen in der Toskana zu finanzieren.

Florence trank den Martini und fischte die Olive aus dem Glas. Lacan beobachtete erregt, wie die grüne Frucht in ihrem Mund verschwand und sie die fleischigen Lippen spitzte, um den Stein auszuspucken.

»Ich verstehe dich nicht«, sagte sie und lehnte sich auf den Tisch.

Ich mich auch nicht, wollte er sagen, aber dann verzog er nur den Mund.

»Ich meine, du scheinst überhaupt kein Interesse zu haben voranzukommen.«

Lacan räusperte sich.

»Man sollte zumindest wissen, wohin man will.«

»Genau das meine ich. Irgendwann kristallisiert sich doch, wie soll ich sagen ...«

»Ein Ziel heraus«, unterbrach er sie.

»Meinetwegen ein Ziel.«

»Welche Ziele hast du? Vielleicht färbt das gute Beispiel ab«, sagte Lacan sarkastisch.

Florence sah ihn kühl an.

»Ich habe dich gefragt.«

Lacan dachte einen Augenblick nach.

»Weißt du, wie für mich das Paradies aussieht? Ich liege auf einem bequemen Bett, lese die Bücher, die ich immer schon lesen wollte, jemand serviert die Spezereien des Orients, und neben dem Bett steht ein Telefon, das mich mit allen Rennbahnen der Welt verbindet.«

»Wo steht das Bett?«

Lacan lachte.

»Wenn ich das wüßte!«

Die Kellnerin brachte die Vorspeisen. Florence' Suppe war grün und sämig, auf Lacans Teller waren fünf Stangen Spargel mit ein paar Avocadoschnitzeln drapiert, und er bekam Lust, sich alles auf einmal in den Mund zu stecken.

»Eines immerhin steht seit heute fest.«

Florence blickte von ihrer Suppe auf, die einem von Algen durchwucherten Tümpel glich.

Lacan hob den Zeigefinger wie der Lehrer Lempel.

»Bei diesem Sender werde ich meine Mitarbeit einstellen.«

Florence sah ihn entgeistert an.

»Und dann?«

»Und dann und dann ... Nichts und dann!«

»Aber du mußt doch ...«

»Ich muß nichts außer sterben, aber das müssen wir alle«, sagte Lacan und pickte eine schlappe Stange Spargel auf die Gabel. Er konnte sich nicht beherrschen und schnippte vor eines ihrer Enden, und die Stange wippte träge hin und her. Florence lachte.

»Bernhard, bitte!«, doch dann lachte sie noch mehr, als er versuchte, das Ende mit seiner Zunge einzufangen.

»Wie ist die Suppe?«

»Erspar' mir deinen Kommentar, ich weiß, was du sagen willst.«

Lacan trank einen großen Schluck Wein und nickte anerkennend.

»Warum hörst du da auf?« fragte Florence.

»Ich bin 32.« Weil sie nicht darauf einging, fuhr er fort. »Ein Kollege ist 35 und seit einem halben Jahr in den Zustand fortgeschrittener, hörst du, fortgeschrittener Paralyse eingetreten. Das will ich mir ersparen.«

»Vergleichst du dich mit ihm?«

»Oh«, stöhnte Lacan. »Oh, bitte!«

»Was oh?«

»Natürlich nicht, aber die Arbeit hängt mir zum Hals raus, und wenn ich ehrlich sein soll: Ich kann keine Musik mehr hören.«

»Das ist ernst, allerdings.«

Lacan drehte sein Weinglas und sah nach draußen. Auf der anderen Straßenseite rannte ein vermummter Mann, dem sein bellender Hund folgte.

»Was willst du denn jetzt machen?« fragte Florence.

»Keine Ahnung. Und du?«

»Ich arbeite demnächst bei Professor Wagenknecht als Hochschulassistentin.«

»Nicht schlecht«, sagte Lacan. »Und was ist mit Lydia?«

»Das war doch nur ein besseres Hobby.«

Ein teuer gekleidetes Paar betrat das Lokal. Der Mann trug ein Stöckchen mit Silberknauf unter dem Arm. Beide hatten jene gelblichbraune Sonnenbankhaut, wie man sie auch bei Kindern findet, die zuviel Möhrensaft getrunken haben. Als er Florence sah, kam er an ihren Tisch. Affe, dachte Lacan.

»Florence, meine Liebe«, sagte der Mann und küßte ihre Hand.

»Frank, wie geht's dir?«

»Glänzend. Übrigens tut es mir echt leid, aber gestern konnte ich beim besten Willen nicht kommen. Wir hatten eine Sitzung bei der Senatsverwaltung, historisches Museum.«

Er warf einen mißtrauischen Blick auf Lacan.

»Entschuldigt mich bitte, aber ich bin in Begleitung.«

Er beugte sich wieder zu Florence' Hand.

»Und grüß' Steenbergen von mir. Ich würde mich freuen, ihn zu sehen.«

Das Paar ging an seinen Tisch. Der Mann hatte einen Arm besitzergreifend um die Hüften seiner Freundin gelegt. Lacan schaltete schnell.

»Sag mal, Steenbergen, ist das nicht der mit dem Oelze?«

Florence' Gesicht wurde maskenhaft.

»Steenbergen, das ist doch der Besitzer des Bildes, oder habe ich das falsch verstanden?«

»Ja ... Steenbergen hatte das Bild der Akademie zur Verfügung gestellt.«

»Kennst du ihn?«

»Geschäftlich.«

Also auch Steenbergen! Welche Geschäfte wickeln Mertens und der Holländer denn von deiner Wohnung ab? dachte Lacan erneut.

»Warst du mal da?« fragte Florence.

»Wo?«

»In der Ausstellung.«

Jetzt war Bernhard unangenehm überrascht.

»Ich bin kurz durchgelaufen, es war schon so spät.«

Florence versuchte, nicht ironisch zu klingen:

»Hast du den Oelze noch gesehen, oder war er bereits weg?«

»Er hing noch, aber ... er ist mir nicht weiter aufgefallen.«

»Ist ja auch ein kleines Format«, sagte Florence und lächelte.

Lacan wurde mißtrauisch. Sie kann nichts wissen, dachte er. Er sah in ihre Augen, aber da konnte man ihre Gedanken nicht lesen.

Eine Zeitlang aßen sie schweigend. Lacan dachte wehmütig an den Hundertmarkschein und dann an Irene. Florence war außergewöhnlich, ihre Schönheit und ihre natürliche Eleganz hatten ihn von Anfang an gebannt. Daß sie aus einer anderen Klasse kam, erhöhte ihren Reiz ungemein. Wenn er mit ihr schlief, kam Lacan sich wie ein Dieb vor, weil ihre Kühle nicht das Behältnis ungeahnter Leidenschaft war, sondern ihrem Charakter zu entsprechen schien. Lacan war impulsiv und nachgiebig, sie war immer verwöhnt und umworben worden, und er war der erste gewesen, der die Regeln dieses Spiels mißachtet hatte. Vielleicht war das der Grund, warum sie sich in ihn verliebt hatte, wenn man ihre Gefühle denn Liebe nennen will. Es war etwas anderes.

»Wie sind die Rouladen?« fragte Florence.

»Zart«, antwortete Lacan kauend und spülte einen Schluck Wein hinterher.

Hinter ihnen schnatterten die Regisseure, Architekten und Videokünstler. Lacan fiel eine Passage aus Wassermanns ›Etzel Andergast‹ ein, einem Roman, den er mit 16 oder 17 verschlungen hatte: ›... das Neue, von dem sie fabeln, auf das sie pochen, wo ist es? In ihnen selbst, sagen sie. Es gibt kein Neues, es gibt kein Altes. Der Mensch, sein Weg, seine Geburt, sein Tod, alles dasselbe seit 6000, seit 60 000 Jahren . . .‹ Von Etzels Gerechtigkeitssinn war nicht allzuviel übrig geblieben, aber so oder ähnlich erinnerte sich Lacan noch an die Worte, als er mit einem Stück Brot über den Grund seines Tellers fuhr.

»Willst du Nachtisch?« fragte er, doch Florence gab keine Antwort, sondern beugte sich vor und küßte ihn. Zuerst wich Lacan zurück, aber dann erwiderte er ihre Zärtlichkeiten. Die Frage, ob das ›Wohlmann‹ der richtige Ort sei, wurde durch Florence' Entschiedenheit gar nicht erst gestellt. Lacan wand sich um den Tisch und kniete vor ihr. Sie preßte ihn an sich.

Lacan fummelte den Schein aus der Tasche, legte ihn neben seinen Teller und zog sie aus dem Restaurant, verfolgt von den Blicken der Gäste und Kellner.

»Wo ist dein Auto?« fragte Florence heiser.

Lacan deutete in irgendeine Richtung und küßte sie wieder. Es dauerte eine Zeit, bis sie auf diese Weise den Opel erreichten. Florence lag halb über der verschmierten Windschutzscheibe, und Lacan fuhr mit seiner Zunge in ihr Ohr, sie stöhnte.

Sie schafften es dann doch noch, in den Wagen zu kommen. Lacan hatte Florence noch nie so erlebt. Es schien ihr gleichgültig zu sein, daß sie sich in einem Auto in der Innenstadt befanden. Sie öffnete seine Hose und neigte ihren Kopf. Lacan erschrak und sah durch die beschlagenen Scheiben nach links und rechts, aber es war niemand zu sehen. Es war ein Durcheinander von Armen, Jacken, Hosen und dann drückte Florence ihre geöffneten Beine vor die Scheibe, und Lacan liebte sie, bis sie aufschrie und ihn zurückstieß. Als es ihm kam, ergoß sich die Hälfte über ihre Strümpfe und den Sitz. Da ham wir den Salat, dachte Lacan, aber Florence küßte ihn wild, bevor er etwas sagen konnte.

Lacan rutschte auf den Fahrersitz. Florence suchte eine Zigarette aus ihrer Handtasche und nach zwei, drei Zügen steckte sie sie ihm in den Mund und schmiegte sich an seine Schulter.

Lacan wußte nicht, was er von der Szene halten sollte. Ein nicht genau zu beschreibender Zweifel nagte an seinen Eingeweiden, als ahnte er, daß sie ein bestimmtes Ziel verfolge, auch wenn er in diesem Augenblick jenen törichten männlichen Stolz spürte, mit dem kluge Frauen rechnen.

»Fahren wir zu dir?« fragte Florence in die Stille zwischen ihnen.

»Zu mir?«

»Warum nicht? Ich war noch nie bei dir.«

Warum eigentlich nicht, dachte Lacan. Über ihrer zärtlichen Stimme hatte er schon alle Einwände vergessen, Irene hatte er auch vergessen.

»Wenn du dir das zumuten willst«, sagte er zögernd.

»Komm, fahr los!«

»Die Benutzung der Achterbahn geschieht auf eigene Gefahr«, murmelte Lacan und manövrierte seinen verbeulten Opel aus der Parklücke.

Man muß Vertrauen in die Menschen haben, wiederholte er still, als er Florence ansah, die ihre Arme um den Körper geschlungen hatte. Jetzt wußte er, daß er einen Fehler machte, aber er konnte nicht mehr zurück.

Eddie und Assidertürke hatten in Kuttis Bierbar zwei gepanschte Cocktails getrunken.

»Wat solln wir machen?« fragte Assi.

»Ne wahnsinnje Sause«, sagte Eddie aufgedreht.

»Also?«

»Jehn wir in't Bordell?«

Assidertürke schluckte.

»Mensch, so kenn ick dir ja jarnich.«

»Siehste mal, wie man sich in' Menschen täuschen kann!«

Assi spürte, daß die Gelegenheit für ein Geständnis gekommen war.

»Ick habe mir in Ilona verliebt.«

Du weiß' ja nich', wat Liebe is', wollte Eddie böse antworten, aber Assi hatte es ernst gemeint, so ernst, wie es einer meinen kann, der im Leben nie die freie Wahl hatte.

»Weiß ihr Lude det?« fragte Eddie.

Assi schüttelte resignierend den Kopf. Aus der Musicbox dröhnte ein Schlager von Rex Gildo: Mamma mia, mamma mia, diese Frau hat Phantasie – ad infinitum. Eddie legte einen Arm um Assi.

»Mann, Alter, ick kann ja so jut verstehn, wie't dir jeht.«

»Ilona kostet 30 Mille«, sagte Assi.

»Kutti, mach noch ma zwei Pina-Colada!« rief Eddie in die Musik.

In Assis Augen traten Tränen.

»Assi, laß jut sein«, sagte Eddie, der so etwas nicht leiden konnte.

»Allet klar«, sagte Assi und war wieder ganz gefaßt.

»Wem reißen wir heute noch den Arsch auf?«

»Lacan! Der wird sein blauet Wunder erleben«, sagte Eddie.

Auf Assis Gesicht trat triumphaler Glanz.

»Prosit«, sagte Eddie und hob das mit einem Ananasring verzierte Glas.

»Prosit.«

Neben dem Dorian-Grey-Club lag ein Trümmergrundstück, das eingeebnet und mit einer Asphaltdecke versehen worden war und als Parkplatz diente.

Die beiden Ghanesen waren vermummt, als hätte sich die Caritas einen Spaß mit ihnen erlaubt. Bevor sie nach Europa kamen, hatte ihnen der Schlepper in Akkra klugerweise verschwiegen, daß der Winter in Berlin nicht nur aus subtropischen Regengüssen bestand. Der eine hatte einen bunten Wollschal in mehreren Lagen um den Kopf gewickelt, und der andere steckte in Stiefeln mit Plateausohlen, die deutsche Kleiderempfänger entrüstet zurückgewiesen hätten. Die beiden wirkten in der Dunkelheit wie Zombies, ihre Gesichter und Hände waren eins mit der Nacht, und keiner, der sie über den Parkplatz huschen sah, wäre auf die Idee gekommen, daß sie wirklich aus Fleisch und Blut waren.

Sie bewachten die Autos, und der Besitzer des Clubs sagte: Die ham wat zu tun, und mit nem Pfund die Nacht sind se jut bedient. Sie beklagten sich nicht, und sie wehrten sich nicht, nicht gegen die prüfungslose Ablehnung ihres Asylantrags und nicht gegen die demütigenden Tage und Wochen in der Abschiebehaft. Einmal waren sechs von ihnen verbrannt, als sie in einer Silvesternacht ihre Zelle angezündet hatten.

Wilhelm Mertens erschrak, als der verkleidete Schwarze aus einer Lücke vor sein Auto sprang und ihn einwies. Seine ungelenke Behendigkeit erinnerte an ein verstümmeltes Zootier. Der andere kam hinzu und öffnete die Tür. Mertens raffte seinen Mantel, stieg aus und suchte in seinen Taschen nach einem Trinkgeld. Er fand nur einen Zehnmarkschein, den er dem Türöffner in die Hand drückte.

»But share it«, sagte er, und die Schwarzen sahen ihn verwirrt an. Als sie in der Dunkelheit verschwanden, ahnte Mertens, daß sich alles einmal rächen wird und daß er dann an einem sicheren Ort sein wollte, sofern er bis dahin einen gefunden hatte.

In der Tür des Clubs war in Kopfhöhe ein quadratischer Einwegspiegel. Nachdem er geschellt hatte, dauerte es einige Augenblicke, bis er vom uniformierten Empfangschef in den schummerigen Vorraum gelassen wurde, in dem sich die Garderobe befand. Er gab seinen Mantel ab und betrat durch einen Vorhang das verwinkelte Lokal, dessen Zentrum ein von innen beleuchteter Springbrunnen war. An der Bar saßen aufgereiht Animierdamen, die ihn geschäftsmäßig musterten. Gleich daneben war eine kleine Tanzfläche, und anschließend führte ein verspiegelter Gang zu den Séparées.

Am Tisch von Steenbergen und Belasc saßen noch zwei Mädchen, die höchstens 17 waren. Steenbergen zog aufgeräumt die Augenbrauen hoch.

»Ah, Wilhelm, wir haben schon gewartet.«

Belasc rutschte ein wenig nach links, um Mertens auf der runden, weichgepolsterten Bank Platz zu machen. Ein Kellner brachte ein Glas und schenkte ihm ein.

»Wo fehlt's denn, Wilhelm?« fragte Steenbergen.

»Ich glaube, dir fehlt im Augenblick was«, sagte Mertens, worauf der Holländer Belasc kokett ansah. Dann wurde er ernst.

»Ihr Süßen, laßt uns mal alleine«, sagte er zu den Mädchen.

Es entstand eine kurze Pause, bis Mertens sagte:

»Was dir fehlt, wissen wir alle, aber ich wüßte vielleicht, wer's hat.«

Belasc grinste brutal.

»Er weiß was!«

Mertens nippte an seinem Glas, und Steenbergen rekelte sich jovial ins Polster, die Arme über die Lehne gelegt.

»Wir reden von meinem Oelze, ja?«

Mertens nickte langsam.

»Es wäre möglich, ihn unauffällig zurückzubekommen.«

»So, wär's das?« fragte Steenbergen spitz.

Mertens setzte das Glas behutsam auf den Tisch.

»Es würde uns natürlich eine Kleinigkeit kosten.«

»Natürlich«, sagte Steenbergen gedehnt, und Belasc fragte vorlaut:

»Wieviel?«

»Die Herrschaften haben sich noch nicht so konkret geäußert, mein lieber Franz ...«

»Laß das!« unterbrach ihn Steenbergen, doch Mertens fuhr unbeeindruckt fort.

»Man denkt an 100 000.«

»Welche Herren?« fragte der Holländer und rückte näher an Mertens, der nicht zurück konnte, weil auf seiner anderen Seite Belasc saß.

»Die haben sich mir nicht mit Namen und Adresse vorgestellt.«

Sein Blick wanderte von links nach rechts.

»Von mir? Und alle lachen?« In Steenbergens Augen war ein ruheloses Flackern, das Mertens erst einmal gesehen hatte. Er durfte sich keine Blöße geben.

»Wenn ich mich nicht täusche, war das Bild doch sowieso mit 175 000 versichert. Minus 100 000 sind... Hören wir damit auf, wir sind nicht in der Schule.«

Steenbergen wies in den Raum.

»Solch eine Schule habe ich mir immer gewünscht.«

Sein Mund berührte fast Mertens Wange, und Mertens roch den warmen Alkoholatem.

»Du glaubst doch nicht im Ernst, daß ich so ein Trottel wie Blumenfeldt bin, du kleines Schwein.«

»Das war doch etwas ganz anderes«, sagte Mertens leise.

»Ach so, richtig.«

Steenbergen faßte mit zwei Fingern das Revers von Mertens Anzug und zog es hin und her.

»Wilhelm Mertens will mich erpressen«, sagte er zu Belasc. »Stell dir vor, Franz, der kleine Mertens will mich tatsächlich erpressen.«

Mertens schob Steenbergens Hand beiseite.

»Ich schlage dir lediglich ein Geschäft vor, bei dem für dich 75 000 rausspringen, und ein Oelze gratis, das ist doch in Ordnung.«

Steenbergen winkte dem Kellner.

»Das wollen wir begießen! Ich werde über dein Angebot nachdenken.«

»Das ist doch die beste Lösung«, sprach sich Mertens Mut zu.

»Selbstverständlich«, sagte Steenbergen gelassen. »Ich bin dir zu Dank verpflichtet.«

»Die Affäre möglichst schnell beenden«, sagte Mertens.

»Objektiv die beste Lösung«, bestätigte Steenbergen, ohne eine Miene zu verziehen.

Der Kellner entkorkte die Flasche, und sie stießen an.

Zwei Animierdamen tanzten auf der kleinen Tanzfläche, über der sich eine versilberte Kugel drehte, mit einem angeschlagenen Kunden, dessen Hemd aufgeplatzt war und der sich in einer Art forciertem Flamenco versuchte. Sie rauchten und sprachen miteinander, während sie ihn elegant umkreisten. Als die Musik endete, schafften die Frauen den Eintänzer fort, und die Tanzfläche hob sich hydraulisch zu einer Bühne, auf der nun ein ›Modell‹ und ein Minderjähriger Fruchtbarkeitsriten zum besten gaben. Gelangweilt drehte sich Mertens um.

»Für morgen ist alles vorbereitet?« fragte Steenbergen, seinen Blick auf das Schauspiel gerichtet.

»Selbstverständlich!«

»Du weißt, Wilhelm, ich vertraue dir voll und ganz.«

Unverwandt stierten Steenbergen und Belasc auf die Bühne, wo der Junge mit errichtetem Glied die Hüften zu einer fremdartigen Musik kreisen ließ. Schließlich fiel Steenbergens Kopf zurück, und er sah Mertens von der Seite an. »Und erinnere an die neue Chip-Kollektion von Datacord.« Mertens nickte unaufmerksam und erhob sich. Steenbergen hielt ihn am Ärmel fest.

»Über die andere Sache reden wir hinterher.«

Mertens schlängelte sich aus der Nische, und Steenbergen winkte ihm zu, wie der Kaiser aus seiner Kutsche den Gaffern am Straßenrand. Dann beugte er sich zu Belasc. »Wenn's keine Embargos gäb', sie müßten erfunden werden!«

»So ist's«, sagte Belasc tonlos.

Auf der Straße atmete Mertens tief durch. Schweiß lief über seine Stirn in die Augenhöhlen. Ein leichter Wind wehte die Schöße seines Mantels. Wilhelm Mertens war müde.

Florence sah sich in Lacans Wohnung neugierig um.

Lacan lehnte im Türrahmen des Schlafzimmers und beobachtete sie mit gesenktem Kopf.

»Überrascht?« fragte er.

Langsam kam sie auf ihn zu und nahm ihn in die Arme. Sie stellte ihre Füße auf seine, und engumschlungen gingen sie rückwärts, wie Clowns im Zirkus, zu seinem Bett. Lacan ließ sich fallen. Er sah in ihre Augen und wußte, daß es nichts zu entdecken gab. Plötzlich war Florence eine beliebige Frau, die er in einer Bar kennengelernt hatte und die den Zweck ihrer Bekanntschaft schon erfüllt hatte, doch dann gruben sich ihre langen spitzen Fingernägel in seinen Rücken. Er schloß die Augen und küßte sie. Florence zerrte an seiner Hose, und seine Hand fuhr unter ihren Pullover.

»Hier ist die Tagesschau mit den letzten Meldungen«, sagte der Sprecher, aber Irene wollte sie nicht mehr hören. Sie zog die Bettdecke hoch und rollte sich auf die Seite, die Beine angezogen wie ein Kind.

Im Laufe des Abends hatte sie über Lescheks Angebot nachgedacht. In Stuttgart kannte sie keinen Menschen, und Familienanschluß war das letzte, was sie wünschte. Manchmal sehnte sie sich nach Landschaften, Feldern, dem Wechsel der Jahreszeiten, kleinen Ortschaften, in deren Gasthäusern sie sonntags mit ihrem Sohn essen könnte, und gleichzeitig war da die unbeschreibliche Furcht vor der Langeweile nicht endender Wochenenden. Sie wollte nicht länger allein sein, ihr Sohn war kein Trost.

Nachdem sie das Fernsehgerät ausgeschaltet hatte, war es restlos dunkel in ihrem Schlafzimmer, kein Ton, keine Stimme, kein Körper. Sie zog die Decke über den Kopf und hielt den Atem an. Das Blut rauschte in ihren Ohren. Sie liebte Berlin, diese abgetakelte Kokotte, die Tag für

Tag auf den Anbruch der Dämmerung wartet, in der man die Mitesser unter dem Rouge nicht mehr sieht, aber sie, sie war doch noch jung. Man wird immer einen Platz finden. Was war mit Lacan? Was will er? Irene Rabbia ging unter der Decke die Luft aus.

Sie stand auf, zog sich im Dunkeln an und ging ins Bad. Sie tuschte ihre Wimpern und kämmte sich. An der Tür des Kinderzimmers lauschte sie den regelmäßigen Atemzügen Raffaels. Dann verließ sie die Wohnung. Sie wußte nicht, wohin sie gehen sollte, aber sie konnte nicht im Bett liegen und tun, als schlafe sie.

Rauchend saß sie in ihrem Auto. Schließlich fuhr sie in ein Café, setzte sich an die Bar und bestellte ein Bier. Das Stimmengewirr und die Musik legten sich wie Glaswolle um ihren Kopf. Sie wollte nicht denken und sie wollte nicht reden. Niemand kümmerte sich um sie, und Irene saß schweigend da, rauchte und trank.

An einer Wand der Bierbar klebte eine Fototapete, auf der ein Hula-Mädchen vor Palmen und Meer posierte, davor stand die Musicbox.

»Was trinkt ihr noch? Die nächste Runde geht auf mich«, sagte Kutti, der Wirt.

»Zwei Klare«, antwortete Assi.

»Denn packen wir't aber«, sagte Eddie.

»Aba immer!« rief Assidertürke. »Jlobste eijentlich, der is' so blöd und liecht zu Hause in't Bett und wartet auf uns?«

»Der is' so blöd«, sagte Eddie. »Der rechnet nämlich jar nich damit, dat wir nochmal kommen, oder er hattet schon wieder verjessen.«

Die beiden stießen mit Kutti an.

»Wie kann man nur so blöd sein?«, murmelte Assi.

»Wat is?«

»Schon jut.«

Es war kurz nach vier. Eine ganz gewöhnliche Nacht vor einem ganz gewöhnlichen Tag. Das rote Licht auf dem Ost-Berliner Fernsehturm schickte seine blinkenden Signale über die geteilte Stadt, die Kälte in den Straßen, die Grenzpatrouillen, die gelben Zeichen auf den Taxis, Schneeflocken und Schlaflosigkeit.

Fünfter Tag:

Wie fängt ein Tag an? Vielleicht so:

Der Wecker klingelt. Die Frau ist schon wach. Seit dreißig Jahren erwacht sie vor dem Wecker. Der Mann neben ihr schläft noch. Leise steht sie auf und geht in die Küche. Sie schaltet die Kaffeemaschine ein, schneidet Brot und legt es in den Korb auf dem schon gedeckten Tisch. Sie geht ins Bad und kämmt sich. Dann weckt sie ihren Mann. Während er sich rasiert, schmiert sie ihm Brote für die Arbeit. Sie sitzen sich in der Küche gegenüber.

»Noch 146 Tage«, sagt der Mann.

»Was: Noch 146 Tage?«

»Aufstehn zu dieser gotterbärmlichen Zeit.«

»Zählst du die Tage?«

»Diese Tage zähle ich, ja«, sagt der Mann. Er hat nicht mehr viele Haare auf dem Kopf. Sein Gesicht ist faltig wie eine Zeitungsseite, die zerknüllt und auseinandergezogen worden ist.

»Wir werden es schön haben«, sagt die Frau.

»Fragt sich nur, wie lange?«

»Das darf man nicht fragen.«

Der Mann nickt beschwichtigend. Er nimmt das Pausenpaket, und seine Frau begleitet ihn zur Tür.

»Bis später«, sagt er und geht.

Die Frau schaltet die Kaffeemaschine aus, stellt die Butter in den Kühlschrank und legt sich wieder ins Bett. So kann ein Tag anfangen.

Oder so: Harry Schulz hing immer noch in dem Sessel,

in dem er am vergangenen Nachmittag eingeschlafen war. Nach dem Abendessen mit seiner Familie hatte er sich wieder dorthin zurückgezogen und das Fernsehprogramm bis zum Sendeschluß verfolgt. Seine Frau schlief, seine Kinder schliefen, und er saß nun im schwachen Licht der Stehlampe und sah regungslos auf die Pendeluhr über dem flachen Couchtisch. Kurz vor fünf. An der Garderobe hing ausgebürstet seine Uniform. Kein Ton war zu hören, nur einmal drang von weit her das Grummeln eines Lastwagens nach oben.

»Geh jetzt«, sagte er zu sich.

So leise wie möglich schloß Schulz die Türe. Die Gebäude der Siedlung warfen lange Schatten über die verschneiten Rasenflächen und die Straße. Er war der erste Fahrgast des ersten Busses, der an der Endstation hielt. Der Fahrer nickte verschlafen, als Schulz ihm die Monatskarte vors Gesicht hielt. Die Silhouette der Siedlung wurde kleiner und kleiner, und dann war man in der Stadt. Andere Frühaufsteher stiegen zu.

»Feigling, Feigling, Feigling«, flüsterte er, und sein Spiegelbild in der Scheibe verschmolz mit der Straße.

Der fünfte Tag aber beginnt so:

Die Tür war in vier Paneele geteilt. Bei ihrem letzten Besuch hatte Eddie gesehen, daß das Viereck unten links nur lose in seiner Fassung saß. Sie legten ihre Köpfe an das Holz und horchten. Eddie schob Assidentürken ein wenig zurück und deutete auf das Paneel.

»Da jehn wir durch!«

Als Assi nicht verstand, flüsterte er:

»Bevor er weiß, wat los is', ham wir'n jepackt.«

Assi nickte und lehnte sich übers Geländer, um nach oben und unten zu spähen.

»Allet klar«, sagte er.

Eddie tippte mit der Spitze seines Stiefels vor das Holz, das leicht nachgab. Sein Unterschenkel pendelte hin und her, dann trat er zu.

Das Viereck brach aus der Fassung und fiel in die Wohnung. Wendig kroch Eddie durch die Öffnung und zog Assi nach. Mit verhaltenem Atem knieten sie in der Diele; seelenruhig fügte Assi die Holzplatte wieder in das Loch.

Das hatten wir doch schon mal, dachte Lacan, als er erwachte. Florence drehte sich unruhig im Schlaf. Er kroch aus dem Bett und schlich zur Tür des Schlafzimmers. Obwohl er nichts mehr hörte, spürte Lacan, daß noch jemand in der Wohnung war. Er hatte die Kette vorgelegt und konnte sich nicht vorstellen, wie Eddie und Assi hereingekommen waren. Sein Gesicht war prickelnd heiß. Der Fußboden knarrte. Lacan sprang – nackt wie er war – vor und machte Licht. Eine Sekunde blieben die beiden geblendet sitzen, dann schnellte Eddie hoch, packte Lacan am Arm und riß ihn zu Assi, der in Zeitlupe nach oben kam.

»Wir ham noch Licht bei dir brennen sehn, und da dachten wer uns, jehn wer ma rauf, unsern ollen Kumpel Bernie besuchen«, erklärte sich Eddie.

Assi faßte ein Ohr Lacans und zerrte ihn ins Wohnzimmer. Zum erstenmal während ihrer noch kurzen Bekanntschaft richtete er das Wort an Bernhard:

»Wie is'n det mit unsern Vabindlichkeiten, oller Lauser? Wieder allet vafeiert?«

Eddie grinste, wie nur ein Rattengesicht grinsen kann. Assi drehte das Ohr um, bis Lacan vor Schmerz zuckte. Dann stieß er ihn von sich.

»Was wollt ihr?« fragte Lacan und legte eine Hand auf sein brennendes Ohr.

Eddie schüttelte lachend den Kopf.

An die Wand neben der Tür war ein kleines Foto aus einer spanischen Zeitung gepinnt. Lautmalend las Eddie die Bildunterschrift: Dámaso González no supo estar, ni a su estilo, a la altura del toro.

»Was wollt ihr?« wiederholte Lacan.

Eddie sah ihn verächtlich an.

»Mann, Lacan, bist du echt so blöd?«

Bernhard wußte, daß er gegen die beiden keine Chance hatte, aber sein Stolz war stärker als seine Angst und seine Scham. Er stürzte auf Eddie zu, doch Assidertürke griff seinen Arm und drehte ihn auf den Rücken, bis Lacan auf Zehenspitzen stand. Eddie kam heran und drückte mit dem Daumen seine Nase platt.

»Wenn ick mir recht erinnere, war det vorjestern ne Anzahlung, oder? Da is ja noch einijet offen, wa?«

»Fünf Mille, hab ick so jehört«, sagte Assi.

»Schätz ick auch.«

»Fünf Millionen?«

Die drei sahen zur Türe, als habe jemand ihre Köpfe an Schnüren in die gleiche Richtung bewegt. Florence hatte sich ein Hemd Lacans angezogen.

»Eieieiei«, sagte Eddie und ging auf sie zu. »Denn säh er anders aus, dafür jarantier ick aber.«

Er nahm grob ihre Hand und küßte sie.

»Anjenehm, Eduard Greffrath.«

Florence versuchte vergeblich, sich aus seinem Griff zu winden.

»Mit wem hab ick det Vergnügen?« fragte Eddie aufdringlich.

»Laß sie in Ruhe!« schrie Lacan und wollte nach vorne, aber Assi verdrehte seinen Arm, bis es nicht mehr weiterging.

»Ihr Schweine«, sagte Florence gepreßt. »Was wollt ihr?«

Eddie fuhr mit gespreizten Fingern durch ihr Haar, zog laut die Nase hoch und wandte sich, als habe er ihre Frage nicht gehört, an Lacan.

»Leihste mir det Teil mal aus? Det würde die Sache vereinfachen.«

Lacan gab keine Antwort.

»Ick zahle ja«, sagte Eddie und wedelte mit ein paar Scheinen. Schweigen.

»Was wollen sie?« fragte Florence plötzlich in einem überlegenen Ton. »Vielleicht könnten wir uns einigen, das müßte doch möglich sein.«

Eddie ließ sie los.

»Ick jlobe nich, dat sie ihm helfen können.«

»Um was handelt es sich denn?«

»Fünf Mille«, sagte Assidertürke. Er lockerte seinen Griff, und Lacan konnte sich wieder aufrichten.

»Sie wollen also 5000 Mark?«

»Wat heißt wollen«, sagte Eddie. »Schulden wollen bezahlt sein – oder man macht keine.«

»So is et«, bestätigte ihn Assi.

»Nehmen sie auch Schecks?«

Eddie und Assi sahen sich ratlos an.

»Wat meinen sie?«

»Einen Scheck, darf ich ihnen einen Scheck ausstellen?« fragte Florence. Sie hatte die Arme verschränkt und sah die beiden herausfordernd an.

»Na sach schon«, drängte Assi seinen Freund.

»Also jut, auf Eduard Greffrath.«

»Fünftausend?« Florence schob die Manuskriptblätter auf dem Schreibtisch beiseite und zog einen Kugelschreiber zwischen den Typen der Schreibmaschine hervor. Nachdem sie das Formular ausgefüllt hatte, reichte sie es Eddie, der es mißtrauisch überflog. Keiner rührte sich vom Fleck.

»Damit wäre die Angelegenheit doch erledigt«, sagte endlich Florence.

Assi sah über Eddies Schulter auf den Scheck.

»Komm, wir jehn.«

Eddie faltete das Papier und steckte es ein.

»Also jut. Det reicht für heute ja mal. Die Bedingungen für den Rest werden noch bekanntjejeben.«

Assidertürke ging zur Tür, und Eddie folgte ihm rückwärts.

»Und keine Fisimatenten, vastanden!«

Lacan rieb seinen schmerzenden Ellbogen und ließ sich auf einen Stuhl fallen. Er fühlte sich miserabel, wie ein Kind, das auf dem Spielplatz von der Mutter vor den Kameraden beschützt worden war. Er konnte nicht daran denken, was geschehen wäre, wenn Florence nicht eingegriffen hätte; Eddie würde für die Erniedrigung bezahlen müssen.

Seine Unruhe wurde so groß, daß er nicht sitzen bleiben konnte. Mit einer zornigen Bewegung fegte er die Blätter vom Schreibtisch.

»Wer waren die?« fragte Florence.

Lacan antwortete nicht. Er mußte sich etwas anziehen. Am Fensterkreuz hing ein Trenchcoat, den er über seine Schultern warf.

»Was war denn los? Wer waren die beiden?«

Florence trat auf ihn zu und versuchte, in seine Augen zu schauen.

»Bernhard, sag doch!« Ihre Stimme nahm tatsächlich jenen mütterlichen Ton an, den Lacan verachtet hätte, hätte er ihn erkannt. »Erzähl mir deine Dummheiten.«

»Seit zwei Wochen sind die Primaten hinter mir her«, Lacan stockte.

»Aber warum denn?« fragte Florence, der das alles ziemlich fremd war. Lacan sah sie mitleidig an und bewegte die Hände als verteile er Karten.

»Du spielst?« fragte sie in einer Mischung von Erstaunen und Empörung.

»Ich habe ganz nett was verzockt in der letzten Zeit«, gestand Lacan und trat ans Fenster.

»Du hattest bei den beiden Schulden?«

»Ach, nicht bei Eddie und Assi. Bei dem Typ, der sie sich als Gorilla und Lemure hält.«

Von hinten sah es aus, als schluchze Lacan stumm. Florence schmiegte sich an ihn, und ihr Haar kitzelte in seinem Nacken.

»Was wäre passiert, wenn ...«

»Wenn du nicht hiergewesen wärst? Von wem hatte ich gestern wohl die dicke Lippe?«

»Hör auf! Jetzt ist doch alles gut.«

Lacan lächelte zynisch, eine Augenbraue höher gezogen als die andere. »Ich stehe in deiner Schuld. Fünf Mille, das ist nicht wenig.«

»Das ist doch egal, Bernhard!«

»Für dich vielleicht«, sagte Lacan, und warum er jetzt in die Küche ging, den Kühlschrank öffnete und das Bild herausholte, wußte er selbst nicht, konnte auch später keine Erklärung dafür finden. Der Rahmen des Oelze war mit Eiskristallen besetzt, und Lacan rieb mit einem Küchenhandtuch vorsichtig über das Holz. Florence stand sprachlos neben ihm.

»Damit werde ich meine Schulden bezahlen, bei dir, bei Eddie und Assi, und überhaupt.«

Florence starrte auf ›Die Gehörnten‹.

»Das darf doch nicht wahr sein«, flüsterte sie und nahm ihm das Bild aus der Hand. Mit dem Ärmel des Hemds tupfte sie über eine feuchte Stelle auf der Leinwand.

»War das etwa die ganze Zeit im Kühlschrank?«

»Wieso die ganze Zeit?« fragte Lacan. Als er sah, wie andächtig Florence den Oelze betrachtete, schluckte er das ›Waren nur drei Tage‹ herunter. Er wartete auf Vorwürfe.

»Wie bist du an das Bild gekommen?« fragte sie trocken.

»Geklaut, wie sonst.«

»Du?«

»Wir waren reichlich besoffen, zugegeben.« Das Lächeln der Erinnerung erstarb, als er an Hartmann dachte, aber Hartmann lag gut verstaut in seiner Kiste, nun mußten andere Entscheidungen getroffen werden.

»Wer ist wir?«

»Ist doch gleichgültig. Jedenfalls habe ich das Bild.«

Florence legte den Oelze behutsam auf den Küchentisch.

»Und wie soll die Geschichte weitergehen?«

»Wo ich, oder wir, im Besitz des Bildes sind, ließe sich sicher etwas mit der Versicherung arrangieren.«

»Du gibst es zurück!« sagte Florence bestimmt.

»Hör mir gut zu: Das Bild ist hoch versichert. Der Norddeutsche Lloyd kann es unter Preis haben, und wir teilen.«

»Willst du mich erpressen?« fragte Florence. Sie ging ins Schlafzimmer, wo ihre Kleider lagen.

»Was heißt denn bestechen?« rief ihr Lacan hinterher.

Florence zog sich an und kam wieder in die Küche.

»Warum willst du unbedingt in Schwierigkeiten geraten?«

Ihre undurchschaubare Entschlossenheit beunruhigte Lacan.

»Was willst du damit sagen?«

»Du glaubst doch nicht im Ernst...«

Er packte ihr Handgelenk und drückte zu.

»Was glaube ich nicht im Ernst? Ich höre.«

Welches Geständnis wollte er erpressen?

»Du tust mir weh.«

Lacan ließ sie los und stützte sich auf den Tisch. Draußen dämmerte es, Taubengurren im Hof.

»Vielleicht ist auch eine Übereinkunft mit Steenbergen möglich.« Er machte eine kurze Pause. »Du kennst ihn doch gut.«

»Was denkst du denn?« antwortete Florence schroff.

»Was hältst du von dem Vorschlag? Frage ich.«

Florence zündete sich eine Zigarette an.

»Ich kenne ihn gut, ja«, sagte sie und blies den Rauch kaum sichtbar aus. Ihr Mund wirkte ungeschminkt merkwürdig blaß.

»Woher?«

»Das ist jetzt wirklich unwichtig!« Sie breitete ihren Mantel auf den Tisch und wickelte ihn um das Bild zu einem kleinen Paket. Lacan sah ihr staunend zu.

»Ich laß mir mal alles durch den Kopf gehen«, sagte Florence und klemmte sich das Bild unter den Arm.

»Du gehst?«

»Ich habe Termine.«

»Und das Bild nimmst du mit?« Lacan kam um den Tisch und pellte den Oelze aus der Mantelhülle. »Das Bild bleibt hier!«

»Wie du meinst.«

»Ich meine!«

Florence ging rasch zur Tür.

»Leg' es nicht wieder in den Kühlschrank.«

Lacan schnalzte mit der Zunge. Florence schlug die Türe zu, das Paneel unten links verrutschte, und ein Streifen Flurlicht fiel in den dunklen Gang.

Lacan hatte nicht mehr viel Zeit. Er setzte sich an den Tisch und dachte nach.

Im Radio lief die Presseschau. In Uitenhage waren Rassenunruhen. Wo liegt Uitenhage? Siebert, der Gemüsehändler, vermutete in Holland, obwohl er sich nicht erklären konnte, warum so viele Farbige ausgerechnet in Holland wohnten. Selber schuld, dachte er und ging in das Lager hinter seinem Laden, um sich wie jeden Morgen mit einem Blick zu versichern, genug Ware zu haben für alle Kunden, die heute kämen.

Der Wetterbericht des meteorologischen Instituts Dahlem: 7 Uhr: Graupelschauer von Ost nach West, überfrierende Nässe, Tageshöchsttemperatur 3 Grad.

Die Graupeln schlugen in einem unregelmäßigen Takt vor Oberst Nikolai Koljatows Fenster. Das Wetter in Deutschland war wie die Deutschen, weder – noch; das jedenfalls ist uns gelungen, dachte Koljatow, aber wer stellt sich schon auf die Straße, ballt die Faust gen Himmel und fordert eine gerechte Strafe?

Er sollte als Gutachter zu einem Disziplinarvergehen Stellung nehmen. Wachsoldaten hatten sich mit Offizieren der amerikanischen Militärmission in Potsdam geprügelt, obwohl sie sich gar nicht in der Nähe eines Sperrgebiets aufgehalten hatten. Die Wachen hatten zu Protokoll gegeben, sie seien von den Amerikanern provoziert worden.

Koljatow war es leid, sich mit solchen Kindereien zu beschäftigen. Er überflog den Bericht und konnte sich nicht vorstellen, dazu auch nur einen Satz zu formulieren. Mürrisch schob er den Ordner beiseite und nahm sein Japanisch-Lehrbuch zur Hand. Während er las, machte er am Rand Notizen, manchmal bewegte er lautmalend den Mund. Draußen donnerte es. Koljatow zog seine Stirn in Falten. Ein Gewitter im Januar hatte es noch nie gegeben. Er stand auf, knöpfte die Uniform zu und schloß sein Koppel. Mit gesenktem Kopf schritt er eine Zeitlang auf und ab.

»Hab ich mein blitzendes Schwert geschärft / Und greift meine Hand nach dem Köcher / Dann zahl ich Rache meinen Drängern heim / Und übe Vergeltung an meinen Hassern.«

Er repetierte einen anderen Psalm und lauschte dem Prasseln des Regens. Dann kam Oleg. Koljatow legte den schweren Mantel über die Schultern und folgte seinem Fahrer durch die langen Korridore der Kaserne. Wann hatten diese Tage ein Ende?

Am Ende der Straße, die von mächtigen kahlen Bäumen gesäumt war, lag in einem ehemaligen Kino ein Billigsupermarkt. Links und rechts parkten in Schneebuchten Wagen, einige waren mit einem Matsch- und Schneemantel bizarr bedeckt. Die Fassaden hier besaßen noch etwas vom Glanz der Gründerjahre, obwohl die meisten einen Anstrich brauchten. An einem Haus hingen zusammengenähte Bettlaken, auf die in Rot und Schwarz Parolen gegen die Sanierung gemalt waren. Kinder gingen zur Schule, Rentnerinnen standen an der Ecke, hinter sich ihre Einkaufswägelchen, und ein Straßenfeger streute Asche auf die Gehsteige. Am Himmel ballte sich im Osten über den Häusern ein quellendes Wolkengebirge.

Vorsichtig bog der Fahrer des Transporters um die Verkehrsinsel in der Mitte des kleinen dreieckigen Platzes vor dem Supermarkt. Unter den Deckscheiben der Armaturen rann Kondenswasser in Ritzen und Fugen, die Scheiben seines Häuschens waren beschlagen. Als er Gas gab und den Rückwärtsgang suchte, trieb eine gewaltige Abgaswolke aus dem Auspuff. Die alten Frauen unterbrachen ihr Gespräch und sahen dem Wendemanöver zu. Ein Opel Ascona hupte ausdauernd, weil der Lastwagen die Durchfahrt sperrte. Dann rutschte dem Fahrer der Fuß von der Kupplung. Glas splitterte, und der Ton sich verbiegenden, ineinanderschiebenden Blechs platzte dumpf in die Kälte des Morgens.

Die Frauen packten ihre Einkaufswagen, die Kinder unterbrachen ihren Schulweg, und alles rannte zum Ort des Geschehens. Fenster öffneten sich, und Kissen wurden auf die Fensterbänke gelegt; von weit oben sah es aus, als habe ein Ameisenvolk den Kadaver einer Maus gefunden.

Als die ersten Schaulustigen sich dem Jaguar näherten, schwankte er noch von dem heftigen Aufprall. Der Fahrer des Transporters lehnte aus dem Führerhaus und betrachtete fassungslos, was er angerichtet hatte, da rief ein Mädchen:

»Uuaah, stinkt det!«, und ein anderes, das sein Gesicht vor eine Scheibe des Autos preßte, kreischte: »Da liegt ja einer, eiij, da liegt einer drin!«, bis es von einer der alten Frauen fortgezogen wurde, die selbst einen Blick in das Innere der Limousine werfen wollte.

Bernhard Lacan stand mit zusammengekniffenen Lippen im Bad und cremte sein Gesicht sorgfältig mit Rasierschaum ein.

Er hatte lange vor dem Bild gesessen und nach einer

Lösung gesucht, doch immer wieder waren seine Gedanken fortgeschweift und verwaschene Erinnerungen von irgendwo aufgestiegen und vor der weißen Wand zerfallen, auf die ein flackerndes Xenonlicht die Züge Irenes zeichnete. Das Bild mußte aus seiner Wohnung verschwinden, er aus Berlin, mit Scheinen in der Tasche, genau in dieser Reihenfolge.

Als er den Schaum aufgetragen hatte, wandte er den Kopf nach links und rechts, und versuchte sich vorzustellen, wie er mit Bart aussehen würde. Ernster, gereifter, und er lachte in sein Spiegelbild. Das Telefon klingelte. Lacan hielt den Hörer vom Ohr, um die Muschel nicht mit Schaum zu verschmieren.

»Na Lacan, wie geht's denn heute morgen?«

Die Stimme kam ihm bekannt vor, auch wenn er im Augenblick nicht wußte, zu welchem Gesicht sie gehörte.

»Wer ist da?«

Der andere redete weiter, als habe er die Frage nicht verstanden.

»Ich hätte dir ein Angebot zu machen.«

»Wer ist denn da, verdammt nochmal?«

»Erkennst du mich nicht?«

»Würde ich sonst fragen?«

Es knackte in der Leitung.

»Ich lege jetzt auf«, sagte Lacan.

»Nun warte doch mal. Hier ist Mertens, Wilhelm Mertens.«

»Was willst du?«

»Das Bild!«

Lacan verschlug es die Sprache.

»Ich mache dir einen fairen Preis.«

»Von welchem Bild sprichst du?« fragte Lacan.

Mertens lachte gezwungen.

»Nimm mich nicht auf den Arm. Ich will den Oelze.«

»Wer erzählt denn sowas?«

»Wir sollten die Sache so schnell und so diskret wie möglich hinter uns bringen.«

Lacan dachte einen Moment nach.

»Ich höre.«

»Ich wäre bereit, eine angemessene Summe zu zahlen.«

»Wir sollten uns treffen«, sagte Lacan.

»Wo?«

»Schlag was vor.«

»18 Uhr im Café Oppenheimer.«

»Einverstanden.«

»Ich verlasse mich auf dich«, sagte Mertens eindringlich und legte auf, Lacan hielt den Hörer unentschlossen in der Hand wie ein zu prüfendes Gewicht. Dann rasierte er sich rasch und zog sich an. Er wickelte das Bild in Packpapier, steckte es in eine Einkaufstüte und verließ die Wohnung.

Kommissar Westhov saß in seinem Büro und langweilte sich. Auf der Fensterbank stritten zwei verfrorene Spatzen um die Körner, die seine Sekretärin am Morgen ausgelegt hatte. Westhov sah ihnen geistesabwesend zu und rauchte. Das Telefon schnarrte, Westhov hob geruhsam ab.

»Westhov.«

»Wir haben die Leiche!«

»Was für 'ne Leiche?« fragte Westhov, die Augen auf das Spektakel der Spatzen gerichtet.

»Die vom Einbruch.«

»Was?« Elektrisiert sprang Westhov auf. »Wie bitte? Die Akademieleiche?«

»Ich denke schon«, sagte sein Assistent am anderen Ende stolz.

»Herrgott!« schrie Westhov. »Laß dir nicht alles einzeln aus der Nase ziehen.«

»Folgendes: Heute morgen rammt ein Lieferwagen in Friedenau 'n Auto. Liegt 'ne Leiche drin, ohne Papiere. Der Papagei sieht sie sich an, sie hat'n nettes Loch im Kopf, dreckverschmiert, sieht durchs Mikroskop, sagt: wahrscheinlich isses der, der von der Leiter gefallen ist, Dienstagnacht bei dem Einbruch.«

»Sicher?«

»Also, der hat gesagt, seiner Ansicht nach schon, und wenn der Papagei...«

»Schon gut! Habt ihr den Halter ermittelt? Warum erfahre ich nichts?«

»Wir haben sie nicht erreicht, Chef, heute morgen, ehrlich.«

»Wer ist denn der Halter?«

»Is'n Jaguar mit Münchner Kennzeichen, zugelassen auf einen gewissen Roland Hartmann. Die Kollegen in München versuchen, den zu ermitteln.«

»Habt ihr sonst was gefunden?«

»Den üblichen Kleinkram, aber wie gesagt, keine Papiere, auch kein Geld.«

»Die Leiche ist in der Gerichtsmedizin?«

»Isse. Die wird noch mal gründlich untersucht, na, sie wissen schon. Der Wagen und die Klamotten und so sind bei der Technik.«

»Was machst du jetzt?«

»Ich komme ins Büro.«

»Beeil' dich!«

Westhov war zufrieden. Wenn dieser Hartmann in München ein paar Informationen geben konnte und wollte, oder er selber gar der Tote war, könnte man endlich gezielt vorgehen. Vielleicht hat man ihn auch die Leiter hinuntergestoßen, dann war es kein Unfall, dann war es Mord.

Westhov hatte das Gefühl, daß der Fall bald abgeschlossen sein würde, und dieses Gefühl schätzte er in seinem Beruf am meisten.

Der Bahnhof Zoologischer Garten war der häßlichste und trostloseste Bahnhof Westeuropas. Schäbige verdreckte weißlichgelbe Kacheln pflasterten seinen Boden und seine Wände, und auf allen Pfeilern, Fenstern, Tafeln und Schildern klebte fester Staub, der nach dem Willen der Reichsbahnverwaltung dort bleiben sollte bis ans Ende aller Tage. Die Wirklichkeit war brutaler, als die Kritik der Semantik an Klischees ahnt: Frierende bleiche Fixer warteten in den Ecken und Nischen der Halle auf Freier, Asylanten aus Afrika lagerten auf ihren Kisten und Koffern, Kleinkriminelle mit falschen Goldkettchen und protzigen Ringen lungerten in der Stehbierkneipe, Stadtstreicher trieben verschorft und stinkend zwischen den Reisenden, die so schnell wie möglich zu ihrem Bahnsteig eine Etage höher eilten.

An Lacans Handgelenk baumelte die Plastiktüte mit dem Bild. Er schlenderte durch die Halle zur Tafel der An- und Abfahrtszeiten und blieb vor ihr stehen, als suche er einen bestimmten Zug zu einer bestimmten Zeit. Seine Augen rutschten über die Ortsnamen, dabei sah er flüchtig nach hinten, aber niemand nahm Notiz von ihm. Lacan packte das Bild unter den Arm und ging zu den Schließfächern. Unter dem Schild ›Gepäckaufbewahrung‹ schliefen zwei Männer, seltsam ineinander verkeilt. Sie waren mit einem

Mantel bedeckt, dessen verblichene Farbe die der Fliesen war. Lacan befiel eine Angst, die nichts mehr mit dem Bild zu tun hatte und nichts mehr damit, gefaßt zu werden. Er legte die Plastiktüte in das erstbeste Schließfach, warf eine Münze ein, zog den Schlüssel ab und rannte zum Ausgang.

Es war noch früh. Lacan fuhr mit seinem Wagen ziellos durch die erwachende Stadt. Auf besonderen Wunsch von Tina aus Britz spielte der Moderator des Vormittagsprogramms Bronski Beat. Lacan summte die Melodie und zerbrach sich den Kopf, woher Mertens wußte, daß er das Bild hatte – wenn nicht von Florence.

›Your mother will never understand why you had to leeeave‹ kreischte der Sänger im Falsett. Vor Florence' Haus sah Lacan ihren Wagen, und nun wurde ihm bewußt, wohin er so ziellos gefahren war. Nachdem er den Block noch einmal umrundet hatte, parkte er hinter dem Lancia. Er kurbelte das Fenster herunter und versank im Sitz.

Ihn fröstelte. Auf der Rückbank lag ein roter Schal, den wickelte er um seinen Hals, und die Enden stopfte er unter die Revers seiner Jacke. Im Rückspiegel sah man den Hauseingang. Sollte er aussteigen und sie zur Rede stellen? Was hätte er ihr vorwerfen können?

Ein Mann kreuzte die Fahrbahn und pirschte sich an den Müllkorb, der an einem Lichtmast hing. Lacan wollte seinen Augen nicht trauen, als er die von Lappen umwickelten Schuhe sah, die wie zwei Klumpen an der Hose hingen. Der Mann, der vielleicht in Lacans Alter war, stocherte in den Abfällen. Er öffnete eine Styroporschachtel mit den Resten eines Hamburgers, roch an dem Sesambrötchen und am Hackfleisch, und dann aß er das Zeug aus der Verpackung wie ein Hund aus der Schüssel.

Lacan wurde übel. Er suchte den Schlüssel des Schließfachs und ließ ihn durch die Finger gleiten. Nachdem der Mann aufgegessen hatte, steckte er das Styropor in die Manteltasche und setzte die Untersuchung des Müllkorbs fort. Seine Bewegungen wurden hastiger, als habe er etwas Wertvolles gefunden, schließlich zog er zwei Handschuhe heraus und hielt sie vor sein Gesicht. Lacan staunte nicht schlecht, das waren die Handschuhe Roland Hartmanns, die er vor drei Tagen weggeworfen hatte, bevor er Florence besuchte, an jenem Abend, als Steenbergen und Mertens bei ihr waren. Der Mann sah sich um, ob ihn jemand beobachtet hatte, dann streifte er schnell die Handschuhe über und verschwand.

Wilhelm Mertens und Florence Blumenfeldt tauchten im Rückspiegel auf. Sie standen auf der Schwelle des Hauses, und Florence redete auf Mertens ein. Sie faßte ihn bei der Schulter, um ihn zu zwingen, sie anzusehen, doch Mertens trat einen Schritt vor und fuchtelte mit den Händen, was gar nicht zu ihm paßte. Florence wollte ihn beruhigen, aber er riß sich mit einer herrischen Geste los und ging zu ihrem Wagen. Florence kam ihm nach, legte einen Finger auf ihren Mund, und sie fuhren los.

Lacan sackte noch tiefer in den Sitz. Einmal, zweimal, dreimal startete er den Opel, bis er endlich ansprang; an der übernächsten Ampel hatte er sie wieder eingeholt. Sie fuhren nach Norden, vorbei am sowjetischen Ehrenmal und am kuppellosen Reichstagsgebäude vor der Mauer. Über dem weiten Platz der Republik lag ein Nebelschleier. An der Invalidenstraße bogen die anderen in die Sackgasse, an deren Ende der Grenzübergang war.

Lacan hielt vor der Ecke, sprang aus dem Wagen und versteckte sich hinter den kahlen Pappeln am Spreeufer. Die Schranke wurde geöffnet, und der Lancia rollte zwischen die grauen Baracken der Grenztruppen. Vor der Ruine des Hamburger Bahnhofs stand eines jener langbeinigen ›Vous sortez le secteur‹-Schilder, die so überflüssig waren wie Safer-sex-Poster in einem Darkroom. Lacan blieb eine Zeit in der Grünanlage, weil er an einen Irrtum glaubte und darauf wartete, daß der Wagen zurückkommt. Nichts geschah. Ein französischer Soldat ging in einer glänzenden Pelerine vor dem Schlagbaum auf und ab und löste sich im Nebel auf. Die Fahnen der Besatzungsmächte klebten an den Masten, da war kein Geräusch und keine Bewegung, nur einige Möwen kreisten als schwarze Punkte über dem Nordhafen.

Lacan fuhr in die Stadt zurück. Tagesausflug nach Ostberlin, warum nicht? Je länger er über die Geschichte nachdachte, desto ungereimter und verworrener wurde sie für ihn. Florence zahlt seine Spielschulden, er gesteht den Diebstahl, eine Stunde später weiß Mertens alles, und jetzt fahren die beiden – sich streitend – in den anderen Teil der Stadt.

Der andere Teil der Stadt war ein anderer Kontinent, den man alle drei Jahre betrat wie Humboldt die Amazonaswälder, Lacan wenigstens: das Kaufhaus Centrum am Alexanderplatz, die Mokkastuben, die Schönhauser Allee, der Gestank der Zweitaktmotoren, das glänzende Stadttor von Babylon und der Fries des Pergamonaltars auf der Museumsinsel.

Schluß. Sollen sie im Osten tun, was sie wollen, er wollte heute noch den Oelze verkaufen, und Steenbergen war sein Mann.

Im Café Europa war wenig Betrieb. Der Kellner stand hinter der Bar und putzte Gläser, zwei Frauen saßen bei Melange und Tee über Buch und Zeitung.

»'n Espresso und das Telefonbuch, L–Z.«

»Wie geht's denn?« fragte der Kellner.

Lacan hob die Schultern.

»Geht so.«

Der Kellner drückte einen Hebel an der Maschine und verfolgte gebückt, wie sich die kleine Tasse zischend füllte. Mit geübtem Schwung stellte er den Espresso vor Lacan ab und holte das Telefonbuch aus dem Küchenverschlag.

»Na, was is'?« fragte Lacan, als der Kellner zögerte.

»War denn Dienstag los?«

Lacan sah ihn verständnislos an.

»Auf'm Clo. Mit dem Heiermannluden?«

Bevor Lacan sich erklären konnte, sagte der Kellner:

»Müssen wir hier nicht haben. Is klar, ne?«

»Klar«, sagte Lacan und nahm ihm das Telefonbuch aus der Hand.

»Du hast noch 'n Bier und 'n Osborne offen!«

»Zahl' ich gleich mit, war in Eile.«

Lacan streckte die Beine unter dem Tisch aus und öffnete mit den Zähnen das Zuckerbriefchen. Als ihn die eine Frau über den Zeitungsrand hinweg ansah, warf er ihr einen Kußmund zu. Sie zeigte ihm die Zunge und las weiter. Die Byrds krächzten: ›Hey Mr. Tambourine Man‹, und Lacan erinnerte sich an die ersten Knutschparties in Matratzenkellern.

Unter S fand er schnell den Namen Steenbergen. Es war der einzige Steenbergen mit Telefon in Berlin, und es bestand kein Zweifel, daß es der Holländer sein mußte. Er wippte nervös mit einem Bein. Was sollte er Steenbergen sagen? Guten Tag, ich hab' den Oelze, kostet 50 000? Oder vielleicht: Was ist ihnen denn ein Oelze wert?

Lacan wußte, er würde nicht anrufen, dächte er noch

eine Sekunde länger nach. Er schmiß das Telefonbuch auf einen Stuhl und ging rasch zu dem Apparat am Ende der Bar. Sein Herz schlug bis in den Hals. Das Signal summte in der Leitung. Niemand da, dachte er schon erleichtert, als jemand abhob.

»Belasc, bei Steenbergen.«

»Hier ist, ist, ja, also«, sagte Lacan und räusperte sich. »Könnte ich bitte mit Herrn van Steenbergen sprechen?«

Jedes einzelne Wort hallte in seinem Ohr nach.

»In welcher Angelegenheit, bitte?« fragte Belasc.

»Akademie der Künste.«

»Einen Augenblick, bitte.«

›Hey Mr. Tambourine Man play a song for me, I'm not sleepy and there is no place I'm going to‹ sang der gläsertrocknende Kellner, und Lacan steckte einen Finger in sein freies Ohr und trat um die Ecke, wo die Toiletten waren.

»Ja, Steenbergen.«

»Hier ist Lacan«, und er hätte sich die Zunge abbeißen können.

»Wer ist da?« fragte der Holländer.

Er hat es nicht verstanden, dachte Lacan aufatmend.

»Es geht um das Bild.«

»Welches Bild?«

»Die Gehörnten von Richard Oelze!«

»Was ist damit?« fragte Steenbergen gelassen.

»Ich hab's.«

»Wer sind sie?«

»Unwichtig.«

Steenbergen schwieg, und Lacan wußte schon wieder nicht, wie es weitergehen sollte.

»Was wollen sie?«

»Ich? Ich will nichts. Wollen sie's zurückhaben?«

»Es gehört mir«, sagte Steenbergen.

»Deshalb will ich's ihnen ja wiedergeben!«

»Preis?«

»Über den könnte man sich einigen.«

Anfänger, dachte Steenbergen. »Wie können wir zusammenkommen?« fragte er dann.

»Sie sind also interessiert?«

»Sicher, ja.«

Lacan fühlte sich nicht wohl in seiner neuen Rolle, er wollte das Gespräch beenden.

»Ich rufe sie im Laufe des Tages wieder an.«

»Gerne«, sagte der Holländer, aber das hörte Lacan schon nicht mehr, weil er aufgelegt hatte.

Nachlässig und ohne hinzusehen, langte der Kellner in die Kasse, als Bernhard ihn um zwei Groschen bat.

Auf einen eingerissenen Zettel war Irene Rabbias Nummer im Haus des Rundfunks gekritzelt.

»Kannst du dir vorstellen, irgendwo anders zu wohnen?« hatte Irene Rabbia ihren Sohn während des Frühstücks gefragt.

»Wie meinste das?«

»Nicht mehr in Berlin.«

Raffael schob ein Tomatenviertel in seinen vollen Mund und konnte nicht antworten. Irene rauchte und trank Kaffee.

»Afrika«, sagte er und goß sich ein Glas Milch ein.

»Wie bitte?«

»Haste das gestern abend nicht im Fernsehen gesehn?«

Irene schüttelte den Kopf.

»Im Dritten, der Film über die Jäger mit John Wayne.«

»Hatari?« fragte Irene.

»Genau! Mit'm Jeep haben die ein Nashorn gefangen,

mit 'ner Schlinge und dabei ist einer rausgefallen. Haben alle zusammengewohnt auf 'ner Farm.«

»Also Afrika?«

»Für mich kommt nur Afrika in Frage«, sagte Raffael selbstbewußt und sprang hoch. Er nahm seine Schultasche, umarmte Irene, und die Eingangstüre knallte ins Schloß. Was sollen wir auch in Stuttgart? dachte Irene und drückte die Zigarette im Eierbecher aus.

Sie hatte den Vormittag an ihrem Schreibtisch verbracht, den Kopf in die Hände gestützt; die Stimmen und Bewegungen der anderen waren weit entfernt. Einmal versuchte sie, Lacan anzurufen, doch sie hatte aufgelegt, bevor er sich melden konnte.

Die Klimaanlage rauschte und vor der Fensterfront zogen zerrissene Wolkenschwaden. An der Decke platzte eine Neonröhre, und Irene erwachte. Das Telefon schellte.

»Rabbia.«

»Ich muß dich sofort sehen!«

»Wo bist du?«

»In einer halben Stunde vor dem Haupteingang des Zoo!«

»Was ist denn los? Gut, in einer halben Stunde!«

Auf dem Korridor begegnete sie Leschek.

»Wo willst du denn hin?« fragte er, doch sie lief ohne Antwort an ihm vorbei.

Ungeduldig schlug sie im Aufzug vor die Tafel mit den Etagenknöpfen. Als die Drehtüre sie auf die Straße wirft, weiß sie, daß sie nicht so bald zurückkehrt.

Die Verhandlung war nur noch Formsache: Übergabe der Filme, Bestätigung der Konditionen, es gab keine Schwierigkeiten. Es war ein einfaches Kompensationsgeschäft, ein Teil des Rechners wurde in bemalter Leinwand bezahlt. Diesmal hatte Steenbergen zwei Bilder Heckels für seine im Verborgenen blühende Sammlung verlangt.

Oberst Koljatow folgte dem Geplänkel unaufmerksam. Immer wieder wanderte sein Blick über den Tisch zu Florence, bis ihm endlich einfiel, an wen sie ihn erinnerte.

Auf seinem Schulweg war er oft an einer jungen Frau vorbeigekommen, die für ein paar Kopeken Strohblumen verkaufte. Die Sträuße lagen auf einem umgedrehten Karton, und manchmal war er stehengeblieben, um ihr zuzusehen. Einmal hatte sie ihm eine getrocknete Blume durch ein Knopfloch seiner Jacke gesteckt und ihn angelächelt. Eines Tages im Herbst hatte er von weitem beobachtet, wie die Miliz sie fortzerrte.

Drei oder vier Wochen nach jenem Vorfall hatte er den Kummer, den eine verlorene erste Liebe hervorruft, vergessen und nicht mehr an sie gedacht, bis er jetzt Florence sah, in deren Gesten das Bild der Blumenverkäuferin wieder erstand, und in ihm lag ›die wilde Schwermut, die uns bei der Erinnerung an Zeiten des Glücks ergreift‹.

Wilhelm Mertens und Florence Blumenfeldt packten ihre Unterlagen und erhoben sich. Dr. Belösy stand neben Oberst Koljatow. Wie immer vermieden es alle, sich die Hand zu reichen. Koljatow spielte unaufmerksam mit einem Bleistiftstummel in seiner Tasche. Als Florence den Raum verließ, schaute er ihr verwundert nach.

Auf einem einfachen rechteckigen Messingschild neben dem Eingang stand: ›VEB Interhandel Telemex‹, darunter waren die Rippen der Gegensprechanlage.

»Was bedeutet eigentlich Telemex?« fragte Florence vor dem Haus.

»Mexikanisches Fernsehen«, sagte Mertens.

»Du weißt es auch nicht?«

»Ich habe noch nie darüber nachgedacht.«

Er versuchte, eine Zigarette anzuzünden, doch der Wind blies die Flamme aus, wohin er sich auch drehte.

»Ich möchte fahren«, sagte Florence.

»Natürlich, ich will hier nicht überwintern«, antwortete Mertens und schob die Zigarette in die Packung zurück.

Zwei Jungen bückten sich neben dem Lancia, die Hände wie Trichter vor den Augen.

»Würd ick ma jerne mit fahren!« rief einer.

»Beim nächstenmal«, lachte Mertens und stieg ein.

»Wohin?«

»Warst du schon mal auf dem Fernsehturm?«

»Der am Alexanderplatz?« fragte Florence irritiert.

»Genau der.«

»War ich noch nicht.«

»Dann laß uns doch rauffahren. In der Kugel oben ist ein Restaurant.«

Im Sommer spiegelte sich die Sonne im Fensterrund des Ost-Berliner Fernsehturms in der Form eines Kreuzes, das von morgens bis abends über die Stadt strahlte; jetzt im Winter sah man es kaum, hoch zwischen den Wolken.

Von der verglasten Aussichtsplattform führte eine Wendeltreppe zum Restaurant. Die Treppe war mit einem lose gespannten Tau gesperrt, daneben hing eine Tafel: ›Sie werden plaziert‹. Florence sah Mertens fragend an, doch der hob nur entschuldigend Schultern, Mund und Brauen.

»Wir sind auf dem Gipfel des realen Sozialismus.«

Florence hatte keinen Sinn für Späße. Sie spürte jene Beklemmung, die sie in der Morgendämmerung oft befiel, und am liebsten wäre sie gleich wieder hinuntergefahren.

Bevor sie es sich anders überlegen konnte, kam eine Hosteß in einem braunroten Kasack, hängte das Tau aus und bat Florence und Wilhelm nach oben.

›Sie haben eine Stunde, das heißt: eine Umdrehung der Plattform, Zeit zum Verzehr‹, stand auf der ersten Seite der Speisekarte.

»Das ist mal ein Wort«, sagte Mertens, nachdem er die Anweisung gelesen hatte.

»Was meinst du?«

»Eine Stunde, dann geht's wieder abwärts.«

Valeska Lacan saß in einer Ecke des Wartezimmers und blätterte in einer Lesering-Mappe, als die Tür aufging und ein etwa 40-jähriger Mann erschien.

»Valeska, kommst du bitte.«

Sie legte die Illustrierte auf den flachen Tisch zurück und folgte dem Mann in sein Sprechzimmer. Neben, vor und hinter dem gläsernen Schreibtisch waren Akten zu skurrilen Gebirgen gestapelt, ein Metallregal bog sich unter der Last der Gesetzestexte, Kommentare, Vorgänge. Sie ließ sich in einen Sessel fallen. »So geht das wirklich nicht weiter, Jochen!«

Jochen, der Rechtsanwalt, trug eine Nickelbrille, halblange Haare und einen grünen Breitcordanzug, Modell linksliberal.

»Zahlt er nicht?«

»Anfang der Woche hat er's noch versprochen. Er wollte das Geld gleich überweisen.«

»Und?«

»Alles nur Gerede«, sagte Valeska und kramte eine Zigarette aus der Tasche auf ihrem Schoß.

Der Rechtsanwalt öffnete einen Fensterflügel. Dann ging er zum Regal und zog unter einem Haufen ungeordneter Papiere eine Pfeife hervor, deren kleiner Kopf mit einer Filigranarbeit verziert war.

»Lohnpfändung entfällt, das weißt du«, sagte er. Die Flamme seines Feuerzeugs züngelte um das bohnengroße schwarze Stück Haschisch, das er schnell zwischen den Fingerspitzen drehte.

»Man muß doch was unternehmen können!«

Der Rechtsanwalt sah sie über den Rand seiner Brille an und nahm einen tiefen Zug aus der Purpfeife, und gleich danach noch einen. Mit einem glucksenden Geräusch preßte er den Rauch in seine Lungen.

»Das Geld steht mir doch zu, völlig klare Rechtslage«, sagte Valeska.

»Willst du 'nen Zug?« fragte der Mann ruhig. Mit jeder Silbe trat dünner heller Rauch aus seinem Mund. Er wedelte mit dem Fensterflügel kalte Luft ins Zimmer und rückte seine Nickelbrille zurecht, die ein lächerliches Relikt aus lächerlichen Zeiten war.

»Wir könnten ihn zum Offenbarungseid zwingen.«

Valeska nahm die Pfeife aus dem Mund und sagte unbewegt: »Wenn's nicht anders geht.«

Von dort oben blickte man auf die Hauptstadt wie auf das Reißbrett eines Architekten: die Kuppel des Doms und das rote Rathaus, den weitläufigen Alexanderplatz, über den ein eisiger Wind strich, die gigantische Glas- und Stahlkonstruktion der S-Bahn-Halle, die eintönigen Wohnblocks in Fertigbauweise, die sich, Riesenquadern gleich, bis ins Zentrum schoben.

West-Berlin lag unter graublauen Wolken verborgen, nur einmal sah man kurz die verlorene Fassade des Anhalter Bahnhofs mit dem Trümmergelände dahinter.

Mertens trank ein Radeburger Pilsener und aß Roastbeef, das am Rande des Tellers mit einer aufgeschnittenen Senfgurke geschmückt war. Vor Florence dampfte ein Mokka.

»Warum sind wir hier hochgefahren?« fragte sie.

Mertens quetschte Mayonnaise aus einer kleinen Plastiktüte auf das Fleisch.

»Um uns in Ruhe zu unterhalten.«

»Über was?«

»Dies und das. Über was ich schon immer mal mit dir reden wollte.«

Florence sah sich nervös um. Beim Buffet hing ein Plakat der ›Messe der Meister von morgen‹; die Hosteß geleitete eine bulgarische Besuchergruppe an einen freien Tisch. Florence nippte an ihrem Mokka, der schmeckte, als habe man einen trockenen Filter zum zweitenmal aufgegossen. Als Mertens ihr Gesicht bemerkte, fragte er:

»Nicht gut?«

»Was soll das?«

Er sah nach draußen. Florence verspürte große Lust, seinen Kopf in die Mayonnaise zu drücken. Mertens klimperte mit seinen Fingernägeln vor das Glas.

»Das Bier ist vorzüglich!«

Florence wollte aufstehen, aber Mertens packte ihren Arm und zog sie wieder auf den Stuhl. Er schüttelte mißbilligend den Kopf.

»Wir wollten uns doch unterhalten, also hab' ein wenig Geduld.«

Florence neigte sich nach vorne.

»Was willst du wissen?«

Mertens tupfte mit der Serviette aufreizend langsam seine Mundwinkel und lehnte sich zurück.

»Hat er das Bild?«

»Ich habe dir heute morgen schon alles erklärt«, sagte Florence so laut, daß sich die Gäste an den Nebentischen umdrehten.

»Es genügt, wenn ich dich verstehe«, sagte Mertens und zerknüllte die Serviette.

Florence strich ihr Haar aus der Stirn.

»Er hat das Bild nicht!«

Mertens verschränkte die Arme vor der Brust.

»Tatsächlich?«

»Tatsächlich!« zischte Florence.

»Ich glaube, er hat es doch, und du, meine schöne Florence, belügst mich nach Strich und Faden.«

Bevor sie sich empören konnte, fuhr Mertens fort. »Du denkst doch nicht im Ernst, den Oelze-Deal ohne mich zu machen? Oder? Denkst du das? Mich über den Tisch ziehen?«

Florence winkte der Kellnerin und bestellte einen Cognac.

»Und wenn ich zufälligerweise weiß, daß er's hat?«

»Das wußtest du gestern doch auch schon.«

So geht's nicht, dachte Mertens und stützte die Arme auf den Tisch.

»Ich mache dir einen Vorschlag, hör zu.«

Er versuchte, ihre Hand zu fassen, doch Florence wich ihm geschickt aus.

»Machen wir uns nichts vor, ich habe mit ihm gesprochen.

Lacan hat das Kleinod irgendwo versteckt und will es loswerden. Und Steenbergen hat Geld genug, es zu bezahlen, zumal die Versicherung ihm die Unkosten ersetzt. Warum biete ich dir das Geschäft an? Weil ich dich mag! Weil ich will, daß du mit einem kleinen Polster aussteigst. Du steigst doch aus?«

»Das geht dich nichts an.«

»Oh, Florence, unterschätze nicht, wie sehr mich das angeht, aber das ist im Augenblick nicht das Problem. Zum letztenmal: Wir machen es gemeinsam oder . . . gar nicht.«

»Und Steenbergen?«

»Der alte Trottel!« lachte Mertens. »Dem ist es doch egal, der will nur sein Bild wiederhaben.«

»Du kotzt mich an«, sagte Florence zögernd, als suche sie nach den richtigen Worten.

Die Bulgaren begannen zu singen, und die Hosteß forderte sie auf, die Restaurantordnung einzuhalten. Florence hatte die Augen geschlossen.

»Steenbergen ist fällig«, sagte Mertens beschwörend und streichelte ihre Hand. »Mach dir keine Gedanken. Wir beide schaffen das schon.«

Florence schluchzte.

»Ist doch alles in Ordnung«, sagte Mertens, und ein Rest Ehrgefühl, oder besser Aufrichtigkeit, erwachte in ihm, und wahrscheinlich hätte er so etwas wie Scham empfunden, wenn er sie nicht schon vor Jahren in einer Hotelbar verloren hätte.

Florence putzte sich die Nase und zog an seiner Zigarette. Ihre Augen waren schmal geworden. Sie trank den Cognac aus.

»Warum nur willst du Steenbergen ablinken?«

Mertens sah unbeteiligt aus dem Fenster.

»Sieh mal, das Brandenburger Tor!«

Die Drehbewegung der Kugel machte Florence schwindlig und sie fixierte den Schwenker.

»Deine Ausdrucksweise gefällt mir nicht.«

»Du hörst dir selbst nicht zu, wie? Ich verliere langsam die Geduld.«

»Verlier', was du willst, aber ich gehöre nicht mehr zu eurem Club. Macht alle Geschäfte ohne mich, Bilder, Computer, was weiß ich. Ich kann nicht mehr.«

Florence fühlte, wie sie die Kontrolle über ihre Gesichtsmuskeln verlor. Mertens stippte einen Finger in die Mayonnaise und leckte ihn ab.

»Mein letztes Angebot: Wir holen das Bild von Lacan, Steenbergen zahlt, und dann kannst du tun und lassen, was du willst.«

Florence wußte nicht, warum sie sich weigerte, Mertens' Vorschlag anzunehmen, es war alles so einfach. Genausowenig wußte sie, warum er ihr das Angebot überhaupt machte.

»Was ist jetzt?«

Florence beobachtete die Wolken, wie sie sich zusammenzogen, vom Wind auseinandergetrieben wurden und den Blick weit nach Norden freigaben.

»Was war eigentlich mit meinem Vater?« fragte sie plötzlich.

»Wie bitte?«

»Was habt ihr mit meinem Vater gemacht?«

»Das hättest du ihn am besten selbst gefragt«, antwortete Mertens verletzend und winkte der Kellnerin: »Zahlen!« Dann sagte er zu Florence:

»Du enttäuschst mich, wirklich, du hast nichts gelernt.«

Er legte einen Schein auf den Teller mit dem Kassenbon.

Florence wartete auf eine schon lange fällige Antwort.

»Dein Vater hat bei einem riskanten Geschäft va banque gesetzt und verloren«, log Mertens. Er stand auf und sagte gefühllos:

»Das ist alles!«

Gleichzeitig reichte er Florence seinen Arm und führte sie zum Aufzug, Tränen liefen über ihr Gesicht.

Lacan sprang frierend neben dem Kassenhäuschen des Zoologischen Gartens von einem Bein aufs andere. Der große Platz zwischen der Bahnhofshalle und dem Zoo bot dem Januarwind keinen Widerstand. Straßenlärm wehte aus der Stadt verzerrt nach Norden und fing sich in den blattlosen Baumkronen des Tiergartens. Unter der S-Bahn-Brücke warteten schmutzig-gelbe Doppeldecker der Verkehrsbetriebe, die Fahrer aßen ihre Pausenbrote. Eine Touristengruppe näherte sich, Lacan wich aus, um nicht zermalmt zu werden.

Endlich hielt das Taxi mit Irene. Sie stand zögernd am Bordstein und sah nach allen Seiten. Lacan löste sich aus dem Schatten der Sträucher und lief auf sie zu. Sie umarmten sich lange, jemand fotografierte sie.

Bernhard Lacan und Irene Rabbia gingen schweigend die Gehege entlang. Braungescheckte Springböcke schnupperten in die rußige Luft, ein Eisbär schwamm im Begrenzungsgraben und tauchte unter, Wisente glotzten wiederkäuend durch den Maschendraht. Lacan hatte den Arm um Irenes Schulter gelegt.

»Warst du schon mal im Nachttierhaus?« fragte er.

»Du kennst dich hier aus?«

»Sicher«, grinste Lacan und befeuchtete mit der Zungenspitze seine spröden Lippen.

Die in die Wände eingelassenen Terrarien waren fast dunkel, nur von der Decke schimmerte schwach ein blaues Notlicht – so hatten die ausgestellten Tiere die Illusion einer verkehrten Welt.

Ein Gecko lauerte regungslos auf einem Baumstumpf nahe der Scheibe und beobachtete eine Motte, die flügelschlagend versuchte, durch das Panzerglas zu entkommen. Sie blieben stehen. Niemand sonst war in diesem Teil des Gebäudes. Als sie sich küßten, schnappte der Gecko nach der Motte, die mit ihren zarten Flügeln schlug und dann zwischen den mahlenden Kiefern des Jägers verschwand.

»Ich bin in Schwierigkeiten«, sagte Lacan und löste sich aus der Umarmung.

»Ich weiß.«

»Aber deswegen wollte ich dich nicht sehen.«

»Das hoffe ich«, sagte Irene.

»Vielleicht muß ich Berlin für ein paar Wochen verlassen.«

»Nur für ein paar Wochen?« fragte Irene, und Lacan erschrak, denn es hörte sich an wie: Das wird in diesem Fall nicht genügen.

»Wie meinst du das?«

Irene hakte sich bei ihm ein und zog ihn weiter. Der Gecko putzte sich.

»Warum verlassen wir Berlin nicht für längere Zeit?«

»Für längere Zeit?«

»Warum nicht für immer?«

Lacan starrte zur Decke. Das wäre das beste, dachte er und schüttelte den Kopf. »Wie stellst du dir das vor?«

»Willst du?« fragte Irene, und es gab nur Ja oder Nein. Lacan umarmte sie, aber Irene drückte seinen Kopf sanft zur Seite und sah in seine Augen, so, daß Lacan nicht wegsehen konnte. Er nickte.

»Wirklich?«

»Ja!«

Das war endgültig. Wenn nicht mit Irene, dann mit keiner, dachte Lacan, und zum Alleinsein ist niemand geboren.

Ein Termitenhügel war als Querschnitt vor die Scheibe geschichtet. Unzählige Insektentiere krabbelten durcheinander, übereinander, schleppten Beute, begatteten sich in schwindelerregender Unordnung.

Irene und Lacan sahen ihnen wortlos zu. Eine Schulklasse lärmte an ihnen vorbei. Dann war wieder Ruhe, nur das Deckenlicht summte leise.

»Verrückt, nicht?« sagte Irene, die nur ein wenig kleiner war als Lacan. Sie faßte seine Hand.

»Warum mußt du ein paar Wochen fort?«

Lacan zögerte.

»Mir mußt du es sagen!«

Lacan erzählte ihr die ganze Geschichte. Fast die ganze Geschichte, denn Florence erwähnte er nicht. Als er endete, waren sie wieder vor dem Ausgang. Irene lachte. Sie lief durch das Drehkreuz und hielt es von außen fest. Lacan steckte seinen Kopf durch die Stangen und wimmerte:

»Asylrecht, gebt Asylrecht.«

Irene ließ ihn durch.

»Du darfst nicht vergessen, ich bin nicht Maureen O'Hara.«

»Und wir sind nicht in einem Buch von Victor Hugo.«

»Leider nicht.«

»Was machst du jetzt?« fragte er.

»Ich fahre nach Hause und sage Raffael, er soll seine Sachen packen.«

Lacan lächelte sie überrascht an.

»Vorsichtshalber. Er braucht sicher ein paar Tage«, sagte Irene schnell.

»Und du?«

Statt einer Antwort packte sie seinen Kopf und küßte

ihn leidenschaftlich, bis der Kassierer aus seinem Kasten rief:

»So valiebt müßte man noch ma sein!«

»Ich rufe dich an«, sagte Lacan und lief quer über den zugigen Platz; Irene hielt noch einen Augenblick die Hand ausgestreckt, dann wickelte sie den langen schwarzen Schal um ihren Hals und schnappte im Gehen nach den Wölkchen ihres Atems.

Der Geschäftsführer des ›Pik 7‹ saß an seinem Schreibtisch und aß mit den Händen Pizza aus einem Pappkarton, ein Fernsehgerät flimmerte stumm in der Ecke.

»Ma ma aus«, sagte er kauend, und Eddie stieß Assidentürken an, der ohne Widerspruch in die Ecke schlich. Vor der Pappschachtel mit der zerrupften Pizza lag der Scheck. Der Geschäftsführer wischte sich den Mund mit einem befleckten Küchenhandtuch und ziepte zwischen den Zähnen.

»Mann, eh, der is ja noch nich ma von ihm!«

Eddie zuckte zusammen.

»Naja, ick meen, wir dachten ...«

Er suchte Assis Blick, doch Assi blieb zaudernd in dem dunklen Winkel.

»Det Denken kannste den Pferden überlassen, die ham jrößere Köppe!« schrie der Mann, wobei er sich mit der flachen Hand klatschend vor die Stirn schlug. Er tippte mit ausgestrecktem Zeigefinger vor Eddies rachitische Brust.

»Ick will cash, man, und keene Schecks von weiß ick wem.«

Eddie nickte getreten.

»Für wat zahl ick euch eijentlich?«

Er faltete den Scheck und steckte ihn in Eddies Tasche.

»Det is deine letzte Schankse, mir zu beweisen, dette keen Idiot bis'. Deine allerletzte.«

»Det war so«, begann Assi ungeschickt den Versuch einer Erklärung.

»Fresse, man, mit dir spricht keener!«

Er kniff Eddies Ohrläppchen zwischen den Fingernägeln. »Ihr jeht mit dem Sack auf ne Bank, da löst er den Scheck ein, ihr wartet draußen und er jibt euch det Jeld.«

Der Mann gab Eddie einen Klaps auf die Wange.

»Vastanden?«

Sie nickten. Der Geschäftsführer des ›Pik 7‹ ging zum Fernsehgerät und schaltete es wieder ein. Eddie und Assidertürke bewegten sich langsam zur Türe, als erwarteten sie einen abschließenden Fluch, doch der Mann beachtete sie nicht mehr. Er drehte seinen Stuhl zum Bild und legte die Beine auf den Tisch.

Harry Schulz und Gerd Franke fuhren in ihrem Funkwagen um den Lützowplatz. Der Vormittag war angenehm ereignislos gewesen: ein leichter Verkehrsunfall, eine hilflose Person, ein Wohnungseinbruch.

»Wat machste im Urlaub?« fragte Franke. Seit Dienstbeginn versuchte er, seinen Kollegen durch Witze und gemeinsame Erinnerungen auf andere Gedanken zu bringen.

»Keine Ahnung«, antwortete Schulz barsch. Noch einmal drei Wochen Formentera würde er nicht durchstehen.

»Man sollte jetzt buchen«, fuhr Franke ungerührt fort, »denn jibt et später keene Schwierigkeiten.«

»Kann sein. Mir ejal.«

»Laß dich doch scheiden, denn krisste ooch keen Magenjeschwür.«

»Hab ick schon«, raunzte Schulz. »Jeht dich jarnischt an!«

»Denn heul mir nicht die Hucke voll.«

Sie bogen in die Hofjägerallee, an deren Ende die vergoldete Siegessäule in den Winterhimmel ragte.

»Guck ma, der Opel da, da jeht det Bremslicht nich'«, sagte Harry Schulz in einem Anfall von Diensteifer.

»Wo?«

»Da, auffer zweiten Spur.« Schulz wies über das Lenkrad auf den Wagen, der vor ihnen an der Ampel hielt.

Als Bernhard Lacan die Polizei im Rückspiegel sah, dachte er einen Augenblick daran, Gas zu geben, Verfolgungsjagd quer durch die Stadt.

Gelb, grün, er fuhr langsam an. Es durfte doch nicht an einem Bremslicht scheitern, seine Kehle schnürte sich zu.

»Na und?« fragte Franke.

»Mir is det ooch ejal«, sagte Schulz und sank in den Sitz.

»Willste ne Zigarette?«

»Ick rooch nich' mehr«, sagte Schulz trotzig.

Franke lenkte den Funkwagen auf die Standspur und bot Harry eine Zigarette an. Er zierte sich.

»Wat soll'n det?«

Schulz lächelte und zog die Zigarette aus der Packung.

»Na also«, sagte Franke und gab ihm Feuer.

Der Polizeiwagen verschwand aus Lacans Rückspiegel. Er verdrehte den Kopf, aber der grüne Bus blieb am Straßenrand stehen. Die Garotte um seinen Hals sprang auf, und Lacan schluckte verkrampft.

»Brems' nur noch, wenn's gar nicht anders geht«, sagte er zu sich selbst. Er verfluchte seinen Verfolgungswahn, am liebsten hätte er sich wegen dieser Schwäche geohrfeigt. Seine Zähne mahlten aufeinander, und die Knöchel der Hände um das Lenkrad traten weiß hervor. Dann trat er das Pedal bis zum Anschlag durch, überholte mit hoher Geschwindigkeit die Autokolonne und bog so schnell in den breiten Kreisverkehr um die Siegessäule, daß er gegen die Tür gedrückt wurde, Granulat prasselte vor die Kotflügel. Er lenkte gegen und drosselte den Motor.

Im Briefkasten lag ein blauer Brief. Lacan hielt ihn gegen das Flurlicht. Durch das dünne Papier schien der klobige Schriftzug: ›Deutsche Bank Berlin‹, und Lacan steckte ihn ungelesen in den Kasten zurück.

Er würde einige Sachen zusammenpacken müssen, die Frage war nur, welche und wozu?

Im ersten Stock war der gewöhnliche Streit zwischen Vater und Tochter. Lacan ging rasch weiter, er wollte nicht mehr Zeuge solcher Szenen sein. Das Schloß der Wohnungstüre klemmte. Er drehte den Schlüssel gegen einen Widerstand und riß an der Klinke, bis die Türe endlich schwerfällig aufsprang. Der Rahmen war verzogen, rechts oben staken Splitter aus einem Bruch im Holz. Lacan stieß die Türe vorsichtig auf und lauschte in die Diele, kein Ton in der frühen Dämmerung des Januarnachmittags, nur das Minutenlicht klickte im Flur. Er ging ins Schlafzimmer. Durch die Rippen der Jalousie fiel noch genügend Licht, um das Durcheinander schemenhaft zu beleuchten. Die Matratze war aus dem Bettrahmen gerissen und mit einem Messer zerstochen worden. Die Füllung quoll aus den unregelmäßigen Schnitten wie Gedärm. Im Raum verteilt lagen Jacken, Hosen und Pullover. Selbst die Bücher hatte jemand aus dem Regal gefegt und durchwühlt. Lacan stand angewurzelt auf der Schwelle, während seine Hand zum Lichtschalter tastete. Die Neonröhre an der Decke flackerte zögernd auf, und dann sah er den Schatten.

Er wollte sich umdrehen, aber der Schatten hatte ihm schon einen harten Schlag in die Nieren gegeben, der Lacan den Atem nahm. Er taumelte ins Schlafzimmer, seine Füße verhedderten sich mit der Kleidung auf dem Boden, doch ehe er fiel, packte ihn jemand am Hals und preßte einen kalten Gegenstand unter sein Jochbein. Die Haut schob sich nach oben, als schwelle sie an, und Lacan starrte mit entsetzt geöffneten Augen auf den Lauf der Pistole.

Franz Belasc liebte seine kleine Beretta, die in jeder Tasche verschwand wie ein Talisman. Lacan schnappte wie bei einem Erstickungsanfall nach Luft und hielt sich verkrampft an Belasc fest, weil er fürchtete, nach hinten ins Bodenlose zu gleiten. Belasc verstand das Spiel. Seine Pistole wanderte von der Wange zu den Lippen, Lacans Zähne schlugen zitternd auf den Stahl.

»Wo ist es denn? Ich hab's net gefunden, obwohl ich mir alle Mühe gegeben habe«, sagte Belasc und stieß Lacan von sich, der benommen auf die Erde fiel. Belasc ging vor ihm auf und ab, dann stellte er sich breitbeinig vor Lacan und zog ihn hoch.

»Ich glaub', ich verlier' die Geduld, mein Freund!«

Er ließ ihn mitten im Zimmer stehen und wanderte in die Küche. In der Türe lag ein blaues gesprungenes Sieb, das er wütend zur Decke kickte. Lacan konnte sich nicht rühren. Belasc machte kehrt.

»Gehn wir's zusammen suchen?«

»Wer sind sie?« stammelte Bernhard, der sich nicht an Belasc' Gesicht auf der Vernissage erinnerte.

»Entschuldigens, des hab ich ganz vergessen, Franz Belasc mein Name.«

Er zog seinen Wildlederhandschuh aus und gab Lacan

die Hand. Ohne eine Miene zu verziehen, streifte er den Handschuh wieder über, legte die Finger ineinander, um den Sitz zu prüfen, und dann griff er blitzschnell in Lacans Haare und riß seinen Kopf zurück. Ein gemeiner Schmerz fuhr durch Bernhards Nacken. Belasc näherte sich ihm, als wolle er ihn in dieser verdrehten Lage küssen, und Lacan spürte Belasc' trockenen Atem bei jedem Wort über seinem Gesicht.

»Wo is' das Bild?«

»Ich hab's doch gar nicht hier«, stöhnte Lacan.

Belasc nickte, als habe er jetzt erst verstanden. Er lockerte seinen Griff, und Lacan konnte sich aufrichten.

»Ich schlage vor, wir setzen die Diskussion an einem aufgeräumteren Ort fort«, sagte Belasc und ließ ihn los. Lacan rieb seinen Hals und seinen Nacken und fuhr sich durch die Haare. In seinem Hinterkopf war ein Pochen, wie wenn ihn ein Gummihammer getroffen hätte. Belasc klopfte ein Büschel Haare vom Wildleder.

»Hast ein Auto da?«

Lacan deutete nach unten.

»Bestens«, sagte Belasc. Er holte die Beretta hervor und wiegte sie in seiner Hand.

»Machst mir keine Schwierigkeiten, nicht?«, aber das war das letzte, woran Lacan dachte.

Belasc führte ihn widerstandslos aus der Wohnung. Als er die Tür zuzog, wies er mit dem Kopf auf das Schloß.

»Hast des bei Legoland gekauft?«

Lacan versuchte ein Lächeln, das ihm von Grund auf mißriet.

Assidertürke wußte genau, daß er Eddie in diesem Zustand nicht falsch ansprechen durfte. Eduards Lippen waren zu einem Strich zusammengepreßt. Wenn ein

Wagen vor ihnen zu langsam fuhr oder ein Radfahrer nicht schnell genug die Fahrbahn wechselte, schlug er mit der Faust auf die Hupe. Assidertürke nahm einen gefrorenen Lappen und kratzte über die Scheibe, mit seinem Ärmel polierte er nach. Eddie stierte verbissen durch das beschlagene Glas auf seiner Seite.

»Darf ick bei dir auch?« fragte Assi.

»Diese linke Sau«, zischte Eddie, der nur darauf gewartet hatte, daß Assi das Schweigen brach. »Ick brech ihm die Rippen.«

Sind wir ja selber schuld, det wir den Scheck jenommen haben, dachte Assi, aber das sagte er nicht.

Eddie sprang über die Schneeberge am Rande des Bordsteins und hastete in den Hausflur. Am Fuß der Treppe hatte Assi ihn eingeholt und hielt ihn fest.

»Mann, Alter, so wird det nie wat. Komma runter, janz locker, Mann. Wir jehn jetzt da rauf und denn spaziern wir mit ihm zur Sparkasse. Allet janz einfach.«

Assi hatte recht. Eddie legte eine Hand auf seine Schulter.

»Allet klar, bin wieder janz ruhig.«

Als Assi ihn skeptisch ansah, preßte er: »Siehste doch!« heraus und stieg die Treppe hoch. Auf dem letzten Absatz vor Lacans Wohnung blieb er stehen.

Assi erkannte Belasc sofort wieder. »Ilona is doch bloß ne Nutte«, die Worte Eddies rauschten durch seinen Kopf, als er Belasc neben Lacan sah, und es war so, als habe er den wirklich Schuldigen gestellt.

»Kennst die Herren?« fragte Belasc, weil die beiden sich nicht von der Stelle rührten, doch Lacan hob nur hilflos die Schultern.

»Wir hatten ne Verabredung mit dem«, sagte Eddie. Assi hatte sich neben ihm aufgebaut.

»Is halt was Wichtiges dazwischengekommen«, sagte Belasc. Er ging langsam auf sie zu, aber sie wichen keinen Schritt zurück. Kurz vor dem Absatz fragte er drohend:

»Na, was is?«

»Ick jlobe nich', dette hier mit ihm vorbeikommst«, meckerte Eddie und ballte die Fäuste. Belasc lächelte.

»So, glaubst net?«

Eddie schloß die Augen und schüttelte überlegen den Kopf. Bevor er sie wieder öffnen konnte, landete Belasc' Fuß in seinem Schritt. Eddies Oberkörper knickte nach vorne, und er sackte ohnmächtig zu Boden. In derselben Bewegung noch, so schien es Lacan von oben, rammte Belasc seinen Handballen unter Assis Nase, die sich knackend zur Wurzel wölbte. Belasc federte zur Seite, um sich nicht mit Blut zu bekleckern. Assidertürke preßte die Hände vor sein Gesicht, und ein gurgelnder Schmerzlaut drang aus seinem aufgerissenen Mund. Als sei es noch nicht genug, wuchtete Belasc seinen Ellbogen in einer halben Drehung in Assis Magen. Assis Kopf schlug herrenlos gegen die Wand des Treppenhauses, dann plumpste sein Körper schwer auf die Fliesen. Eddie wand sich würgend auf der Erde, sein Speichel tropfte auf Assis Schuhe. Belasc drehte sich zu Lacan.

»Gehn wir jetzt?«

Auf diese Frage gab es keine Antwort.

»Will er net?« fragte Belasc, als der Opel stotterte. Diese Drohung verstand selbst das Auto, und Lacan reihte sich vorsichtig in den Verkehrsstrom.

»Hast ein edles Gefährt«, sagte Belasc und sah sich im Innern um. »Ich versteh das schon, daß du Geld brauchst.« Lacan beobachtete aus den Augenwinkeln, wie Belasc das Handschuhfach öffnete, in dem Hartmanns Brieftasche lag. Belasc zog den Ausweis aus dem Etui. Er beugte sich vor, sah Lacan an, dann wieder das Foto in dem Dokument.

»Mußt dir ein paar neue Bilder machen lassen, wennst über die Grenze willst.«

Lacan nickte pflichtbewußt.

»Mir egal«, sagte Belasc und legte die Brieftasche in das Fach zurück.

»Wohin soll ich fahren?« fragte Lacan.

»Erst einmal geradeaus, ich sag dir schon, wann's abgeht.«

Die frühe Nacht war gekommen, und die Straßen glänzten im Licht der Bogenlampen. Plötzlich tönte ein Hupkonzert aus einiger Entfernung zu ihnen. Belasc blickte überrascht zu Lacan.

»Türkische Hochzeit«, sagte Bernhard lakonisch. Belasc suchte die Beretta in seiner Tasche.

»Die machen dann immer einen Corso. Einmal hupend quer durch die Stadt, und das Brautpaar vorneweg.« Belasc wandte den Kopf. Der Lärm näherte sich vielstimmig, und dann rauschten zehn oder zwölf Limousinen vorbei, die in einem verrückten Chor heulten, schnarrten, tröteten. Auf der Motorhaube des ersten Wagens saß breitbeinig eine große, weißgekleidete Puppe in einem Blumenkranz; ihr verschmutztes Kleid flatterte im kalten Wind. Das Hupen verlor sich in der Ferne.

»Machen die das immer so?« fragte Belasc.

»Soweit ich weiß, ja«, antwortete Lacan.

Sie fuhren die Leibnizstraße hoch, bis Belasc befahl:

»Nächste rechts und einen Parkplatz suchen!«

Pieter van Steenbergen saß im Salon auf der spätgotischen Truhe und blätterte in einem Buch. Er trug einen weinroten Hausrock, der von einer Art Kordel zusammengehalten wurde.

Belasc und Lacan standen in der Türe und warteten auf ein Zeichen. Der Holländer legte das Buch beiseite und sah zu ihnen hoch, Belasc stieß Lacan in das Zimmer.

Steenbergen breitete jovial die Arme aus.

»Legen sie ab. Machen sie sich's bequem.«

Belasc zog einen Sessel heran und drückte Lacan hinein.

»Darf ich ihnen etwas zu trinken anbieten?«

Lacan rutschte auf seinem Platz unruhig hin und her.

»Einen Cognac vielleicht?«

Sein Blick wanderte von Steenbergen zu Belasc, der eine Flasche und Gläser aus der Truhe holte. Steenbergen setzte sich auf die Sessellehne.

»Und jetzt erzählen sie uns mal die ganze Geschichte.«

Lacan konnte ihm nicht in die Augen sehen, sei es aus Scham oder Angst. Hastig trank er den Cognac, und Steenbergen nahm ihm das Glas aus der Hand.

»Noch einen?«

Lacan schüttelte den Kopf.

»Wer hat sie denn losgeschickt?«

»Niemand. Wer sollte mich losschicken?«

Steenbergen steckte die Hände in die aufgesetzten Taschen seines Hausrocks und stand auf.

»Ich dachte ... die Versicherung ...«, begann Lacan.

»Und warum haben sie mich heute morgen angerufen?« unterbrach ihn Steenbergen kühl.

»Heute morgen dachte ich, ohne die Versicherung ist es einfacher«, sagte Lacan, und er hörte sich sprechen, als laufe ein Tonband.

»Du denkst zuviel«, sagte Belasc, der hinter ihm stand.

Steenbergen lachte.

»Er denkt nicht, Franz.«

Seine Arroganz machte Lacan Mut.

»Wie haben sie mich gefunden?«

»Es gibt nur drei Lacans in Berlin, sofern man dem öffentlichen Telefonbuch glaubt. Eine ist Lehrerin am französischen Gymnasium, einer ist Gastronom, einer sind sie.«

Lacan biß auf seine Lippen. Nun setzte sich Belasc zu ihm auf die Lehne.

»Hat Mertens dich beauftragt?«

»Ich weiß gar nicht, woher Mertens weiß, daß ich das Bild habe.« Florence verschwieg er.

»Wo ist denn das Bild?«

»An einem sicheren Ort«, sagte Lacan, was leichtsinnig war.

Belasc riß an seinen Haaren.

»Franz, bitte«, sagte Steenbergen und nippte an seinem Cognac. Belasc ließ ihn los, und Lacan spürte wieder das Pochen in seinem Genick.

»Was hatten sie sich so vorgestellt?«

Als Lacan nicht antwortete, ergänzte Steenbergen:

»Preislich.«

»Hunderttausend«, sagte Lacan, obwohl er ahnte, daß der Oelze in seiner Situation wertlos wie eine Kinderzeichnung war.

Belasc zwang sich zu lachen.

»Hunderttausend Watschen meint er sicher!« Er schlug mit der flachen Hand links und rechts in Lacans Gesicht. This is not a love song, dachte Bernhard und suchte nach einem Taschentuch, weil seine Nase blutete.

»Franz, das Leder!« rief Steenbergen.

Es klingelte an der Eingangstüre.

»Wir sind komplett«, sagte Steenbergen leise, und Belasc verließ den Salon, um zu öffnen.

Lacan versteckte sich hinter dem Taschentuch vor seinem Gesicht, Steenbergen saß mit überschlagenen Beinen auf der Truhe, Florence Blumenfeldt und Wilhelm Mertens standen mitten im Raum und suchten sich zurechtzufinden, in Belasc' Hosentasche beulten die Konturen der Beretta obszön den Stoff. Als erster fand Mertens die Sprache wieder.

»Was wird hier gespielt?«

Er mußte sich fast im Kreis drehen, um alle Anwesenden einmal anzusehen. Lacan blickte flüchtig zu Florence, unnahbar und kalt.

»Das ist kein Spiel«, murmelte Steenbergen und legte die Hände flach auf die Schläfen.

»Setz dich«, sagte Belasc, wobei er Mertens in den anderen Sessel drückte.

Links saß Lacan mit beschädigter Nase, rechts Mertens, zwischen ihnen war ein kleiner runder Tisch, auf dem Lacans leeres Glas stand. Florence schritt das Muster des chinesischen Teppichs ab.

»Daß ich großzügig bin, wißt ihr«, sagte Steenbergen. Lacan wollte ihm schon verständnisvoll zustimmen, doch er war nicht gemeint. »Aber diesmal seid ihr zu weit gegangen!« Das trocknende Blut kitzelte auf Lacans Oberlippe. Franz Belasc wartete mit gespreizten Beinen im Türrahmen.

»Mußte das sein?«

Steenbergens Stimme hatte sich verändert; für Lacan hörte sie sich ziemlich wehleidig an.

»Was soll das?« fragte Mertens angriffslustig, obwohl er es nicht wagte, sich von seinem unfreiwillig eingenommenen Platz zu erheben.

»Muß ich das wirklich erklären?« fragte Steenbergen.

Mertens' und Lacans Blicke trafen sich. Dummkopf,

dachte Mertens. Lacan lächelte ihn an, und Mertens bekam die Miene eines leidenden Vaters, der seinen Sohn nicht versteht. Florence rauchte, während sie auf und ab ging. In der Hand hielt sie einen schweren Kristallaschenbecher, in den sie überreizt die Zigarette klopfte.

Steenbergen trat vor Mertens und fragte ruhig:

»Was treibt dich dazu, mich zu erpressen?«

»Habe ich dich erpreßt?« fragte Mertens selbstgefällig. Steenbergen beugte sich über ihn.

»Ich glaube, ich habe dich gestern richtig verstanden.«

Die Luft im Raum lud sich auf, Belasc bereitete sich darauf vor einzugreifen.

»Ich glaube nicht», sagte Mertens. »Ich wiederhole mich nicht gerne, aber ich habe lediglich vorgeschlagen, dir den Oelze zurückzubringen.«

»Von ihm, was?« Steenbergen wies auf Lacan und danach auf Florence. »Oder von ihr?«

»Ist doch völlig gleichgültig«, sagte Mertens, während Steenbergen an ihn heranrückte.

»Du bist ein Schwein, Wilhelm«, flüsterte er.

»Dann bist du der Schweinehirt!«

Belasc trennte die beiden Männer, die halb auf dem Sessel, halb auf dem Boden miteinander rangen. Steenbergen schob sich die silbergrauen Haare aus der Stirn, Mertens strich abwesend über das Seidenfutter des Mantels auf seinen Knien.

»So kommen wir net weiter«, sagte Belasc auf dem Weg zurück zur Tür.

»Warum nicht?« fragte Florence unerwartet.

»Das geht dich nichts an«, sagte Mertens.

Florence lachte rostig. Lacan dachte, sie würde hysterisch, aber dann war es vorbei. Ihr Gesicht war unnatürlich angespannt.

»Und dein Angebot vorhin?«

»Das gehört wohl nicht hierher«, sagte Mertens.

»Wohin sonst? Du mußt wissen, Onkel Pieter...«

»Achte auf deine Worte!« Mertens kniff die Augen wie ein Kurzsichtiger zusammen, Florence stockte.

»Ich wäre dankbar, wenn ihr euch einigen könntet, wo das Bild denn nun ist und wer Zugang zu ihm hat. Das vereinfacht die Prozedur«, sagte Steenbergen abfällig.

»Ich habe dir heute morgen nur gesagt, ich wüßte...«, wollte Florence sich erklären. Mertens sah sie entgeistert an, schließlich verstand er und lachte scheppernd. »Sie ist durchtriebener, als man ihr ansieht«, sprach er ins Publikum wie bei Goldoni.

Lacan faßte zusammen: Nicht nur Mertens hat den Holländer erpreßt, auch Florence hat es versucht, wenn man auch noch nicht wußte, zu welchem Preis, und er selbst war wohl, um im Bilde zu bleiben, der Arlecchino der Inszenierung.

»Ich wollte dir nur den Oelze wiederbringen«, jammerte Florence.

»Und so wird es gedankt, kleine Schlange«, grinste Mertens.

»Du mußt mir glauben, Onkel Pieter!«

»Der Onkel glaubt dir, das ist die Angewohnheit solcher Onkel«, sagte Mertens. »Wieviel wollte sie denn?« fragte er Steenbergen, der wieder auf der Truhe saß und mit der Kordel seines Hausrocks spielte.

»Was mich wirklich enttäuscht, ist, daß eure Habgier keine Grenzen kennt.«

»Übertreib' nicht!« wies ihn Mertens zurecht.

»Du mußt mir glauben, Pieter! Ich wollte verhindern, daß er... es so macht wie bei meinem Vater«, beschwor Florence Steenbergen.

»Du redest wirr«, stieß Mertens heraus.

Florence drehte sich zu ihm. In ihrer Hand wog sie den schweren Aschenbecher, aus dem sich eine dünne Rauchfahne gegen die Stuckdecke kräuselte.

»Dein Vater hat mit dieser Sache nichts zu tun«, sagte Steenbergen.

»Das denke ich auch«, fügte Mertens höhnisch hinzu.

»Vielleicht hat er mehr damit zu tun, als ihr denkt!«

»Ach ja?« fragte Mertens gedehnt.

»Er hat das Bild mit Sicherheit net«, nuschelte Belasc von der Türe.

»Er sicher nicht. Ausnahmsweise hast du recht, Franz«, sagte Mertens.

Steenbergen konnte sich ein Lächeln nicht verkneifen, von dem man nicht wußte, ob es gemein, hinterhältig, erbärmlich oder alles zusammen war. Lacan zog seinen Kopf ein.

»Was habt ihr mit meinem Vater gemacht?« schrie Florence, und diesmal war es wirklich trockene Hysterie.

»Du verläßt das Thema, meine Liebe«, sagte Mertens tonlos. »Im Augenblick suchen wir ein kleines Bild, später beschäftigen wir uns dann mit deiner Familie.«

Steenbergen sah Mertens zornig an. Florence zitterte so sehr, daß sie nicht mehr an ihrer Zigarette ziehen konnte. Steenbergen erhob sich und legte einen Arm um ihre Schulter.

»Du mußt mir glauben«, sagte sie verzweifelt, was für Lacan fast überzeugend klang.

»Dann war also alles nur ein kleines, nein, ein großes Mißverständnis«, sagte Mertens, aber man beachtete ihn nicht.

»Rührend!« sagte er lauter.

Florence wand sich aus Steenbergens Arm.

»Diesmal bist du wirklich zu weit gegangen.«

Steenbergen nickte, als habe er die Verdächtigung, die er gerade noch gegen sie gerichtet hatte, schon vergessen, oder als habe ihn ihr Auftritt von ihrer Unschuld überzeugt. Mertens wurde unruhig.

»Was soll diese elende Komödie?« Hilflos suchte er nach dem Blick eines Verbündeten, doch Lacan betrachtete versunken die Schnitzerei an der Truhe. Mertens streckte pathetisch einen Arm aus.

»Ich habe dir ein Geschäft vorgeschlagen, Herrgott, vielleicht habe ich einen Fehler gemacht, aber es war ein Geschäft...«

Keiner antwortete ihm.

»Dein Vater...« – er preßte verachtend Luft aus – »... willst du die Geschichte wirklich hören? Willst du? Alt genug bist du ja.«

Lacan sah auf. Florence wartete mit bleichem Gesicht unmittelbar vor Mertens.

»Was?« fragte sie flüsternd.

Mertens hatte keine Wahl mehr; er lachte.

»Was denkst du denn? Was denkst du, warum er pleite gemacht hat, der alte Schwachkopf?«

»Wilhelm!« brüllte Steenbergen.

»Ah, jetzt wieder Wilhelm, der gute Wilhelm.«

In Florence' Augen war nichts als Haß, wie er sie verführte, der mit einem Taschentuch zusammengebundene Kiefer ihres toten Vaters.

»Dein Vater war ein Idiot. Dein Vater, gestatte, daß ich lache! Und deine Mutter, du kannst dich wahrscheinlich nicht mehr an sie erinnern, aber ich hatte mal das Vergnügen, sie in ihrem Etablissement in Amsterdam kennenzulernen...«, Mertens wurde von einem Glucksen geschüttelt.

Steenbergen stand wie gelähmt neben Belasc.

»Was ist mit meiner Mutter?« fragte Florence so ruhig, als erkundige sie sich auf der Straße nach dem Weg.

»Frag ihn doch!« Mertens wies zu Steenbergen. »Ich glaube, in seinem Puff hat sie dein Alter auf Geschäftsreise zum erstenmal getroffen.« Mertens atmete schwer. »Der Kaufmann, der ehrbare, einfältige Kaufmann und die Hafenhure ...«

Weiter kam er nicht.

So hört es sich also an, wenn ein Schädel platzt, dachte Lacan teilnahmslos, und dann schlug Florence noch zweimal zu, bis der schwere Kristallaschenbecher auseinanderbrach.

Mertens Kopf war schon nach dem ersten Hieb leblos nach hinten gesackt, aus der klaffenden Wunde an seiner Stirn strömte Blut über sein Gesicht und seinen Hals. Seine Lippen öffneten sich unwillkürlich, dann fiel sein Arm von der Lehne des Sessels und baumelte hin und her. Florence' schwarzes Kleid war von seinem Blut kaum sichtbar gesprenkelt, schaudernd sah sie an sich hinab und strauchelte zu Boden.

Steenbergen stürzte hinzu, kniete sich neben Florence, barg ihren Kopf in seinem Schoß und streichelte über ihr Haar. Sie zitterte und schluchzte ohne Tränen. Belasc beugte sich angewidert über Mertens und hob mit dem Daumen ein Augenlid.

»Der is' hin«, sagte er.

»Anzunehmen«, sagte Lacan und stand auf.

»Nach der Attacke, ja!« Franz Belasc war ein alter Boxer.

Lacan wollte sich auch um Florence kümmern, aber Steenbergen stieß ihn zurück. Er half ihr hoch und führte sie zum Sessel. Florence umklammerte ihre Füße, den

Kopf hatte sie auf ihre Schenkel gelegt. Steenbergen ging im Kreis.

»Gib mir deine Pistole!«

Zögernd reichte ihm Belasc die Beretta. Steenbergen reinigte sie mit einem Taschentuch und schob sie in Mertens Hand. Danach lief er ins Nebenzimmer und kam mit einem Bündel Geldscheinen, die er im Gehen zählte, zurück.

»Hier sind dreißigtausend Mark«, er packte das Geld in Lacans Jackentasche, »nicht für den Oelze, sondern dafür, daß wir uns nie gesehen haben.«

Lacan sah zu Florence, die noch immer in dieser zusammengekrümmten Haltung dasaß. Steenbergen zog ihn zur Tür.

»Wo ist das Bild?«

Mertens rutschte mit einem schleifenden Geräusch aus dem Sessel. Sein blutiges Gesicht lag zur Decke gedreht, und Lacan schluckte bitter. Der Schlüssel klebte unter einem Heftpflaster in seinem Strumpf.

»Bahnhof Zoo. Ein Schließfach.«

Pieter van Steenbergen nickte.

»Wir werden uns nie mehr wiedersehen.«

Das hoffe ich auch, dachte Lacan.

»Gehn wir jetzt«, sagte Belasc und schlug ihm auf den Rücken. Lacan stolperte aus der Wohnung. Im Treppenhaus wurde ihm schlecht. Er stand im Dunkeln und würgte. In der letzten Stunde hatte Lacan entschieden zuviel Blut gesehen. Er atmete tief durch und lauschte, dann rannte er nach unten.

Der Gemüsehändler Siebert verschloß seinen Laden, ging in die ›Kant-Quelle‹ an der nächsten Ecke und bestellte Bier und Klaren.

Mahmut, der Syrer, räumte Ladenhüter aus, mit denen er sich morgen früh auf den Flohmarkt stellen würde.

Der Juwelier des An- und Verkaufs auf der Potsdamer Straße trank, wie jeden Abend, Raki in dem türkischen Imbiß.

Rote, grüne und blaue Neonreklamen erleuchteten die Straßen. Vor einem Kino reihten sich die Besucher in einer Schlange. Die Tische der Restaurants waren gedeckt, die große müde geteilte Stadt erwartete das Wochenende.

Lacan fuhr nach Friedenau. Vielleicht wollte er sich bei Hartmann bedanken, vielleicht wollte er Abschied von ihm nehmen.

Zuerst dachte Lacan, er hätte sich in der Straße geirrt oder den Wagen seines toten Freundes übersehen, aber zum guten Schluß gab es keine Zweifel mehr: Der Jaguar war weg, man hatte Hartmann gefunden.

Am Nachmittag hatte Westhov über den Fernschreiber eine Adressenliste bekommen. Petra Hartmann hatte seinen Kollegen in München alle Personen genannt, mit denen ihr Mann in Berlin Verbindung aufgenommen haben könnte. Lacan stand an dritter Stelle, Westhovs Leute waren schon unterwegs.

Bernhard Lacan hielt neben einem Gulli. Er holte Hartmanns Brieftasche aus dem Handschuhfach und ließ sie durch das Gitter fallen; dort unten wäre sie vermodert, bevor sie jemand fände. Dann fuhr er zur Stadtautobahn.

Oberst Nikolai Koljatow lag auf seinem Bett und träumte.

Umberto und May lagen auch auf ihrem Bett und träumten und froren.

Und wer war da noch: Ilona, Leschek, die beiden Polizisten, Eddie und Assidertürke, dessen Nase in der Ambulanz am Kleistpark geschient worden war, Jan und Keitel und und und. So viele Menschen, so viele Geschichten.

Schon von weitem sah man die mattgrün scheinenden Fenster des Kontrollturms. Durch einen ansteigenden Tunnel führte die Autobahn zu den Parkplätzen im Inneren des Flughafensechsecks. ›Flughafen Tegel‹ stand über dem Haupteingang. Auf dem Postamt buchstabierte Lacan ein Telegramm für Irene. Von einem Monitor flimmerten die nächsten Flüge: Düsseldorf, Las Palmas, Paris, Detroit, Saarbrücken, Rom. 20 Uhr 46, British Airways nach Rom.

Lacan kaufte sich ein Ticket.

Das Mädchen hinter dem Schalter lächelte ihn an.

»Ihr Gepäck, bitte!«

»Kein Gepäck«, sagte Lacan und lächelte auch.